칠대천마

七代天魔

FANTASTIC ORIENTAL HEROES

칠대천마 3

김운영 新무협 판타지 소설

초판 1쇄 찍은 날 § 2007년 6월 19일
초판 1쇄 펴낸 날 § 2007년 6월 23일

지은이 § 김운영
펴낸이 § 서경석

편집장 § 김대식
편집책임 § 조수희
편집 § 이환진

펴낸곳 § 도서출판 청어람
등록번호 § 제1081-1-89호
등록일자 § 1999. 5. 31
어람번호 § 제2-1233호

주소 § 경기도 부천시 원미구 심곡1동 350-1 남성B/D 3F (우) 420-011
전화 § 032-656-4452 팩스 § 032-656-4453
http://cyworld.nate.com/bluebook_
E-mail § blue_book@hanmail.net

ISBN 978-89-251-0692-2 04810
ISBN 978-89-251-0689-2 (세트)

代魔七天

代魔七天

칠대천마

대마

3

일로마협(一路魔俠)

김운영

新무협 판타지 소설

FANTASTIC ORIENTAL HEROES

目次

第一章

일석삼조(一石三鳥)

적을 제거하는 것만으로는 부족하다

南斗延壽保禪時老君告天師曰
天八會之真文三洞三清之上
彙道元始天尊昔經歷于億萬劫天地始修

太上說南斗延壽保禪

安真經太上說南斗
此經乃九天八
熙衰而人倫五運遷變萬彙道

일석삼조(一石三鳥)

적을 제거하는 것만으로는 부족하다. 세력도 일으키고
본거지도 지킨다!

강남이 개발된 후, 대운하를 끼고 있는 여러 도시들은 과거
와는 비교도 할 수 없이 큰 발전을 했다.

양주는 그중에서도 약간 늦게 개발된 곳이라 할 수 있는데,
놀랍게도 얼마 못가 강남 상권의 중심지로 떠올랐다.

과거에 색향으로 이름 높았던 항주와 소주는 이미 양주에
그 자리를 빼앗긴 지 오래다.

남자들은 '허리에 천금을 두르고 양주에서 놀아야 한다.'
라고 말하고는 하는데, 그만큼 이곳은 기루와 도박장 등 수
많은 유락시설이 들어선 중원 최대의 환락도시라 할 수 있었
다.

강운상회는 이곳을 중심으로 일어서서, 하루가 다르게 엄청난 부를 쌓았다. 그리고 그와 비례해서 악명도 쌓였다.

모든 준비를 끝마친 소운은 드디어 일을 시작하기로 했다. 그가 처음으로 손을 댄 곳은 바로 강운상회의 지부 중 한 곳인 주서 분점이었다.

자정 무렵, 소운은 야행복을 걸치고 주서 분점의 담을 넘었다.

스스스슥.

무공 수준이 수준이니만큼 담을 넘고 후원의 나무 위로 올라가는 동안 나뭇잎 스치는 소리 하나 들리지 않았다. 바람을 등에 지고 내기로 전신을 두르니 지키던 개조차 알아차리지 못했다.

'어디보자, 하나, 둘, 셋, 넷……. 모두 열두 명인가? 많기도 하군.'

상회의 분점에, 그것도 후원인데 밤에 잠을 안자고 숨어서 지키는 자가 열두 명이나 된다. 뭔가 구린 구석이 있다는 증거다.

'지키는 놈들의 위치로 봐서는…… 저곳인가?'

소운은 주서 분점에서 비밀리에 지키려는 것이 무엇인지를 알고 있었다. 그리고 그의 짐작으로 그것은 후원 한쪽에 세워져 있는 건물에 있는 것 같았다.

‘고수는 없군.’

소운은 미소를 지었다.

아무리 십대상회라 해도 일개 지부에 있는 무사들의 수준은 그렇게 높지 못하다. 그나마 고수라 할 수 있는 자들은 모종의 일로 밖에 나가 있는 상태. 나머지는 삼류에 불과하다.

‘그럼 분점장은 어디서 자고 있을까?’

소운은 주변을 살펴 지리적인 방위를 따졌다. 몸을 움직이기 전에 가능하면 생각할 건 다 해놓아야 했다.

이곳의 분점장은 오량이라는 자로, 알고 보면 아버지가 수적들의 두령 중 한 명이다.

오량이 맡은 임무는 이곳을 지나가는 각종 밀수품들의 관리인데, 말하자면 주서 분점은 밀수품들의 일시 저장소이기도 하다.

그런데 밀수품 창고가 후원에 버젓이 세워져 있다. 비밀 창고 같은 데 놔둘 필요는 없는 모양이다.

어쨌거나 소운이 노리는 것은 밀수품 따위가 아니다.

서문량은 말했다.

“한나라를 세운 유방에게는 소하라는 충신이 있었습니다. 그가 진나라의 수도 함양에 들어갔을 때, 가장 먼저 한 일은 바로 함양에 있는 진나라 공무서류를 확보하는 것이었지요. 그로 인해 천하의 각 도시의 인구와 조세내역을 모두 알 수 있었습니다. 상인에게 있어 공무서류란 바로 거래 장부를 말합니다. 거래 내역과 상대의 신상명세가 모두 그 안에 적혀 있지요.”

밀수품이 비록 천금의 가치가 있다고 해도 그것은 상회 전체로 따지면 극히 미약한 부분이다.

하지만 장부는? 생명이다.

“그래서 나보고 그걸 훔쳐 오라고?”

소운은 약간 당황해서 서문량에게 물었다. 그러자 서문량은 의미심장한 미소를 지으며 고개를 저었다.

“사형이 무슨 신투도 아닌데, 그런 주문을 하겠습니까? 무엇보다 가짜 장부가 있을 터인데, 그걸 구별하기가 힘들 겁니다. 제가 원하는 것은 바로 장부를 없애 달라는 것입니다.”

“그게 그것 아닌가?”

“아니죠. 훔치는 건 어렵지만 없애는 건 의외로 간단합니다.”

“……..”

서문량의 계획대로 소운은 이곳에 왔다.

‘때가 되었군.’

바람 방향이 바뀌고 달이 구름에 가려졌다. 소운은 즉시 몸을 날려 소리없이 건물의 처마 밑으로 옮겨갔다.

감시자들이 지키는 건물, 즉 밀수품이 숨겨져 있는 곳이 아닌 다른 쪽에 있던 서재로 보이는 곳이었다. 마르지 않은 먹물 냄새가 은은하게 풍기는 것이 거의 확실했다.

미리 조사한 바로도 장부들은 바로 이곳에서 정리한다고 했다. 정식 거래 장부도, 밀수 장부도 모두 다 이곳에 있을 것이다.

소운은 곧 등 뒤에 지고 있던 보따리에서 몇 병의 술병과도 같은 물건을 꺼내 요소요소에 던졌다.

팍! 팍!

술병이 깨어지며 안에서 노릿한 냄새가 나는 액체가 튀었다. 그것은 물이 아닌 기름이었다.

컹컹컹컹.

이렇게 되니 지키던 개들이 일제히 짖기 시작했다. 동시에 잠복해 있던 자들이 놀라 외쳤다.

“침입자다! 저기 처마 밑에 있다.”

사람들이 놀라든 말든 소운은 다시 기름병을 꺼내 건물 안쪽으로 던졌다. 그리고는 품속에서 최고급 화섭자를 꺼냈다.

철컥, 화르르륵.

화섭자는 금속 튕기는 소리와 함께 파란 불똥을 토해냈다. 그러자 불똥은 바로 기름에 튀어 화려한 불꽃으로 변했다.

“앗! 저놈이 불을!”

“막아라. 불을 꺼!”

지키던 자들은 더욱 놀랐다. 아마 잠입자에 의해 피해가 발생하면 그들이 책임을 져야 하리라.

하지만 소운은 피식 하고 웃었다.

"이 불을 끌 수 있으면 내가 진심으로 감탄해 주지."

천마신교의 마병전에서 개발한 귀화액은 한 번 불이 붙으면 물은 물론이고 흙을 끼얹어도 잘 꺼지지 않는다. 그걸 여덟 병이나 뿌렸으니 이런 조그만 건물 하나는 반 각도 되지 않아 잿더미로 변하리라.

그사이 몇몇 무사들이 소운에게 암기를 던졌다. 그러자 소운은 가볍게 몸을 날려 창을 통해 건물 안으로 들어섰다.

안에는 아무도 없었다.

"좋아, 그럼 시작해 볼까?"

안에도 이미 불이 붙은 상태다. 서가의 책들은 순식간에 불꽃에 타올라 재로 변해갔다.

소운은 검을 뽑아 사방으로 휘둘렀다.

파팍, 가각.

탁자든 책장이든 소운의 검에 걸리는 것은 모두 조각나 버렸다. 검기가 그물처럼 퍼졌다. 심지어는 벽에도 깊은 검 자국이 새겨졌다. 천장에도 바닥에도 마찬가지였다.

그러던 중 천장에서 팍 하는 소리와 함께 무엇인가가 잘렸다. 단단한 것, 철과도 같은 성질의 무엇이었다.

소운은 다시 검을 뻗어 바닥 곳곳을 그었다. 가끔씩 파팍 하고 무엇인가 잘려 나가는 것이 느껴졌다.

상자일 것이다. 이 안에 숨겨놓은 것이 적지 않은 모양이다.

"일일이 확인할 시간은 없어. 하지만 이것으로 불에 타지 않게 상자 같은데 보관한 서류도 모두 재가 될 거야."

그리고 그중에는 틀림없이 비밀 장부도 있다. 소운은 만족한 표정으로 건물 밖으로 나왔다.

"앗. 저놈이 나왔다!"

이미 무사들이 건물 주변을 포위하고 있었다. 소운이 나오자 그들은 급히 무기를 겨누며 소운을 제압하려 했다.

하지만 정작 포위를 당한 소운은 전혀 당황한 기색이 없었다. 그는 주위를 둘러보더니 오히려 미소를 머금었다. 침입자의 태도에 포위한 무사들이 주춤하는 순간, 소운은 장난스럽게 입에 손을 대고 큰소리로 외쳤다.

"무너진다!"

"뭣!"

소운의 말에 무사들은 본능적으로 사방을 두리번거렸다. 그리고 그에 호응이나 하듯 엄청난 굉음이 퍼지며 바닥이 크게 울렸다.

우지직, 콰콰쾅!

소운의 말 대로였다. 이미 기둥과 벽이 모두 잘려 나간지라 건물은 불에 타면서 버틸 수가 없었다. 우르릉 하는 소리와 함께 건물이 주저앉았다.

그로 인해 불똥이 사방으로 튀었다.

"아앗!"

먼지와 연기 역시 주변을 덮었기에 무사들은 당황해서 어쩔 줄 몰랐다. 그들은 아직 실전에 약했다. 특히 화공에 의한 소란 따위는 경험해 본 적도 없었다.

"쯧쯧, 그렇다고 넋을 놓고 있으면 쓰나?"

소운은 충고인지 놀리는 것인지 알 수 없는 말을 하면서 부지런히 손을 놀렸다.

휘익, 휙.

다시 귀화액을 담은 병이 사방으로 날아갔다. 그리고 그것은 어김없이 불똥을 거센 불길로 바꾸고 사방으로 번졌다.

"아아악, 어떻게 이런 일이!"

한쪽에서 누군가가 뛰어나오며 지르는 비명소리가 들렸다. 아마 분점장인 오량일 것이다.

"소란이 난 지 일 각이 지나야 뛰어나오다니, 느리군."

소운은 냉정하게 오량을 평가하며 몸을 날렸다.

일이 너무 쉬웠다. 이미 무사들은 완전히 당황해버려 어떻게 해야 할지를 모른다. 이때 윗사람인 오량이 일사분란하게 명을 내려야 하는데 그 역시 당황해서 제대로 일을 처리하지 못하고 있다.

이렇게 되면 소운은 완전히 마음대로 일을 진행할 수 있다. 그래서 이럴 경우에 세워 놓았던 계획대로 완벽처리를 하기로 했다.

소운은 즉시 몸을 날려 무사들 사이로 빠져나갔다. 그가 뛰어가는 곳은 바로 원래 무사들이 지키는 밀수품 창고였다.

"앗! 저놈이!"

그 와중에도 몇몇이 소운의 움직임을 포착했다. 하지만 이미 늦었다. 삼류무사가 대부분이고 조장급도 겨우 이류에 낄 만한 자들이다. 이곳은 용담호혈이 아닌 그냥 밀수품 창고일 뿐이다.

휘익.

눈 깜짝할 사이 소운은 창문을 뚫고 창고 안으로 들어섰다.

슈슈슉.

"웃! 안에 매복자가 있었군."

상당한 실력자다. 밖에서는 기척을 느끼지 못했을 정도로. 하지만 그래도 일류는 아니다. 소운은 그렇게 생각하며 살짝 몸을 틀었다.

가슴을 노린 단창이 벽에 박혔다. 상대는 이 일격에 필살의 의지를 담았던 모양이다. 공격이 실패하자 빈틈이 전신에 드러났다.

"쓰러져라."

소운은 차갑게 말하며 발로 매복자의 겨드랑이 밑을 찼다.

"끅!"

상대는 비명도 지르지 못하고 그냥 스르르 무너져 내렸다.

"시간이 없군."

소운은 급히 몸을 날려 창고 안에 있는 것들 중 귀해 보이는 것들을 가져온 보따리에 담았다. 그러면서 아직 몇 개 남아 있는 귀화액을 모두 주변에 뿌렸다.

창고 안에 가득 쌓여 있는 부대들. 그것은 바로 소금이었다. 밀수품 중 대부분은 소금이다. 말하자면 밀염인데, 이게 비밀리에 운반되어 어느 순간 정식 소금으로 둔갑한다.

"소금 부대를 모두 지고 나갈 수는 없으니까 말이야."

곧 창고 내부에도 불이 번지기 시작했다.

"아아악! 안 돼!"

오량은 오열했다. 절망감이 전신을 관통해 저절로 몸이 부르르 떨렸다.

밀수창고에서도 불길이 번지기 시작했다. 사방에서 하인들이 일어나 불을 끄기 위해 달려왔지만, 이미 늦은 것 같았다.

이 책임은 어떻게 지게 될까? 강운상회의 벌은 무섭다. 웬만한 사파의 형벌보다 훨씬 잔혹하다.

"자 ,잡아랏! 흉수를 꼭 잡아야 한다. 그렇지 않으면 우리 모두 죽는다!"

그는 고래고래 소리를 질렀다. 무사들도 상황을 파악하고 제정신을 차렸는지 저마다 살기등등한 눈으로 밀수품 창고를 둘러쌌다.

홍수가 나오자마자 사정없이 공격을 가할 생각이었다. 죽지만 않으면 된다. 설혹 죽더라도 어쩔 수 없다. 놓치는 것보다는 훨씬 낫지 않은가?

이미 상대의 무공이 범상치 않다는 것을 눈치 챈 무사들은 그야말로 비장한 각오를 했다.

그런데 시간이 지나도 홍수가 건물 밖으로 나오지 않았다.

"어떻게 된 거지?"

"설마 타죽었나?"

"안에 있는 비밀호위에게 죽은 건 아닐까?"

"설마. 그랬으면 불이 안 붙었겠지."

"같이 양패구상 한 것일지도 모르잖아."

"그럴 지도."

대화를 나누는 사이 불길은 점점 거세게 변했다. 이윽고 창고 전체가 버티지 못하고 무너져 내리기 시작했다.

"조심해라! 홍수가 이때를 노려 튀어나올 것이다."

오량이 외쳤다.

그래도 이런 곳의 분점장 직위를 가질 정도로 수완과 능력이 있는 자다.

아까는 아닌 밤중에 갑자기 너무 황당한 꼴을 당해 정신이 멍해 있었지만 이제는 자신의 목을 걸고 홍수를 잡아야 한다고 맹세하고 있었다.

무사들은 그 말에 긴장해서 무기를 잡은 손에 힘을 주었다. 그런데 건물이 무너지고, 불똥과 흙먼지가 사방으로 튀어도 흉수는 나오지 않았다.

무사들이 의아한 눈으로 오량을 쳐다보자 오량은 인상을 찡그린 채 그들에게 명했다.

"일 조는 저 안에 시체가 있나 확인하고, 다른 조는 주변을 찾아라."

사람들은 오량의 말대로 움직였다. 하지만 소운을 찾을 수는 없었다.

소운은 이미 밀수품 창고에서 나온 상태였다. 지키고 있던 무사들은 두 눈을 뻔히 뜨고도 소운의 움직임을 보지 못했다.

마교비전 환영술을 대충 흉내만 낸 것이라 고수에게는 통하지 않겠지만 하수들에게 들킬 수준은 아니다.

소운은 근처 숲에 있는 나무 위로 올라갔다. 십 장이 넘는 나무 위로 올라가면 개도 냄새를 못 맡는다.

주서 분점의 무사들이 사방으로 흩어지는 것이 보였다. 하인들이 불을 끄느라 정신없이 움직이고 있었다.

"후후, 소 잃고 외양간 고치기지. 자, 분점장. 이제 어떻게 할 거지?"

장부는 사라졌다. 밀수품 창고도 화끈하게 태웠다. 내부에서 적당히 처리할 수준은 이미 넘었다. 주서 분점장은 상급자를 만나서 죄를 받아야 한다.

그것으로 모든 일이 시작된다.

＊　　　　＊　　　　＊

소운의 생각대로 오량은 거의 죽을 듯한 표정으로 그의 상급자를 찾았다. 손에는 그가 가장 아끼던 금두꺼비를 싸 들고 갔다.

오량의 상급자는 강운상회의 팔대 실력자 중 한 명인 만궁이다. 그는 강운상회의 대외물류를 총괄하는 자로, 회주와 부회주를 제외한 가장 높은 지위인 여섯 명의 총관 중 한 명이었다.

만궁은 오량이 가져온 상자의 뚜껑을 열어 안에 있는 금두꺼비를 보고는 천천히 고개를 끄덕였다. 단순한 금두꺼비가 아니라 정교한 세공으로 두 눈에 파란 청옥이 박혀 있는 예술품이다.

만궁은 그 선물이 마음에 드는지 꿇어 엎드린 오량에게 다가가 그의 어깨를 잡고 일으켰다.

"자네의 잘못이 아니네. 오히려 내 실수라 할 수 있지."

"그럴 리가 있습니까. 전부 이 오량이 잘못 처신해서 횡액을 당한 것입니다."

"아니, 아니. 내가 자네에게 쓸데없는 정보를 줘서 지부의 고수들을 외부로 내보낸 게 아닌가."

"아닙니다. 그 일은 제가 욕심을 부려 독단으로 처리한 것입니다. 만 총관님은 아무런 연관이 없습니다."

오량은 얼굴색이 변해 필사적으로 부인했다.

여기서 잘해야 한다. 사실 그날 지부의 고수가 대부분 자리를 비운 것은 장가장의 보물을 훔치러 갔기 때문이다. 지금은 거의 몰락해가는 장가장에 커다란 야명주가 있다는 것을 가르쳐준 사람은 만궁이니 그의 책임이 없다고 할 수는 없었다.

하지만 이 일을 그런 식으로 말해서는 안 된다. 오량이 조금이라도 만궁에게 책임이 있다는 태도를 취하면, 그는 즉시 만궁에 의해 제거될 것이다.

반면에 지금처럼 모든 죄를 자신의 것으로 돌린다면 만궁은 오량을 구제해 줄 수 있다. 그는 강운상회 전체에서도 손꼽히는 실력자다.

과연 만궁은 오량의 말에 보일 듯 말듯한 미소를 지었다. 그리고는 말했다.

"아무리 자네가 독단으로 일을 처리했다고 해도 나에게 도의적인 책임은 있지 않겠나? 그리고 이건 단순한 강도가 아닐 수도 있지."

"그럼?"

슬쩍 속내를 보이는 만궁의 발언에 오량은 일말의 희망을 느끼며 간절한 눈빛으로 되물었다. 만궁은 그 질문에 대답이라도 하듯 고개를 크게 한 번 끄덕이면서 자못 목소리를 낮추었다.

　"내가 보고를 받자마자 따로 조사를 해보았네. 아무래도 이 일의 배후에는 천오상회가 있는 듯하네."

　"옛? 그들이 감히 우리를 건드렸단 말입니까?"

　"그렇지. 그런 의미에서 이건 전쟁이네."

　"으음, 그렇다면 드디어 시작된 것이군요. 우리도 빨리 반격을 해야 합니다."

　오량은 두 눈을 빛내며 말했다. 갑자기 기운이 나는 듯했다.

　천오상회와는 이미 오래전부터 크고 작은 마찰이 있었다. 하지만 이렇게 노골적으로 무력을 동원해 공격을 한 적은 없다.

　어쨌거나 오량에게는 구원의 밧줄과도 같은 정보였다. 강도에게 당했다고 하면 처벌의 대상이 된다.

　하지만 천오상회에 의해 공격을 당했다면? 전쟁 중의 희생자가 된 것이기에 죄를 추궁당하지 않는다. 이 점은 아주 중요하다.

　만궁은 손가락을 입 가운데 대며 쉬하고 불었다.

　"조용히 하게. 쉽게 입 밖에 내서 할 말은 아니네."

　"하지만 당한 것은 당한 겁니다. 언제부터 우리 강운상회가 당하고 참았습니까?"

　"물증이 없다네."

“그런!”

“그래서 말인데, 이 일은 어둠에서 어둠으로 처리가 되어야 해.”

오량은 알았다는 듯 미소를 지었다.

“어떻게 하면 좋겠습니까?”

“일단 가능하면 이 일을 외부 사람이 모르게 해야 하네.”

“그건 이미 처리를 해놓았습니다.”

강도를 당한 것을 다른 자에게 알릴 필요는 없다. 오량은 범인을 놓쳤다고 판단한 순간 모든 무사들을 다시 불러들여 집안 단속을 했다.

만궁은 잘했다는 듯 오량의 등을 툭툭 두드리며 다시 말했다.

“자네가 혈마단에 청부를 넣게. 대상은 천오상회의 상 총관이 좋겠구먼.”

“그자를? 괜찮겠습니까?”

오량은 조심스럽게 물었다.

혈마단은 살인청부업을 전문으로 하는 단체로 강운상회는 그곳의 단골손님이기도 했다. 필요에 의해 사람을 죽이는 것은 상회를 운영하다 보면 가끔씩은 각오를 해야 한다. 특히 강운상회에서는 더욱 그렇다.

문제는 대상이다. 천오상회의 상 총관은 말하자면 만궁과도 비슷한 지위의 거물이다.

잘못 암살하면 저쪽에서도 어둠의 칼날이 날아온다. 그 경우 대상은 만궁이 될 수도 있다.

만궁은 진지한 얼굴로 오량의 눈을 직시하며 말했다.

"난 싸움을 좋아하지는 않지만, 피하지는 않네. 그래서 총관지위에까지 오를 수 있었지."

꿀꺽.

오량은 만궁의 기백에 숨이 막혀 자신도 모르게 침을 삼켰다. 확실히 만궁은 무섭다. 오량은 그렇게 생각하며 천천히 고개를 끄덕였다.

"그런데 청부 금액은……."

오량이 살짝 물어보자 만궁은 다시 오량을 보았다.

"아닙니다. 제가 처리하겠습니다."

만궁은 말없이 고개를 끄덕이며 어서 가보라고 손짓을 했다.

오량은 속으로 욕을 했지만, 한편으로는 오히려 잘되었다고 생각했다. 처벌을 안 받고 재물 손실 정도로 끝난다면 그나마 다행이다. 자리만 유지되면 재물은 다시 모을 수 있다.

그리고 사실 청부를 오량 선에서 처리하고 만궁은 이 일과 전혀 연관이 없도록 해야 한다. 그래야 만약의 경우 만궁이 안전한 것이다.

이야기는 끝났다. 오량은 자신이 무사하게 살아남았다는 것에 안도의 한숨을 쉬며 만궁의 집무실을 나섰다. 이제 그는 재물을 챙겨 혈마단에 청부를 할 것이다.

만궁은 창문 밖으로 오량이 완전히 사라지는 것을 지켜보았다. 그의 입가에는 미소가 서려 있었다.

"미안하다, 오량. 네놈에게 원한은 없지만, 재수가 없었구나."

만궁은 고개를 살짝 저으며 중얼거렸다.

"하기야 어차피 신교에서 일을 시작한 이상 강운상회 놈들은 대부분 제거될 것이다. 네놈은 조금 일찍 가는 거니 너무 억울해하지 말아라."

만궁은 그렇게 말하며 책상에 앉았다. 그리고 품속에서 작은 종잇조각을 꺼내 지필묵으로 글을 적기 시작했다.

이 단계를 끝냈음. 다음 단계를 진행하기 바람.

짧은 내용이지만 이것으로 보고는 끝이다. 만궁은 밀지를 작게 접어 책표지 사이에 끼웠다. 두꺼운 책표지에 밀지를 끼우고 봉하면 겉으로는 전혀 드러나지 않는다.

만궁은 원래 천오상회가 강운상회를 도모할 때를 대비해서 들여보낸 첩자이다. 십 년 전에 진곡이 중원으로 들어왔을 때 배치한 심복 중 심복이라 할 수 있다.

그는 이번에 비밀 첩지를 받았다.

강운상회를 집어삼킬 때가 되었다!

이제 일이 벌어지면 강운상회는 처절하게 당할 것이다. 살인 청부를 비롯한 모든 비리가 세상에 드러나고, 그로 인해 완벽하게 상인으로서의 대의명분을 잃는다.

그 후에는 천오상회가 고용한 용병들이 강운상회를 공격한다. 밀수품들의 거래 목록과 대부분의 비밀거점, 그리고 따로 육성하고 있는 직속무력들의 위치도 모두 넘어간 상태. 강운상회는 몸 한 번 꿈틀하지 못하고 흔적도 없이 스러져 갈 것이다.

"그리고 내가 새로운 강운상회의 상회주가 되겠지. 크크크."

만궁은 지난 십 년간의 노력이 이제야 결실을 맺는다는 생각에 자신도 모르게 음흉한 웃음을 지었다.

하지만 그는 꿈에도 모르는 게 있었다. 이번에 온 비밀 첩지가 중간에 바꿔치기 당한 가짜임을! 하기야 암호와 수결마저 완벽하게 꾸며진 비밀 첩지란 있을 수 없다.

단지 그것이 천마직속 기관인 천목밀혼단이 개입될 경우 예외가 발생할 뿐이다.

*　　　*　　　*

소운은 낮부터 오량의 집으로 숨어들어가 잠입해 있었다. 오량이 정상적인 업무가 아닌 지극히 은밀한 일들은 자신의 침실에서 진행한다는 것을 알고 있었다.

과연 밤이 되자 오량은 자신의 방으로 돌아와 청부를 위한 서류를 작성하기 시작했다.

소운은 천장에 달라붙어 숨도 쉬지 않은 채 그 모습을 보았다.

'후후후, 확실하군.'

불도 켜지 않은 어두운 방 안에 숨어 있어도 오량이 쓰는 밀지를 읽을 수 있다. 내공이 강해지니 이런 점이 좋았다.

어느 덧 누렇고 작은 종이에 깨알만한 글씨가 빽빽하게 채워졌다.

"청부 대상은 천오상회의 상균. 일시는? 한 달이면 되겠지."

오량은 청부를 한두 번 해본 솜씨가 아닌 듯 양식을 완벽하게 숙지하고 있었다. 하기야 서류로만 청부를 할 수 있다는 것은 이미 단골이라는 뜻이다.

"다 됐군. 이제 약정된 표식과 수결만 넣으면 된다."

이윽고 준비가 끝났는지 오량은 붓을 내려놓고는 밀지의 먹물이 마르기를 기다렸다.

그런데 그때, 그의 머리 위에서 누군가 혀를 끌끌 차는 소리가 들려왔다.

"상인이라는 놈이 살인청부나 하다니……."

"누구냐!"

오량은 극도로 놀라서 고개를 휙 쳐들면서 낮게 부르짖었다.

하지만 천장에는 아무도 없었다. 분명히 머리 위에서 목소리가 들렸는데? 오량은 자신이 귀신에 홀린 것인가 하고 겁이 덜컥 났다.

"뒤다."

등 뒤에서 다시 목소리가 들리며 오량은 자신의 목이 누군가의 손에 의해 죄어지는 것을 느꼈다. 동시에 전신이 굳어 움직여지지 않았다.

"컥! 누, 누구?"

"소리 지르면 목뼈를 으스러뜨려 버리겠다."

"끄윽. 안, 안지를 테니⋯⋯."

필사적으로 입을 열자 목을 조이던 압력이 약간 풀어졌다. 하지만 여전히 몸은 움직여지지 않았다.

'이자는 고수다!'

오량은 직감적으로 깨닫고는 눈알을 굴려 상대를 보았다. 냉막한 인상의 중년인이 한 손으로 그의 목을 쥐고서 다른 손으로 책상 위의 밀지를 집어 들고 있었다.

'적이냐? 아니면 단순한 강도냐?'

강도는 아닐 것이다. 고수가 뭐가 아쉬워서 남의 집 담을 넘는단 말이냐? 고수란 되기가 힘들어서 그렇지 일단 되면 먹고 살 수 있는 길은 아주 많다.

오량은 최대한 공손하게 말했다.

"대협, 누구신지 모르겠지만 일단 이 목 좀 놓아주시면 안 되겠습니까?"

"안 된다."

소운은 웃기지도 말라는 듯 바로 거절했다. 그리고는 천천히 밀지의 내용을 읽어 내려갔다.

"다시 봐도 역시 살인을 청부하는 밀지로군. 이걸 어디로 보낼 생각이었지?"

오량은 무조건 잡아떼어야 한다고 결심했다.

"살인 청부라니요! 그건 그냥, 끅!"

"변명이 통하리라 생각하다니."

소운은 피식 하고 웃었다. 그리고 정말 목뼈에서 드드득 소리가 날 정도로 힘을 주었다. 상대가 잡아떼는 말을 입 밖으로 꺼내게 하는 것조차 허락하고 싶지 않았다.

얼마 못가 오량은 기절해 버렸다. 목을 조르며 상대의 머리로 진기를 흘려보내면 잠시도 버틸 수 없다.

"이곳에서 소란을 피우면 안 되겠지. 일단 조용한 곳으로 가자."

소운은 오량을 등에 들쳐 메고 조용히 천장을 통해 지붕 위로 올라갔다. 그리고는 부엉이처럼 소리없이 하늘을 날아 지붕과 지붕을 뛰어넘었다.

일 각 정도가 지났을 무렵에는 이미 인근 숲에 들어설 수 있었다. 그 안에 있는 작은 통나무집은 사냥꾼들이 임시 숙소로 쓰는 곳이었는데, 지금은 소운이 이용하고 있었다.

"슬슬 시작해 볼까."

소운은 오량의 머리에 있는 혈을 자극하여 그를 정신 들게 했다. 오량은 끄응 하는 소리와 함께 눈을 떴는데, 아직 상황 판단이 안 되는지 잠시 주변을 두리번거렸다.

그러다가 소운을 다시 보고는 헉 하고 기겁한 소리를 내며 말했다.

"대, 대협. 혹시 저나 저희 강운상회에 원한이 있으시다면 가능한 한 좋은 방향으로 풀 수 있는 기회를 주십시오. 제가 꼭 대협의 마음에 흡족한 보상을 하겠습니다."

"홍, 보상이라. 재미있군."

소운은 웃으면서 오량의 말을 받았다. 하지만 말과는 달리 그런 개소리는 전혀 들을 마음이 없다는 듯 품속에서 한 알의 단약을 꺼내 강제로 오량의 입속에 넣었다. 검은색에 붉은 주사로 '일' 이라고 쓰인 약이었다.

"읍읍!"

먹지 않으려 해도 소용없다. 오량은 결국 단약을 삼키고야 말았다.

"이것은 혹시, 독약?"

"물을 필요 없다. 곧 알게 되니까."

소운은 여유있게 약효가 나타나기를 기다렸다. 곧 오량의 얼굴이 찡그러지기 시작하더니 금세 비명을 동반한 몸부림으로 바뀌었다.

"끄아아아아아아!"

전신의 혈관이 툭툭 튀어나오고 손과 발이 뒤틀리는 것이 보였다.

'쓸 만하군. 일 할의 분골착근단이 이 정도면 오 할은 정말 무섭겠어.'

소운은 나름대로 만족한 듯 고개를 끄덕였다. 이 기회에 저번에 개발한 분골착근단을 시험적으로 투여해 보았는데, 예상했던 대로 효과는 발군이었다.

일일이 혈도를 집고 근육을 비틀 필요없이 단약 하나로 충분한 고통을 주니 이 얼마나 간편한가?

그리고 주요 약재인 소혼칠웅단의 함량을 조절함에 따라 고통의 양과 지속시간이 바뀌니 상황에 따라 맞춰 쓸 수 있는 점도 좋았다.

마약의 흥분효과로 인해 중간에 기절할 염려도 전혀 없는 완벽한 고문단약이다.

약 일 각이 지나자 오량의 비명소리와 몸부림이 점점 약해지기 시작했다. 약효가 떨어진 모양이다.

곧 오량은 바닥에 큰 대자로 누워 숨만 헉헉 내쉬었다. 손가락 하나 움직일 기력도 없는 듯했다.

소운은 짐짓 심각한 표정으로 중얼거렸다.

“흠, 약효가 너무 빨리 떨어지는군. 하나 더 먹여야 하려나?”

그러면서 소운은 다시 분골착근단을 꺼냈다. 그러자 지금까지 전혀 움직임이 없던 오량이 갑자기 기운이 난 듯 벌떡 몸을 일으켰다.

오량은 즉시 오체투지의 자세로 엎드려 머리를 바닥에 쿵쿵 박았다.

“대인! 한번만 살려 주십시오. 무슨 말이든 다 하겠습니다.”

“죽지는 않을 것이다. 이걸 가지고 있던 마교놈이 장담했다. 고통만 가할 뿐 절대로 목숨은 빼앗지 않는 약이라고. 뭐, 그놈이 진실을 말했는지는 나도 모르지만.”

“크윽, 제발 살려주십시오.”

오량은 그저 엎드려 빌 뿐이다. 하지만 그의 목소리에서 간절함이 애절할 정도로 느껴졌다.

“일단 한 알을 더 먹어라.”

소운은 그렇게 말하며 ‘이’ 자가 새겨진 단약을 꺼냈다.

“그, 그것만은! 아, 안 돼!”

오량은 필사적으로 반항을 하려 했지만, 아무런 소용이 없었다. 곧이어 비명이 이어졌다. 소운은 아까의 비명도 더 이상 처절할 수 없으리라 생각했지만, 이번 비명을 들으니 과연 인간의 잠재력은 끝이 없구나 하고 감탄했다.

시간이 흐르자 오량의 몸부림이 그쳤다. 비명도 멎었다. 그는 혼이 반쯤 달아난 듯 눈에 초점도 없이 멍하니 하늘을 보고 있었다.

소운은 이제 되었다 하고 속으로 생각하며 품속에서 다시 한 알의 단약을 꺼냈다. 이번에는 '삼' 이라고 쓰인 단약이었다.

오량은 그것을 보자 갑자기 무슨 힘이 났는지 벌떡 일어나 근처의 바위를 향해 몸을 던졌다. 자결하려는 것이다.

"이놈이 허튼 반항을 하다니!"

퍽!

"크윽."

무림고수 앞에서는 자결도 못한다. 반응시간이 전혀 다르기에 오량이 일 촌을 움직일 때 소운은 일 장을 움직인다.

"크흐흐흑."

오량은 땅에 꿇어 엎드려 울기 시작했다.

용서를 빌어도 안 되고, 타협도 안 된다. 평소에 머리가 좋아 어떤 상황에서든 살아남을 수 있다고 장담하던 그였지만 지금은 도리가 없었다.

지금 상황은 완전히 그의 의지를 벗어나 무한한 고통만을 줄 뿐이다.

소운은 그걸 보더니 잠시 단약을 쥔 채 고민하는 표정을 지었다. 그리고는 한숨을 내쉬며 말했다.

“마교놈들의 말에 의하면 원래 이 약은 일부터 오까지 다섯 개로 이루어져 있다고 했다. 꼭 순서대로 먹이지 않으면 사람을 죽일 수도 있다고 하더군.”

오량은 울던 채로 몸을 부르르 떨었다. 그가 먹은 것은 ‘이’까지다. 아직 세알이 남아 있다!

소운은 다시 말했다.

“이는 일보다 두 배의 고통을 주고, 삼은 이보다 다시 두 배를 준다. 그리고 마지막 오는 일보다 십육 배의 고통을 주는데, 일단 오까지 모두 복용하면 더 이상 회복이 되지 않고 칠 주야를 고통에 울부짖다가 죽는다고 하더군.”

“크흐흐흐.”

오량은 생각만 해도 혼이 달아나려는지 묘한 귀곡성을 냈다.

소운은 다시 한숨을 내쉬며 오량의 어깨를 발로 툭툭 차며 말했다.

“원래는 네놈에게 삼까지 먹이고 자백을 받으려 했지만, 내 마음이 약해 이만 하겠다. 그러니 일어나라.”

울음소리가 그쳤다. 오량은 서서히 고개를 들어 소운을 올려 보았다.

그러자 소운은 발로 오량을 퍽 하고 차서 굴렸다.

“어서 일어나. 난 시간이 없는 몸이다.”

“예, 옛!”

오량은 정신이 버쩍 드는지 그대로 몸을 일으켰다. 소운은 고개를 끄덕이고는 오량이 몸을 던지려 했던 바위에 걸터앉았다.

"누굴 죽이려 했던 거냐?"

"천오상회의 상균, 상 총관입니다."

"흠, 천오상회라. 과연 그랬군."

깊이 생각에 잠기는 소운. 오량은 그 모습에 뭔가 이상함을 느꼈다. 상대는 딱히 자신이 살인청부를 하려 한 것을 책하려 하지 않고 있다. 뭔가 다른 이유로 이 일에 관여된 모양이다.

그러고 보니 이자가 괜히 자신의 방에 숨어들어 올 이유가 없다.

살인청부를 하는 것을 미리 안 것도 아닐 터이니, 다른 용무로 왔다가 우연히 이 일을 목격했을 것이다.

'여기서 잘하면 살 수 있다!'

오량은 그렇게 결론을 내렸다. 그러자 멍해 있던 머리가 핑핑 돌아가기 시작했다.

그때 소운이 다시 물었다.

"만궁이란 놈은 강운상회에 들어온 지 얼마나 됐지?"

"십 년이 조금 지났습니다. 그전에는 단독으로 조그만 상회를 운영하고 있다가 저희 강운상회와 합작을 하기로 하고 들어온 것으로 압니다."

"그럼 강운상회의 상회주와 아무런 인척관계도 아니군."

"그렇습니다."

이자의 목표는 만 총관인가? 그럼 그자에게 가야지 왜 애 꿎은 나한테 오는 거야! 오량은 속으로 욕설을 퍼부었다.

그때 소운이 말했다.

"만약 만궁이 천오상회의 첩자라면 강운상회가 입는 피해는?"

"예?"

오량은 쉽게 이해가 안 되는지 눈을 휘둥그레 뜨고 반문을 했다. 그러자 소운은 한술 더 떠서 고개를 저으며 다시 말했다.

"아니, 이렇게 말하는 것이 더 빠르겠군. 천오상회가 마교 와 연관이 있다면 강운상회가 감당할 수 있나?"

"그게 무슨 말씀이십니까? 대협은 누구십니까?"

"나는 일로객이라고 한다. 마교를 철천지원수처럼 미워하고 있지. 그런데 마교의 주구 중 한 명인 단철마도 무절진이란 자가 만궁과 접촉을 하더란 말이야."

"그런!"

믿을 수 없는 얘기다. 오량은 그렇게 생각했다. 하지만 이런 고수가 엄하게 헛소리를 할 리는 없다. 어떻게 된 것인가?

소운은 진지하게 오량에게 물었다.

"일단 네가 겪은 일을 자세하게 설명해 봐라. 가능한 한 정확하게, 그리고 조금도 거짓이 섞여서는 안 된다."

"그거야 얼마든지 말할 수 있습니다."

오량은 며칠 전 습격을 당한 이후로 겪은 일들을 설명했다. 일이 이렇게 된 이상 굳이 숨길 필요도 없는 것들이었다. 정체불명의 괴한에게 지부가 털린 것부터, 그 일을 만궁에게 보고하니 천오상회의 일이라고 반격을 명한 것까지 모두 말했다.

소운은 오량의 설명을 듣고는 '과연 그렇군!' 이라고 작게 중얼거렸다.

이제야 전후사정을 이해한 듯한 표정이었다.

"잘 들어라. 네놈이나 강운상회가 하는 일들이 비록 나쁜 일이나, 지금은 그걸 따질 상황이 아니다. 내가 아는 바로는 이렇다. 천오상회가 마교와 밀접한 관계가 있다는 것. 그리고 단철마도 무절진이라는 자가 만궁에게 밀지를 전달한 후, 네놈이 관리하는 지부를 털었다는 것이다."

"예엣! 그럼 우리 지부가 털린 것이 바로 만궁의 사주에 의한 것이란 말입니까?"

"그건 모른다. 만궁이 사주를 한 건지, 아니면 만궁도 지시를 받는 입장인지는 알 수 없다. 어쨌든 간에 지금부터 너에게 내가 조사한 사항들과 그 증거들을 주겠다. 너는 즉시 총상회주에게 가서 이 사실을 알려라. 그러면 그 다음에는 알아서 조사를 하지 않겠느냐?"

"그야 당연하겠지요. 확실히 이 정도 일에 대한 진상조사는 총상회주가 직접 해야 됩니다."

오량은 두 눈을 부릅뜨고 힘을 주며 대답했다. 방금 전까지 사신이나 역신이라고 생각했던 소운이 지금은 복신으로 여겨지기 시작했다.

이것은 기회다! 만약 정말로 만궁이 첩자고, 이번 일이 천오상회의 이중 공작이라면? 오량은 엄청난 공을 세우게 되는 셈이다.

아무리 눈앞의 일로객이란 자가 정보를 제공했다고 해도 그걸 전달하는 사람이 오량 본인인 만큼, 상회에서는 이 일에 대한 최고 공신을 그로 인정할 것이다.

오량은 이미 겁을 상실했다. 극도의 공포 뒤에 새롭게 싹튼 욕망의 불꽃은 너무나도 선명하게 타올랐다.

'음, 완전히 넘어왔군!'

오량의 반응은 소운의 기대를 저버리지 않았다. 소운은 오량이 자신의 말을 완전히 믿는다는 확신이 들자 담담한 태도로 입을 열었다.

"이것들이 사실을 증명하는데 도움을 줄 것이다."

소운은 말과 함께 미리 준비한 대로 만궁의 이적행위를 증명할 몇 가지 사실을 보여주었다. 그리고 단철마도 무절진의 시체와 그가 훔친 것으로 되어 있는 물건들도 모두 오량에게 돌려주었다.

"으드득, 이런 나쁜 놈!"

오량은 이를 갈며 무절진의 시체를 발로 밟았다.

무절진 때문에 그는 목숨이 넘어갈 뻔한 상황을 몇 번이나 넘겨야 했다.

그 위에 소운이 그에게 먹인 분골착근단도 무절진에게서 빼앗은 것이라고 했으니 오량이 얼마나 무절진을 미워했을지는 미루어 짐작할 수 있다.

잠시 무절진의 시체에 화풀이를 하던 오량은 일로객이 자신을 지켜보고 있다는 사실을 깨닫고 얼른 눈치를 살폈다. 다행히 일로객은 오량의 행동에 그다지 불쾌한 기색을 보이지 않았다.

오량은 곧바로 자세를 바로한 후 일로객을 향해 깊게 고개를 숙여 절을 하며 말했다.

"대인께 감사드립니다. 일로객 대협께서는 정말 이 오량의 삼생의 은인이십니다!"

"흠흠. 별거 아닐세."

오량은 상대의 반응을 귀신처럼 눈치 채고 기회를 놓치지 않았다. 그는 즉시 다시 한 번 고개를 숙여 간곡하게 말했다.

"염치없지만 한 가지 부탁이 있습니다."

오량의 말에 소운은 아무 대답도 하지 않았다. 그저 지긋이 바라보기만 했다. 오량은 그것을 말을 해보라는 대답으로 받아들이고 얼른 말을 이어갔다.

"물론 총회주께 이 일을 알리는 것은 당연한 일입니다. 하지만, 제가 혼자 가서 말하는 것보다 일로객 대협과 같이 마교놈들을 잘 아는 분께서 동행을 해주신다면 좀 더 빠른 대처가 가능하리라 생각됩니다.”

“흠.”

소운은 가타부타 대답을 하지 않고 잠시 생각에 잠긴 표정을 지었다.

이에 오량은 더욱 용기를 내어 소운을 지부로 초청했고, 소운은 못 이기는 척 그를 따라나섰다.

“이것은?”

지부에서 고급 차를 대접한 오량은 양해를 구하고 자리를 비우더니 손에 보따리를 들고 돌아왔다. 그는 그것을 공손한 태도로 소운에게 바쳤다.

“소소하지만 소인의 목숨을 구해주시고, 저희 상회의 큰 위기를 알려주신 것에 대한 성의 표시입니다.”

“흠.”

소운은 슬쩍 헛기침을 하고는 슬쩍 보따리로 시선을 주었다.

오량은 기다렸다는 듯 꾸러미를 풀어 적지 않은 보물들을 내놓았다.

‘어차피 엉뚱한 곳에 갈 뻔한 재물이니, 이자에게 바쳐 더 큰 기회를 잡는데 써도 전혀 아까운 일은 아니지!’

오량이 내놓은 것들은 만궁에게 바치려고 준비한 일종의 뇌물성 물건들과 흑혈단에 청부할 때 대금으로 사용하려던 것이었다.

"물론 총상회주께서 알아서 포상을 하시겠지만, 이것은 저의 개인적인 성의이니 부담없이 받아주셨으면 합니다."

오량은 개인적인 성의라는 부분에 슬쩍 힘을 주어 말을 하면서 다시 한 번 일로객의 눈치를 보았다. 소운은 자신 앞에 내밀어진 보물을 보면서 아주 약간 흡족한 표정을 살짝 흘려냈다.

오량은 총회주와의 면담에 도움이 될 만한 사실들을 열심히 말했다. 그러면서 은근한 목소리로 이 일을 밝혀내는 데 자신이 적극적으로 도왔다는 것을 총회주에게 말해달라고 부탁했다.

소운은 오량의 선물들을 품속에 넣으며 살짝 고개를 끄덕여 승낙했다.

오량은 크게 기뻐했다.

'이자는 절대 겉멋만 든 강호의 딱딱한 협객 나부랭이가 아니다. 나를 다루는 것을 미루어보면 수가 보통이 아니지. 하지만 그만큼 시세를 아니 아부만 잘하면 충분히 이용할 수가 있다.'

오량은 그렇게 판단했다.

한편 소운은 기뻐하는 오량을 보며 생각했다.

'미안하다. 모르는 게 약이라고, 그냥 그렇게 기뻐하고 있어라. 네놈의 소망대로 이번 일의 최고 수훈자는 네놈이 될 테니까. 그 뒤에 일어날 일은 나도 책임 못 지지만 말이야.'

어쨌거나 이렇게 되면 강운상회는 천오상회의 뒤통수를 확실하게 한 번 칠 수 있게 된다.

천오상회는 강운상회의 손에 의해 정체가 밝혀지고, 또한 무너져야 한다.

소운은 그 와중에 일로객으로 움직여 세상에 이름을 알릴 것이다.

아직 일로객이 활선문과 연관되어 있다는 것을 아는 사람은 극히 적다. 같은 사천의 문파인 아미와 청성, 그리고 당씨 세가의 몇몇 사람뿐이다.

혹시라도 그곳에서 정보가 새려고 해도 마교 쪽으로 흘러 들어 가는 정보는 소운이 제어를 할 수 있다. 그리고 이미 활선문에서 조용히 사람을 보내 그들에게 비밀유지를 부탁했다.

이제 일로객이 세상을 진동시키면, 그것으로 활선문은 사천에서 결코 무시 받지 않는 문파가 된다.

마교를 물리치고, 천외신무회를 세운다. 그러는 한편 일로객이라는 강호협객을 탄생시켜 활선문의 안전을 확보한다.

일석삼조의 계책이 이제 시작되었다.

성동격서 (聲東擊西)

무림맹이 앞에서 싸우면 나는 뒤를 친다

南斗延壽保命時老君告天師曰
天八會之真文三洞三清之上
彙道元始天尊昔經歷于億萬劫天地始終
太上說南斗延壽保命

安真經太上說南斗
此經乃九天八
倫五運遷變萬彙道
熙衰而人

성동격서(聲東擊西)

무림맹이 앞에서 싸우면 나는 뒤를 친다

오량은 열심히 뛰어다녔다. 그 덕분인지 아니면 일이 워낙 중요해서 그런지 몰라도, 소운과 오량은 날이 밝기 전에 강운상회의 총상회주를 만날 수 있었다.

"총상회주님을 뵙습니다."

오량은 고개가 땅에 닿도록 깊게 절을 하며 말했다. 그의 뒤에는 아직 소개를 받지 못한 일로객, 소운이 우뚝 서 있었다.

'돈을 갖다 발랐군!'

소운은 주위를 슬쩍 돌아보며 한마디로 결론을 내렸다. 환경을 보면 주인의 성격이나 취향을 대충 알 수 있는 법이다.

총상회주의 개인적인 집무실이라는 이곳에는 값비싼 물건들이 사방에 널려 있었다.

하지만 전체적인 분위기를 고려하기보다는 과시의 목적에 더 치중한 탓에 화려하기는 해도 고상하다고 하기는 힘들었다.

"일어나게. 그래, 이분이 이번에 도움을 주신 분인가?"

새벽에 가까운 시간. 총상회주와 면담을 하려니 대략적인 내용이라도 미리 알려야 했다.

오량은 황급히 몸을 일으켜 세운 후 일로객을 총상회주에게 소개했다.

"네. 일로객 대협께서는 마교의 악적들과 맞서 싸우는데 한 몸을 바치신 분입니다. 그리고 이번에……."

오량은 자신이 알게 된 내용들을 속속들이 총상회주에게 보고했다.

그는 대화의 중간에 증거물을 꺼내보이고, 가끔씩 일로객의 동조를 얻어내는 등 총상회주가 미심쩍어할 부분에 대하여 세심하게 배려하면서 모든 상황을 상세히 설명했다.

"마교라……."

총상회주인 강선은 미간에 주름을 잡으며 심각한 표정을 지었다. 잠시 생각을 하듯 허공을 떠다니던 그의 시선은 잠시 후 일로객의 얼굴에 고정되었다.

"아, 이런. 내 정신! 미안하오. 다른 일도 아니고 마교와 관련된 일이다 보니 고맙다는 말도 없이 결례를 범했소."

"나는 괜찮소."

강선의 사과에 소운은 살짝 고개를 움직여 이해한다는 뜻을 밝혔다.

그렇게 말하면서도 그의 인상은 냉막함 그 자체였다. 총상회주에 대한 말에서도 저쪽에서 먼저 건네 온 것과 동등하게 하오체를 썼다.

강선은 속으로 이것 봐라 하고 생각하면서도 온화한 미소를 지은 채 소운에게 물었다.

"그런데 우리 상단에 큰 은혜를 입힌 귀인의 본명조차 알 수 없으니 참 난감한 일이 아닐 수 없구려. 분명 귀하 정도의 실력자라면 사문 또한 대단한 곳일 텐데, 이 강 모의 안목이 심히 낮아 미처 알 수가 없으니 참으로 안타까운 일이오."

미사여구로 치장이 되었지만 말인즉슨 넌 어디의 누구냐는 질문이다. 소운은 그 속 보이는 말에 속으로 코웃음을 쳤다. 그리고 겉으로 드러난 그의 태도 또한 그보다 낮지는 않았다.

"나는 일로객. 마교를 쫓는 자일뿐이오."

상당히 완곡한 청에도 소운의 태도는 더욱 완강했다. 그 순간 강선의 뒤에 우뚝 서 있던 자에게서 강한 기운이 뻗어 나와 소운을 압박했다.

'절정고수!'

사실 처음부터 소운은 그의 정체를 대충 짐작하고 있었다. 총상회주 바로 곁에서 호위하는 이가 단 한 명이라고 들었기 때문이다.

강운상회와 같은 큰 상회의 주인을 호위할 정도이니 그 실력이 낮을 리는 없다.

하지만, 이번에는 상대가 달랐다. 소운은 무심한 태도로 압박해오는 기운을 슬쩍 몸 주위로 흘려버렸다. 그는 단 한 순간도 총상회주 뒤에 있는 호위무사를 쳐다보지 않았다.

강선의 직속 호위무사인 삼첨단창 궁인은 할 수 없이 기세를 거두었다.

마교와 싸운다고 하기에 혹시나 했더니 나름 숨겨놓은 실력이 한 수 있는 것은 분명했다.

궁인을 통한 은근한 압박이 통하지 않자, 강선은 어쩔 수 없다는 듯 말했다.

"으음, 알겠소. 더 이상 그대의 사문과 고향은 묻지 않겠소. 하지만 어차피 이 일에 대한 조사는 무림맹과 연계해서 치밀하게 이루어져야 하니, 일로객께서는 그때까지 이곳에 머물러 주시오."

"아니, 본인은 할 일을 했으니 이만 떠나겠소."

소운이 생각할 필요도 없다는 듯 바로 거절하자, 강선은 표정을 굳히며 말했다.

"그것은 곤란하오."

"미안하지만, 본인은 강운상회와 연관되고 싶지 않소. 이번에도 마교의 일이 아니었다면 절대로 이 자리에 있지 않았을 것이오."

소운은 그렇게 말하며 자리에서 일어났다. 그러자 삼첨단창 궁인이 살짝 한 걸음을 내딛으며 말했다.

"총상회주의 호의를 거절하지 마라."

소운은 피식 웃으며 대답했다.

"버릇없는 놈이군. 주인과 손님이 대화를 하는데 종이 나서?"

"이놈!"

슈육.

궁인이 강운상회에서 일을 한 지는 이십 년이 넘었지만 아직까지 그를 종이라 부른 자는 없었다. 강선도 항상 궁 사부라 불렀다.

궁인은 극도로 노해 그의 독문무기인 두 개의 삼첨창을 동시에 앞으로 찔렀다.

삼지창처럼 끝이 세 갈래로 갈라진 삼첨창은 검을 걸어서 꺾을 수 있기 때문에 검도고수에게는 악몽과도 같은 무기라 할 수 있다.

그것도 동시에 두 개로 좌우 가슴을 노렸다. 살초나 다름없는 무서운 공격이었다.

하지만 그것은 소운에게는 예외였다.

소운은 가볍게 검을 뽑아 궁인의 삼첨창 날을 때렸다. 그러자 캉, 하는 소리와 함께 창이 옆으로 튀었다. 궁인이 인상을 찡그리며 공격당한 창을 회수하려 했지만 신기하게도 검이 창을 감았다.

턱, 부욱.

창이 창을 막고, 얽힌 창이 뒤집히며 오히려 궁인의 바지를 찢었다. 소운이 중간에 힘을 빼지 않았다면 허벅지에 큰 상처를 입었을 것이다.

"쌍첨격은 빠르고 변화가 많아 피하기는 어렵지만, 힘이 분산되어 약하다. 두려워하지 않고 강하게 받아치면 상대의 병기로 상대를 공격할 수 있지. 정말 실패하지 않는 공격을 원한다면 두 개의 창의 힘을 하나로 모아라."

소운은 한 수 가르쳐 준다는 듯 그렇게 중얼거리고는 그대로 방을 나섰다. 아무도 소운을 잡지 못했다.

소운은 강운상회를 나오자마자 경공을 펼쳐 혹시 모를 미행으로부터 몸을 피했다. 일단 숲 속으로 들어와 정신을 집중하며 사방을 살피니 아무도 뒤를 쫓지 않은 것을 알 수 있었다.

약간 긴장을 푼 소운은 나무 위에 걸터앉아 하늘에 떠 있는 달을 보았다.

지금까지는 계획대로 되었다. 하지만 이제부터 일의 주체는 강운상회에 넘어갔다. 그들이 어떤 방식으로 이 일에 대처

할 것인가에 따라 소운도 할 일이 바뀐다.

하지만 저들이 어떻게 할지는 이미 예상된 바가 있다. 그 점에 있어서 서문량의 설명이 있었다.

"강운상회는 무림의 거대방파들에게 경멸의 대상이기도 합니다. 평판이 워낙 좋지 않기 때문이지요. 그러니 이번에 일이 벌어지면 틀림없이 무림맹의 도움을 받아 조사를 하려 할 것입니다. 그럼으로써 자신들이 마교의 적이자 무림맹의 친구라는 것을 확고히 할 수 있는 것입니다. 또한 그런 와중에 무림맹의 고수들을 구워삶아 인간적인 교류를 하려 할 것입니다. 적지 않은 재물과 미녀가 뇌물로 제공되어 질지도 모릅니다."

그럼 소운은 어떻게 해야 할까? 서문량은 간단하게 대답했다.

"일로객으로서 마교척결의 선두에 나서셔야 합니다. 어차피 일로객은 일자혈로(一字血路)에서 따온 명호이니, 마교와 싸울 때에는 피를 보는 것을 두려워해서는 안 됩니다. 그렇게 협명을 얻게 되면 차후에 큰 힘이 될 것입니다."

협명을 떨치려면 이것저것 앞뒤를 생각해서는 안 된다. 죽음을 두려워해서도 안 되고, 거대세력의 힘에 억눌려서도 안 된다.

　소운은 일로객이란 신분이 결코 쉽지 않다는 것을 알면서도 이 계획을 승낙했다.

　사소한 변화는 무시한다.

　강운상회의 손에 의해 천오상회가 무너지고, 무림맹의 세력이 강운상회와 인연을 맺는 것. 그리고 일로객이 활약을 하는 것만 이루어지면 천외신무회는 세워질 것이다.

　"한 달 후에는 바빠지겠군."

　소운은 그렇게 중얼거리며 눈을 감고 명상에 들었다.

＊　　　＊　　　＊

　한 달이 지났다. 소운과 서문량이 예상했던 대로 강운상회는 무림맹에 이 일을 알렸고, 무림맹에서는 비밀리에 조사대를 보냈다.

　그들은 천오상회를 조사하는 한편, 신비의 고수인 일로객에 대해서도 신중하게 조사를 했다. 하지만 아직 일로객의 이름을 아는 자는 없었다.

　여기서 소운이 다시 만족한 미소를 지을 수 있었던 점은 무림맹에서 조사대를 지극히 은밀하게 보냈다는 것이다.

　일전에 곤륜파의 장로에게 경고했던 것이 무림맹의 수뇌부로 흘러들어간 것이 틀림없다.

아마 무림맹에서는 자체적으로 마교의 첩자들에 대한 조사를 진행하고 있을 것이다. 조금이라도 의심스러운 자에게는 절대로 이번 일이 새지 않게 조심했음이 틀림없다.

무엇보다 천오상회에서는 이번 일에 대해 전혀 모르고 있었기에 방비가 전혀 없었다.

이윽고 때가 되었다.

강운상회가 직접 기른 고수들과 무림맹의 전투부대가 장강 상류로부터 배를 타고 내려가 남창으로 향했다. 전격적인 상륙작전을 벌이려는 모양이었다.

소운은 때를 맞추어 남창에서 대기하는 중이었다.

"지금쯤이면 공격대가 상륙을 했겠지."

소운은 해를 보며 시간을 가늠했다.

문제는 일단 전투부대가 상륙을 하는 순간, 천오상회에서도 이 일에 대해 알게 된다는 점이다. 적들도 눈뜬장님은 아니다.

본거지 근처에 고수 수십 명이 나타나는데 모르면 마교의 외총단이라고 할 수 없으리라.

과연 천오상회의 안쪽이 약간 소란스러워지기 시작했다. 그리고 수십 명의 사람들이 뒤쪽 길로 나갔다. 그중에는 소운이 익히 아는 인물도 있었다. 마검패룡 진곡이었다.

"아직 저놈보다 내가 약하지."

소운은 절대로 진곡과 싸울 마음이 없었다. 강하다는 걸 뻔히 아는데 맞서 싸우면 죽음 밖에는 남는 것이 없다.

반대로 진곡만 없으면 다른 자들은 어떻게든 된다. 무공도 무공이고, 독도 있다.

이미 조사는 다 끝나 있는 상태. 진곡이 어디서 무림맹의 고수들과 싸울지는 뻔하다. 싸움에는 싸움의 장소가 있다. 특히 수십 명의 고수들이 집단전을 벌일 수 있는 곳은 많지 않다.

그들은 부월림에서 싸울 것이다. 그리고 그렇게 주력이 싸우는 사이 뒤를 치면 효과가 발군이리라.

"이것이야말로 성동격서지, 암."

소운은 조용히 몸을 일으켜 움직이기 시작했다. 그가 목표로 삼는 곳은 천오상회가 곡물을 쌓아두는 곡물창고였다.

남창은 강남에서 가장 곡물생산량이 많은 곡창지역이고 천오상회는 그 곡물을 팔아서 번성한 곳이다.

또한 해남 같은 남부의 변방지역과의 교역도 성행한다. 그 맥이 되는 곳이 바로 곡물창고다. 이곳을 부수면 저들은 빠져나갈 곳이 없다.

"누구냐!"

확실히 이곳은 지키는 자들의 수준이 다르다. 소운의 은신술로는 감시자의 눈을 피할 수 없었다.

소운은 멈추지 않았다. 어차피 여기서부터는 실력행사다.

슈슈슉.

머리 위로부터 암기가 날아왔다. 소운은 내공을 끌어올려 땅을 박찼다. 휘익 하는 바람 가르는 소리와 함께 그의 신형이 그림자처럼 길게 늘어졌다.

그는 궁신탄영의 수법으로 암기가 도달하기 전에 앞으로 쏘아져 나갔다.

"경공의 고수다. 막아랏!"

누군가가 외쳤다.

"네놈이 감시대 대장인가?"

소운은 외침이 들린 쪽을 보며 손을 휘익 저었다. 세 개의 비침이 소리도 없이 날았다.

"큭!"

소리를 지른 자의 이마에 구멍 세 개가 뚫렸다. 하나도 피하지 못했다.

"누구냐? 네놈이 감히 우리 천오상회를 공격하다니!"

앞쪽에 한 명의 거한이 나타났다. 거대한 방편산을 들고 있는 자였다.

"철산포천 천도강, 빨리도 나왔군."

소운은 그때서야 멈춰 섰다. 이곳을 지키는 자들 중에 최고 고수라 할 수 있는 자였다.

천도강은 의외라는 듯 인상을 찡그리며 그의 독문무기인 강철방편산을 폈다. 철로 된 커다란 우산이 펴지자 우산살 끝이 칼날처럼 날카롭게 번뜩였다.

"나를 알다니. 보통 놈이 아니구나."

"그 우산만 봐도 알겠다. 타핫!"

한마디 대화를 나누는 사이에도 적은 소운을 포위하고 있다. 소운은 급히 손을 쓰기로 했다.

검이 먹이를 노리는 살모사처럼 곡선을 그리며 앞으로 쏘아져 나갔다. 검끝의 무서움은 독사의 그것보다 무섭다.

"흥, 그 정도 공격으로 이 철산을 뚫을 수는 없다."

천도강은 가소롭다는 듯이 방편산을 앞으로 내밀었다. 검이 튕기면 그대로 우산으로 상대의 머리를 부술 생각이었다.

그런데 막 검이 우산에 닿으려는 순간 소운이 두 손으로 검을 잡았다. 그리고는 내력을 집중하여 검날을 둥글게 말았다.

"엇!"

핑.

말렸던 검이 튕겨지며 방편산의 한쪽에 박혔다. 부욱 하는 소리와 함께 철망과 천잠사로 이루어진 방편산의 한쪽 천이 찢어졌다.

소운은 검을 거두며 엄숙하게 선언했다.

"찢어진 우산으로는 비를 피하지 못한다. 내 검을 피하기는 더욱 힘들지."

"이놈!"

치욕이다. 천도강은 이를 갈며 방편산을 접었다. 그리고는 새처럼 하늘로 날아올랐다.

"천붕만창!"

상대를 죽이지 못하면 자신이 다칠 수밖에 없는 천도강 비장의 절초가 펼쳐 졌다. 하늘로부터 방편산의 강철살이 발사되어 비처럼 소운 위로 쏟아졌다.

동시에 천도강은 중심대만 남은 방편산을 철퇴처럼 휘둘러 소운의 머리를 노렸다.

소운은 방심하지 않고 검을 번개처럼 휘둘러 강철살을 쳐내는 동시에 좌장으로 천도강의 몸을 때렸다.

펑!

장이 천도강의 몸에 닿지도 않았는데 북 터지는 소리와 함께 천도강의 몸이 튕겼다.

"크윽! 겨, 격공장을?"

천도강은 믿을 수 없다는 표정을 지었다. 상대는 분명 검술의 고수인 것 같았는데 격공장을 쓴 것이다.

소운의 우수에 들린 검만을 경계하던 그로서는 허를 찔린 셈이었다. 이걸로 천도강은 치명적인 충격을 받았다.

상대의 위기는 나의 기회!

소운은 입을 다문 채 다시 두어 걸음 앞으로 나오면서 연속해서 천도강의 요혈을 찔렀다.

천도강은 절정고수답게 몸을 뒤집어 피하려 했지만 결국 아랫배에 일검을 허용하고야 말았다. 동시에 소운의 내력이 그의 장에 침투했다.

"커헉!"

천도강은 피를 토하며 쓰러졌다. 소운은 그의 몸에서 묻은, 검의 피를 닦으며 중얼거렸다.

"절초를 쓸 때 초식 이름을 외치는 것은 사치지. 이를 악물고 전력으로 펼쳐도 실패할 때가 있는데 말이야."

검을 휘두르며 좌장을 쓰는 것은 언제나 위험을 동반한다. 검의 정교함과 장의 강맹함이 조금이라도 섞이면 둘 다 쓸모없게 되는 것이다.

소운은 호흡을 조절하며 사방을 둘러보았다. 시작부터 대장을 처리하니 약간 김이 빠졌다. 그러나 일을 하기에는 이쪽이 편하다.

'어차피 강한 놈은 대부분 부월림으로 갔을 테지. 여기에 절정고수가 몇 명씩이나 남아 있을 리는 없다.'

소운은 그렇게 생각하며 사방을 살폈다. 과연 상당한 수준의 무사들이 저마다 무기와 암기를 들고 소운을 향해 포위망을 구축하고 있었지만 그중에 절정고수급은 한 명밖에 없어 보였다.

'내친김에 센 놈부터!'

소운은 한 명 남은 절정고수급에게 몸을 날렸다. 상대는 긴 창을 든 자였는데, 장창의 고수라면 섬전창이나 반양창일 것이다.

슈욱.

창이 회오리바람처럼 회전을 일으키며 소운의 주변을 감쌌다.

"반양창 청노본이군."

"네놈은 누군데 나를 아느냐?"

상대는 당황한 모양이다. 스스로 시인을 해주니 마음이 편했다.

일단 상대의 정체를 파악하니 그의 독문무공의 특성도 머리에 떠올랐다. 이래서 사전 조사가 철저하면 일하기가 편한 법이다.

소운은 상대를 향해 정면으로 검을 뻗었다. 변화는 전혀 없지만 그만큼 강력한 기세가 담겨 있었다.

신기하게도 청노본은 더 이상 공격하지 못하고 뒤로 물러섰다. 그리고는 다시 위와 아래로 파도처럼 날뛰는 창법을 구사했다.

소운은 계속해서 강검으로 반격을 가하며 말했다.

"창의 강점은 길이와 속도! 하지만 반양창은 그걸 버리고 변화를 추구했지."

"흥, 네놈이 반양창을 알면 얼마나 아느냐!"

청노본은 대꾸를 하면서도 속이 뜨끔했다. 상대는 마치 자신의 창법을 꿰뚫고 있다는 듯한 태도를 보이고 있었다. 입으로는 가소롭다는 듯이 말하면서도 그의 속내는 크게 흔들리고 있었다.

소운은 순간적으로 살짝 흔들리는 청노본의 눈빛을 보고 회심의 미소를 지으며 속으로 대꾸했다.

'잘 알지. 마교에 있을 때 비급을 봤거든.'

청노본은 진곡이 중원에 나올 때부터 동반한 심복이다. 이곳의 수장이었던 천도강보다 오히려 진곡의 신임을 받았을 것이다.

단지 그는 상황 판단이 빠르지 못하고 소심하다. 마교인답지 않게 강맹한 무공이 아닌 환의 요결을 담은 반양창을 익힌 것만 봐도 알 수 있다.

소운은 더욱 적극적으로 공격을 가했다. 상대의 창이 바람 소리를 내며 소운의 몸을 스치고 옷을 찢었다. 하지만 피는 튀지 않았다.

그만큼 소운이 청노본의 공격을 정확하게 흘려낸다는 의미였다.

"이익!"

청노본은 소운이 강하다는 것을 깨닫자 즉시 몸을 빼려 했다. 하지만 고수를 상대로 몸을 빼는 것은 결코 쉽지 않다.

"뭐하냐? 쳐라!"

다급한 김에 다른 무사들에게 소리를 쳤다. 그러자 사방에서 암기가 날아왔다. 살상력이 강한 암기가 아닌 우모침 같은 가벼운 암기에 독을 묻힌 것들이다.

즉효성이 아닌 독이라 혹시 잘못해서 청노본이 맞더라도 크게 문제 되지는 않는다. 하지만 소운이 맞게 되면 시간이 흐름에 따라 확실하게 몸이 굳는다.

'망할 놈들, 머리를 쓰는군.'

소운은 속으로 욕을 하며 사방으로 장력을 날렸다. 암기들은 장력의 기세에 휘말려 힘을 잃었다.

하지만 그 바람에 청노본이 기회를 얻었다. 그는 이때가 아니면 힘들다고 판단했는지 과감하게 몸을 땅에 굴리며 아래에서 위로 창을 찔렀다.

승천비룡!

반양창 최후의 절초이자, 변화가 아닌 극쾌의 창이다. 점점 심해지는 변화 중 갑자기 무변쾌속의 찌르기는 오히려 최고의 변화다.

창은 소리도 없이 소운의 아랫목줄기를 노렸다. 하지만 소운은 이미 반양창의 비급을 읽었다. 휙 하는 소리와 함께 소운의 몸이 뒤로 눕다시피 굽었다.

간단하고도 빠른 철판교! 그것으로 승천비룡을 피했다.

소운은 그 자세로 한쪽 발을 들어 상대의 창을 찼다. 팍 하는 소리와 함께 창이 하늘로 날았다.

동시에 그 반동으로 다시 몸을 일으킨 소운은 검으로 땅에 엎드린 형국의 청노본의 등을 찔렀다.

"큭!"

청노본은 꼬챙이에 찔린 개구리처럼 등을 찔려 죽었다.

절정고수 두 명을 빠른 시간 내에 처리한 것은 운이 좋았다. 소운은 속으로 그렇게 생각하면서도 겉으로는 당연하다는 듯 검을 하늘로 치켜세우며 살기를 줄기줄기 내뿜었다.

그리고 내공이 깃든 목소리로 외쳤다.

"마교의 악도들! 네놈들의 피로 길을 만들겠다."

"앗, 저놈이 우리의 정체를!"

그때서야 주변에 모여들던 자들은 경악성을 지르며 불안한 표정을 지었다.

상대는 단순한 침입자가 아니다. 그는 이곳이 어딘지를 정확히 알고 기습을 가했다.

그렇다면?

"크흐흐. 어쩐지 정체불명의 고수들이 남창에 들어왔다고 하더니, 드디어 올 것이 온 것인가?"

전신이 털로 뒤덮인 자가 울음인지 웃음인지 알 수 없는 소리를 내며 중얼거렸다.

"강모살귀, 네놈도 있었군."

소운은 단번에 그자의 정체를 알아봤다. 확실히 앞에 두 놈이 죽은 이상 이자 정도가 최상위자일 것이다.

"크흐흐, 네놈과 같은 고수가 나를 알다니 영광이군."

강모살귀는 다시 웃었다. 그리고는 주변을 보며 명을 내렸다.

"일, 이, 삼 조는 나와 함께 저놈을 친다. 나머지는 탈출준비를 시작해라."

일단 정체가 드러난 이상, 이곳은 끝났다. 천오상회는 이름도 남지 않을 것이다.

강모살귀는 빠르게 대처하기로 했다. 단지, 단신으로 이곳에 뛰어든 적만큼은 그냥 두고 갈 수 없다고 판단했다. 이는 어찌 보면 마교의 자존심이 달린 문제이니만큼 간과할 수 없었다.

강모살귀는 양손에 박도를 들고 전신의 털을 꼿꼿이 세웠다. 전투태세이다.

"쳐라!"

와아아아!

강모살귀의 명에 따라 마교의 무사들이 함성을 지르며 공격을 시작했다.

인왕업화진(仁王業火陳)! 얼핏 보면 무분별한 집단공격 같았지만 사실은 마교의 공격진이다. 고수를 상대하기 위한 진으로 동귀어진의 수법을 전원이 사용하기에 그 살상력은 발군이라 할 수 있다.

그러나 그들이 함성을 지를 때 소운은 이미 움직이고 있었다.

'인왕업화진은 청운전병대도 연습하게 할 공격진 중 하나인 만큼 그 안의 변화는 누구보다 자세하게 봐뒀지.'

소운은 진법이 미처 발동되기 전에 한쪽 축을 쳐서 부쉈다.
그리고 그들이 재정비를 위해 움직이는 것에 따라 다시 새롭
게 만들어지는 중심축에 먼저 뛰어들었다.

마교도들은 마치 죽기 위해 소운에게 뛰어드는 형국이 되
었다.

"저놈이 진에 대해 알고 있다!"

누군가가 깨닫고는 외쳤다. 소운은 비웃음을 지으며 들으
라는 듯 큰 소리로 받아쳤다.

"난 마교척결을 위해 목숨을 걸었다. 네놈들의 비열한 수
법 따위는 나에겐 통하지 않는다!"

"진을 풀어라! 이대로는 오히려 방해가 된다."

"이미 늦었다."

전열이 흐트러진 하수들은 그야말로 밥이다.

강모살귀는 눈에서 광기를 흘리며 미친 성성이처럼 덤볐
지만 소운은 오히려 그를 상대하지 않았쪽. 가장 강한 자들을
처리한 이상 이제는 반대로 약한 부분부터 착실하게 소모시
켜야 할 때다.

소운은 걸리는 모든 자를 사정없이 베었다. 그야말로 피가
시냇물처럼 흘렀다.

수십여 명의 마교도들이 대부분 죽거나 다쳤다.

"네, 네놈은 악귀다!"

"마교놈들에게 그런 말을 들으니 신선하군."

팍!

소운은 마지막 일검으로 강모살귀를 죽였다. 눈앞에 적이 모두 사라지자 서서히 피가 식으며 머리가 맑아지는 것이 느껴졌다.

살짝 손이 떨렸다. 묵혈신마공을 끌어올리면 흥분상태가 되고 기운이 끊임없이 솟아난다. 그리고 피에 대해 묘한 끌림을 느낀다.

"극마의 경지는 피의 길인가."

소운은 씁쓸히 미소를 지으며 중얼거렸다. 그리고는 고개를 돌려 아무렇지도 않은 표정으로 창고들을 보았다.

"시작하자. 곧 도망간 놈들이 다른 놈들과 함께 올 테니까."

주력을 앞으로 내몰고, 나머지 지역 중 한군데를 기습했다. 그렇지 않았다면 아무리 소운이라고 해도 혼자서 적들을 칠 수 없었을 것이다.

하지만 이제 얼마 지나지 않아 다들 몰려올 시간이다. 다른 곳을 지키는 자들이 먼저 오고, 마침내 진곡을 비롯한 주력들도 올 것이다.

왜냐하면 이곳이 바로 그들의 탈출로이기 때문이다.

지켜야 한다!

소운은 그걸 위해 움직였다.

그가 한 일은 다름 아닌 방화다. 창고마다 불을 지르고, 장력으로 기둥을 쳐서 부러뜨렸다.

얼마 안가 창고들은 하나둘씩 소리를 내며 무너졌다. 그중 몇 곳은 지하로 빠져나가는 비밀 통로가 있었는데, 이렇게 불을 지르고 건물을 무너뜨리면 건물의 잔해를 치우기 전에는 빠져나갈 길이 없게 된다.

동시에 소운은 불길에 무엇인가 담긴 약병을 던져 넣었다. 약병이 깨지며 안에 있는 액체가 타올라 검은 연기로 변했다.

지독한 냄새! 보통 사람이라면 도저히 참을 수 없는 냄새가 연기를 타고 사방으로 흘렀다.

또한 검은 연기 자체도 사방에 깔려 두 눈을 뜨고도 앞을 보기 힘들게 되었다. 연기가 눈에 닿으면 눈물이 나며 쓰라리게 된다.

소운은 다시 한 알의 약을 꺼내 입안에 넣고 삼켰다. 후각을 마비시키고, 눈을 보호하는 약이다.

"이 정도 준비는 해야지, 암."

만반의 준비를 갖춘 소운은 닥쳐올 두 번째 전투를 대비했다.

시간이 흘렀다. 소운은 천오상회의 본 가 쪽으로부터 일단의 사람들이 달려오는 것을 보았다.

"이제야 오는군."

소운은 살기 띤 미소를 지으며 검은 연기 속에 숨었다.

"그놈은 어디로 갔지?"

"멀리는 못 갔을 것이다. 찾아라!"

"일부는 여기 남아서 불을 꺼라!"

지휘를 하는 목소리는 세 명이었다. 하나같이 고수의 풍모가 보인다. 그 외에도 몇 명의 기세가 심상치 않았다.

'전부 일곱인가? 상당히 어려운 상황이군.'

소운은 그들의 위치를 가늠하며 즉석에서 싸움의 동선을 생각했다.

첫 표적은 진화를 지휘하는 놈! 소운은 연기에 가까이 다가온 그자를 향해 몸을 날렸다.

휘익, 캉!

막혔다. 상대는 정말 강하다.

"칫."

소운은 혀를 차며 연속으로 검을 찔러갔다. 치명상을 입히지는 못했지만 기습으로 상대의 자세를 허무는 데에는 성공했다.

공격을 당한 자는 소운에게 그다지 뒤떨어지지 않는 무공을 지닌 듯했다. 무기 또한 소운과 같은 검이다.

가장 난감한 것은 그가 무서울 정도의 쾌검이라는 점이다. 카카카캉 하는 소리와 함께 눈 깜짝할 사이 수십 합을 주고받았다.

쾌검의 정수를 익힌 자인 듯 시간이 지날수록 검이 더욱 빨라졌다. 이런 식이면 백 초 이내에는 승부가 안 난다.

그리고 엎친 데 덮친 격으로 소운의 양쪽 옆으로 두 명의 고수가 도착했다.

'좋지 않아!'

소운은 위기를 느꼈다.

"흑풍복천!"

소운은 갑자기 크게 초식명을 외쳤다. 그리고는 사방에 허점을 드러내며 검을 머리 위로 들어올렸다.

"으음?"

상대는 놀라서 급히 뒤로 물러서며 경계를 했다. 그는 소운이 자신보다 고수라는 것을 인식하고 있었다.

그런 상대가 초식명까지 외치며 쓸 정도면 엄청난 절초임에 틀림없다.

몸에 드러난 수많은 허점은 모두 함정일 것이다!

그는 감히 소운을 공격하지 못했다.

그러자 소운이 말했다.

"검이 멈췄다."

쾅!

"아아아악!"

붕검의 이치로 내려쳐진 소운의 검은 상대의 무기와 몸을 동시에 파괴했다.

쾌검수가 검을 멈추는 순간, 검의 위력은 절반 이하로 준다.

소운은 결정적인 순간 모험을 해서 단숨에 승리를 얻었다.

"앗, 뇌광검이 당했다."

"이놈!"

간일발의 차이로 늦게 도착한 두 명의 고수가 동시에 분노의 고함을 질렀다. 그리고 저마다의 무기로 소운의 급소를 공격했다.

소운은 몸을 땅에 던져 뇌려타곤의 수법으로 피했다. 그는 굼벵이처럼 땅바닥을 데굴데굴 굴러 연기 속으로 사라졌다. 고수의 자존심은 눈곱만큼도 보이지 않는 동작이다.

허세 따위는 필요 없다. 오직 실리뿐. 그것이 소운이 무공을 수련하면서 세운 법이다.

"놓치지 마라!"

다른 자들이 급히 뒤를 쫓으려 했다. 그런데 연기 속에서 기척도 없이 세 대의 비침이 날아왔다.

"이런!"

"큭!"

고수들은 겨우 피할 수 있었지만 그 뒤에 있던 하수들은 그대로 비침에 맞아 절명했다. 그사이 소운의 기척은 완전히 사라졌다.

'아까 죽인 놈이 뇌광검 무충이었군. 거물이네. 어쨌든 이제 한 명. 잔챙이는 빼고 계산하자.'

소운은 속으로 수를 세기 시작했다.

*　　　*　　　*

　마검패룡 진곡은 일단의 고수들이 강으로부터 배를 타고 상륙했다는 보고를 받고도 설마 했다.

　그들 중 몇 명이 무림맹 소속이라는 것을 확인하고, 또 대충 그들의 수준을 파악했을 때에는 혹시나 하고 심각하게 고민했다.

　만약을 대비해 그 자신이 직접 외총단에 남아 있는 고수들 대부분을 데리고 부월림으로 갔다. 그곳에 수하들을 매복시키고 일단은 대화로써 일을 해결해 보기로 했다.

　하지만 무림맹의 특무대는 진곡을 보자마자 외쳤다.

　"마교의 무리들. 이곳을 무덤으로 정했느냐!"

　너무나도 단정적으로 말하니 진곡은 아니라고 부인할 마음조차 들지 않았다.

　"크크크, 이제 보니 이미 다 알고 왔군?"

　진곡은 냉소를 터트리며 물었다.

　"당연하지. 쥐새끼 같은 네놈들의 정체를 언제까지 모를 줄 알았으냐! 무림맹을 우습게보지 마라."

　"입도 의복도 거친 것을 보니 네놈이 개방의 불쾌구개 독통이구나. 개성 홍 방주가 오늘 제자를 잃겠군."

　"웃기고 있네. 척보니 네놈은 그 마검패룡인가 파룡인가

하는 놈이 아니냐? 너 나보다 고수냐?”

“그건 겨뤄봐야 알겠지.”

“미친놈. 난 겨루기 전에도 알겠다. 네놈은 나보다 약해!”

독통은 콧방귀를 뀌었다. 그런 모습은 강호의 시정잡배보다도 더 천박해 보였다.

하지만 진곡은 화를 내지도 방심하지도 않았다. 쌍성 중 개성의 제자인 불쾌구개가 얼마나 강한지는 귀가 뜨거워질 정도로 들었다.

천마와 쌍성, 그리고 남도왕의 다음으로 강한 자는 바로 불쾌구개라는 소문이 있을 정도다. 마검패룡의 경우 아직 내공이 조금 모자라서 천마신교의 십대장로 중에서도 수위에는 끼이지 못했다.

‘하지만 그건 반년 전의 말이지. 이제는.’

진곡은 서서히 검을 뽑았다. 그 모습에 독통도 인상을 찡그리며 투덜댔다.

“시팔, 생각했던 것보다 강하네. 이봐, 철통. 나머지 놈들은 자네가 알아서 하라고. 난 이놈과 놀 테니까.”

“그러게.”

옆에 있던 승려가 고개를 끄덕였다. 독통과 수위를 다투는 정파의 희망 소림비승 철각통이다.

독통은 이름 끝자가 같은 철각통과 친해서 항상 그를 철통이라 부르며 같이 다녔다. 세상 사람들은 독통과 철통을 함께 강호쌍통이라고 불렀다.

철각통은 다른 자들에게 손짓을 했다. 무림맹의 고수들은 그의 신호에 따라 일사분란하게 진형을 형성하기 시작했다.

그러자 마교 쪽에 매복했던 자들도 더 이상 숨어 있어봤자 소용이 없다는 것을 알았는지 하나하나 모습을 드러냈다.

"쳐라! 마교를 중원으로부터 몰아내라!"

철각통의 사자후가 숲을 울렸다. 동시에 마교도들도 함성을 지르며 무림맹의 무사들을 향해 달려들었다.

*   *   *

소운은 여전히 안개 속에 숨어서 비침을 날리거나 또 빈틈이 드러난 적에게 공격을 가했다. 마교도들의 피해는 점점 심해졌다.

보다 못한 마교의 고수 중 한 명이 외쳤다.

"서두르지 마라. 어차피 조금만 있으면 불길이 약해지고 연기가 가실 것이다."

그 말에 다른 자들은 더 이상 연기 속으로 뛰어들려 하지 않고 거리를 두고 둘러쌌다.

하지만 곡물창고는 계속해서 타올라 전혀 불길이 약해지지 않았다. 연기 또한 계속해서 짙고 검게 퍼졌다.

그것뿐만이 아니다. 시간이 지나자 몇몇 무공이 약한 자들이 기침을 하기 시작했다.

고수들은 그런 무사들을 보고 혀를 차며 내공수련이 부족하다고 말했지만, 곧 그들도 눈이 따끔거리고 목이 간질간질해지는 것을 느꼈다.

"연기 속에 독이 있다!"

드디어 그들은 깨달았다. 사실 이 연기는 정말 교묘하게 감각을 마비시키기 때문에, 사람에게 충분히 스며들어 눈과 폐의 안쪽으로 침투할 때까지 잘 의식하지 못한다.

독! 무사들은 당황한 표정으로 숨을 멈췄다.

'누군지 모르지만 고맙군. 계획대로야.'

연기 속에 숨어 있던 소운은 회심의 미소를 지었다. 그는 지금까지 누군가가 연기에 독이 있다고 외치기만을 기다려 왔다.

물론 실제로 독연기를 사용할 수는 없다. 그런 것을 사용하면 협명을 떨치기는커녕 사파로 규정되어 손가락질을 받는다.

소운이 사용한 것은 단지 내가고수에게도 연기가 통하도록 조금 강하게 하는 성분이다. 눈물이 흐르고 기침도 나지만 몸에 그렇게까지 해롭지는 않다.

하지만 이제 저들은 이 연기를 정말로 치명적인 독연이라 여길 것이다. 왜냐하면 그렇게 외친 자가 동료 중 한 명이기 때문이다.

　소운은 즉시 몸을 날려 연기 밖으로 튀어나갔다.

　"나왔다!"

　"그래. 이제는 끝을 낼 때가 되었다."

　소운은 날카롭게 외치며 검을 앞으로 뻗었다. 마교의 무리들은 서둘러 소운을 포위하고 공격을 가했다.

　그런데 문제는 그들이 독연을 경계하느라 숨을 참기 시작했다는 점이다.

　가뜩이나 독연을 마셔 목과 가슴이 답답한데 억지로 숨을 참고 싸우니 버티기 어려웠다. 일 각도 못 돼 그들은 더 이상 참지 못하고 숨을 거세게 몰아쉬었다.

　"호흡 봐라. 그래가지고 너희들이 고수라 할 수 있느냐?"

　소운은 훈계하듯 말하며 연달아 검을 휘둘러 주변에 있는 적 셋을 쓰러뜨렸다.

　무공을 수련하는 것은 호흡을 수련하는 것과 마찬가지인데, 독연이란 말에 억지로 숨을 참았던 자들은 호흡이 흐트러져 내력을 원만하게 돌리지 못했다.

　거기에 독연을 마셔야 한다는 거부감이 그들의 투지를 약화시켰다. 그도 그럴 것이 마교에도 이런 종류의 독이 몇 가지 있고 그 효과는 지독했다.

　대부분 치명적인 것들이고 계속해서 마시면 결국 폐가 녹아내려 죽는 수가 있었다. 그야말로 아는 것이 병이 되어 발을 잡아끄는 셈이었다.

이쯤 되니 승부는 났다. 소운은 검과 비침, 그리고 좌장을 이용해 닥치는 대로 살상을 했다. 마교의 무리들은 조직적으로 소운을 막지 못하고 하나하나 무너져 갔다.

그러던 중 북쪽 하늘에서 파란 불꽃이 하늘로 치솟아 올랐다.

슈웅 하는 소리와 함께 올라간 신호탄. 그것은 퇴각을 의미했다.

'벌써 때가 되었나? 아직 넷 밖에 못 처치했는데.'

소운은 아깝다는 듯 속으로 혀를 찼다. 대장급 고수를 넷이나 처치했지만 아직 만족하지 못했다. 하지만 신호탄이 올라온 이상 이제 곧 진곡이 진짜 외총단의 정예들 중 살아남은 자들과 함께 나타날 것이다.

'혹시 그놈이 죽었을 지도 모르지.'

싸움이 벌어지면 누구도 안전하다고 장담은 못한다. 진곡이란 놈도 무림맹의 전투부대와 싸우다 죽거나 부상당했을 수도 있다.

그러나 계획은 어디까지나 여러 가지 경우를 모두 감안해서 세우는 법, 소운은 이만 몸을 빼기로 했다.

"크하하하하, 너희들은 이미 패했다. 마교놈들은 모두 내 손에 죽는다!"

소운은 길게 광소를 날리고는 그대로 동쪽으로 도주하기

시작했다.

마교의 무리들은 두 눈에 살기를 띤 채 소운을 쫓았지만 곧이어 또 다른 신호탄이 터지자 어쩔 수 없이 추격을 포기하고 도주하기 시작했다.

한편 진곡은 형세가 불리해지자 독통과의 승부를 도중에 포기하고 과감하게 퇴각을 결정했다.

그런데 막상 신호탄을 터뜨리며 비밀 통로가 있는 창고로 와 보니 이미 창고는 모두 불타 시커먼 연기가 하늘까지 피어오르고 있었다. 그리고 일대를 지키던 자들은 대부분 죽고, 다른 지역을 지키던 자들도 상당수가 죽거나 다친 상황이었다.

"누구냐? 무림맹에서 뒤를 친 거냐?"

진곡은 충혈된 두 눈으로 외쳤다. 그러자 수하 중 하나가 무릎을 꿇고 대답했다.

"모르겠습니다. 적은 단 한 명이었는데, 창고를 모두 부수고 불을 질렀습니다. 무공이 대단히 높아 철산포천과 반양창을 비롯한 교의 고수들이 상당수 당했습니다."

"그런!"

진곡은 화가 머리끝까지 났는지 불타고 있는 창고의 잔해를 발로 차서 부쉈다.

어쨌거나 창고에 나 있는 비밀통로는 막힌 것이나 다름없다. 무너진 건물을 치우고 비밀통로를 열려면 반나절은 걸릴 것이다.

"전원 세 방향으로 퇴각을 한다. 무림맹 놈들이 끝까지 추격을 해오겠지만, 지정된 은신처까지 살아서 빠져나갈 수만 있다면 그놈들은 우리를 찾지 못한다. 모두 떠나라!"

진곡은 이를 악물고 명령을 내렸다.

'으드득, 이럴 줄 알았으면 마인전사대를 강북으로 보내지 않는 건데. 들키지 않으리라 방심했던 내 잘못이다.'

천마신교의 사대 전투집단 중 하나인 마인전사대만 이곳에 있었어도 무림맹 놈들을 전멸시킬 수 있었을 것이다. 하지만 평소에 마인전사대는 대부분 소규모로 흩어져 중원 각지에서 임무를 수행한다.

'일단 떠나야 한다!'

그들이 없는 이곳이 들통 나고 기습을 당한 이상 승산은 없다.

진곡은 자신이 무림맹의 정보망을 얕보았다고 판단했다.

미리 심어놓은 첩자들로부터 사전 정보가 들어오지 않은 것으로 보아 무림맹에서는 이미 첩자에 대한 조사도 시행하고 있음이 분명하다.

'그렇다고 해도 단번에 내가 십 년에 걸쳐 키운 대외총단이 붕괴되다니. 무림맹! 이번 일은 잊지 않겠다!'

그에겐 이미 또 다른 힘이 있다. 혈불이 보내준 서장의 고수들은 진곡의 계획에 따라 이미 또 하나의 총단을 세웠다. 천마신교의 대외총단이 아닌 진곡만의 총단을. 하지만 당한 것은 당한 것이다.

진곡은 애꿎은 무림맹만 저주했다.

그날, 무림맹에서는 정식으로 천오상회가 마교의 비밀세력임이 드러났다는 발표를 했다.

그리고 무림맹의 특수전투부대가 이미 그곳의 악적들을 처단한 것도 같이 알렸다.

전 중원이 흔들릴 만한 사건이었다.

이것으로 강운상회는 눈에 가시 같던 경쟁자를 제거하고 무림맹과 친분을 맺게 되었다.

이와 발맞추어 강운상회는 무주공산이 된 남창지역에 분점을 건설하기 위한 준비에 착수했다. 일단 무림맹의 비호를 받게 된 강운상회는 빠르게 남창지역을 장악하기 시작했다.

이번 한 건으로 인해 강운상회는 하루가 다르게 세력이 확장되었다.

한편, 강호에는 한 인물에 대한 소문이 조심스럽게 퍼지고 있었다.

그는 마교와 목숨을 걸고 싸우는 협사다. 이번에 천오상회의 사건도 그자가 깊이 관여되어 있다고 한다.

그는 무공이 강하고, 무엇보다 마교도와 싸울 때에는 무서울 정도로 잔혹해진다고 했다.

그가 마교와 싸운 곳에는 흘린 피로 인해 일자로 길이 생긴다.

강호 사람들은 그를 일로마협이라고 부르기 시작했다.

무림맹에서는 비밀리에 사람을 풀어 일로마협의 행방을 좇기 시작했다고 한다. 또한 마교에서도 일로마협을 척살대상으로 지목하고 추살대를 보냈다는 소문도 돌았다.

第二章

오월동주(吳越同舟)

겉과 속이 다른 놈들이 만나서 화합한다

南斗延壽保命時老君告天師曰

入八會之真文三洞三清之上

彙道元始天尊昔經歷于億萬劫天地始終

太上說南斗延壽保命

安真經太上說南斗

此經乃九天八會

興衰而人倫五運遷變萬彙道

오월동주(吳越同舟)

겉과 속이 다른 놈들이 만나서 화합한다.
하지만 어느 한쪽은 이용을 당할 운명이겠지

너구리는 굴에 구멍을 아홉 개나 뚫어놓는다고 한다. 천마신교의 대외총단 역시 만약의 사태에 대비한 탈출로와 각 지역별 은신처를 준비해 놓았다.

진곡은 그중에서도 가장 은밀한 은신처가 있는 남경으로 숨어들었다. 그리고는 얼마 안가 살아남은 자들을 확인하고 새롭게 조직을 정비하기 시작했다.

하지만 이전에 비하면 세가 많이 약해져 있었다. 무엇보다 천오상회라는 돈줄이 영원히 사라졌기에 당분간은 자금적인 문제에서도 크게 고생하게 생겼다.

진곡은 이를 갈았다.

"강운상회! 네놈들이 감히 우리를 건드리다니."

조사에 의하면 강운상회가 천오상회의 정체를 무림맹에 알렸다고 한다. 그들은 만궁이 첩자라는 것을 눈치 채고, 만궁의 뒤를 파헤치는 과정에서 이 모든 사실을 알게 된 모양이다.

객관적으로 생각하면 강운상회는 잘못한 것이 없다. 오히려 첩자를 찾아내고, 그 배후까지 완벽하게 알아냈으니 칭찬할 만하다.

하지만 진곡과 천마신교의 무리들에게 강운상회는 철천지원수가 되었다.

"어떻게 할까요?"

측근이 묻자 진곡은 다시 이를 부드득 갈며 말했다.

"마인전사대를 모아라. 한 달 뒤, 일시에 강운상회를 친다. 본점을 비롯해 스물 세 곳의 주요 지점까지. 완벽하게 모든 것을 파괴하고 관련자들은 남김없이 죽인다. 너희들은 그 후 마인전사대가 무사히 철수하여 숨을 수 있게 준비를 해라."

"알겠습니다."

마인전사대가 모두 모이면 강운상회를 주춧돌 하나 남기지 않고 사라지게 할 수 있다. 천마신교가 자랑하는 전투부대가 가진 힘은 그 정도이다.

단지 그렇게 마인전사대를 전면에 드러내 작전을 수행할

경우 무림맹의 눈을 피하기는 어렵다. 그럴 경우 잘못하면 무림맹의 추격을 받을 수 있다. 단숨에 치고, 그림자도 남기지 않고 빠져야 한다.

"그런데 그놈은 어떻게 되었지? 찾았나?"

마인전사대의 출격을 명한 진곡은 다시 수하에게 물었다. 그러자 수하들은 고개를 숙인 채 대답했다.

"아직 찾지 못했습니다."

진곡의 눈이 살기를 띠었다.

"일로마협이란 놈을 찾으라고 한 지가 보름이 지났다. 그런데 못 찾았다고!"

"그자는 정말 귀신같아서 전혀 행적을 드러내지 않습니다."

펑!

"컥!"

진곡은 발로 대답을 한 수하의 머리를 찼다. 맞은 자는 다행히도 머리가 터지지는 않았지만 입에서 피를 토하며 뒤로 넘어갔다.

"신교의 정보망은 귀신도 찾을 수 있어야 한다. 그렇지 않나?"

"그렇습니다!"

"겁도 없이 남창에서 마교멸살을 부르짖은 그놈의 껍질을 벗겨 버리지 않으면 누가 우리 신교를 두려워하겠나."

추상같은 진곡의 말에 모든 수하들이 대답도 못하고 고개를 숙였다.

일로마협은 탈출구가 있는 창고 지역을 단신으로 부수고 적지 않은 고수를 살상했다.

그로 인해 빠르게 탈출하지 못하고 무림맹의 추격에 말려 죽은 교도들의 수도 상당하다.

그런데 그 사건 이후 일로마협의 종적은 어디에서도 찾을 수 없었다. 무림맹이 감춘 것인가 하고 살펴보았지만, 그것도 아닌 듯하다.

무림맹도 일로마협을 찾는 중이라 한다.

"보름을 더 주겠다. 찾아라!"

진곡은 단호한 목소리로 명령을 내렸다. 그는 일로마협의 행적만 찾으면 그다음에 추살하는 것은 너무나도 손쉬운 일이라고 생각하고 있었다.

*   *   *

마교의 복수는 빨랐다. 남창의 거점이 무너진 지 채 두 달도 지나지 않아 정체불명의 괴한들이 양주에 있는 강운상회를 습격했다.

본점을 비롯해 가장 큰 여덟 개의 분점이 하룻밤 사이에 불에 탔다. 안에 있던 사람 중 생존자는 없었다.

어디서 그런 고수들이 떼를 지어 나타났는지, 혹은 어디로 사라졌는지는 알 수 없었다. 그야말로 신출귀몰이라고 할 만했다.

승리감에 도취되어, 무림맹에 사람을 보내 정식으로 교류를 한다고 준비를 하던 강운상회가 공중분해 되어 버린 셈이다.

남은 지점들은 뿌리가 사라진 잔가지와 마찬가지라 할 수 있었다.

일순 양주 일대의 상업은 크게 위축되었다. 낮에도 거리에는 사람이 다니지 않고, 강운상회와 조금이라도 연관이 있는 자들은 혹시라도 마교가 다시 습격해 올까봐 전전긍긍했다.

남창에서 마교잔당 소탕을 하던 무림맹의 무사들은 놀라서 양주로 향했다. 하지만 그곳에서 피해 현장을 조사한 그들은 내심 안도의 한숨을 쉬었다.

강운상회를 무너뜨린 자들의 수는 못해도 수백에 달했는데, 흔적으로 보아 그들의 무공 수준은 강호의 일급무사들에 필적하는 듯했다. 이 정도면 남창을 치던 무림맹의 힘을 훨씬 상회한다.

만약 강운상회를 친 자들이 남창에 있었다면 아마 무림맹의 습격은 실패하고, 오히려 당했을 것이다. 조사를 한 자들은 서둘러 이 사실을 무림맹에 알렸다.

강호가 진동했다.

마교의 중원세력은 무너진 것이 아니었던가! 남창이 아닌 다른 곳에 더욱 큰 거점이 있었단 말인가?

의혹은 점점 커져 중원 내의 모든 문파에서는 밤잠을 못 이루는 사람이 늘어났다.

그때 양주 지근에 있는 지무현의 현령으로 있던 정문이 양주부사에게 상소문을 보냈다.

……아무리 무림과 관 사이에 서로 관여하지 않는 불문율이 있다고 해도 악도들이 상회를 습격하여 살육을 자행한 것은 큰 문제라 할 수 있습니다.

또한 강운상회가 무너짐으로써 상권을 둘러싼 자들의 좋지 못한 암투가 벌어질 것은 필연입니다.

이에 인근의 무림 문파에 협조를 요청하여 한시적으로 양주에서 무림인들의 행동을 금하도록 하는 것이…….

내용도 당시 상황에 적절했지만, 상소문의 필체는 그야말로 천하명필이었다. 학문이 높은 양주부사는 그 상소문의 필체에 감탄하여 즉시 정문을 초대하여 앞으로의 일에 대해 상의했다.

그렇게 정문의 상소문은 받아들여졌다.

그로 인해 양주에 있는 모든 대소문파들은 모두 문을 닫고 삼 개월간 봉문을 선언했다. 또한 그들은 선발된 무사들을 양주 외곽으로 보내 수상한 무인들이 들어오지 못하도록 막았다.

무림맹 역시 이 일에 적극 협조하여 순식간에 양주 일대에는 무림인들이 거의 없는 진공상태가 되었다.

밀염상들이나 다른 사파의 조직들 역시 이때는 몸을 움츠릴 때라는 것을 알고 대외 활동을 거의 하지 않고 그늘 속에서 조용히 조직정비에 힘썼다.

모난 돌이 정 맞는다고, 지금 외부로 나서 무력을 행사했다가는 크게 당할 수 있었다.

그런 양주에서 유일한 무력으로 남은 관의 포쾌들은 정문이 상소문과 함께 올린 치안정비 계획에 따라 일사분란하게 움직였다.

정문은 그가 직접 교육시킨 포쾌들을 각지로 내보내 다른 포쾌들이 감히 법을 어겨 스스로 강도가 되는 것을 막았다.

정문, 다시 말해서 장철근은 어느새 휘하의 포쾌들을 철저하게 교육시켜 자신의 수하로 만들어놓고 있었다.

사실 이러한 모든 계획은 서문량이 세운 것이지만, 실행은 어디까지나 정문의 이름으로 행해져야 했다.

이렇게 치안을 바로 잡기 시작한 지 한 달도 되지 않아 양주의 민심은 예전처럼 회복되었다. 그와 함께 명현령 정문의 명성은 양주 일대에 퍼져 나갔다.

한편, 양주의 한쪽 구석에 새롭게 조그만 상회가 하나 세워졌다. 강운상회에 의해 망했던 양씨 상회가 다시 돌아온 것이다.

죽은 줄만 알았던 양홍은 한쪽 다리를 절면서 자신의 세 손자들과 함께 인근에 인사를 다녔다. 많은 사람들의 인식 밖에 있던 작은 시작이었다.

*　　　　*　　　　*

소운은 남창에 있었다. 그것도 다름 아닌 무림맹의 임시지부에.

남창의 사투가 있은 직후에 소운은 강운상회에 머물렀었다. 그러다가 그쪽의 일이 끝나고 얼마 전에 이곳으로 와서 방에 틀어박혀 있는 중이었다.

등하불명이라는 말처럼 일반 무사들은 소운이 있는 것을 전혀 몰랐다. 그들은 아직도 필사적으로 일로마협의 행방을 수소문하고 있었다.

오직 독통과 철각통만이 소운의 존재를 알았다.

소운은 철각통의 방에 숨어서 나오지 않았다. 식사도 하지 않고 벽곡단만 먹고 버텼다. 이런 소운의 모습에 철각통은 수행승보다 더하다며 혀를 내둘렀다.

남창에서의 싸움은 그가 계획한 대로 흘렀지만, 그렇다고 해서 상처 하나 없이 끝날 수는 없었다.

정신력과 내력의 소모도 심해서 어느 정도 안정될 때까지 지낼 곳이 필요했다. 그런 의미에서 무림맹의 임시지부는 휴식처로 아주 그만이었다.

"사실 강운상회에서 지낼 때가 더욱 편했지만 말이야."

소운은 남창에 오기 전의 생활을 머릿속에 떠올리며 쓴웃음을 지었다.

그 당시 강운상회의 대접은 정말 훌륭했다.

*   *   *

"대협, 이것도 한번 드셔보세요."

어여쁜 처자가 식탁에 앉아 소운에게 음식을 권했다. 듣자 하니 총관 중 한 명의 조카라 한다.

말하자면 일종의 유혹이다. 일주일 전에는 오량의 딸이 와서 있었다. 소운이 거들떠도 안 보자 오늘 다른 처자로 바뀐 것이다.

총상회주인 강선은 세 번이나 소운을 찾아와 감사의 인사를 했다. 하기야 소운이 아니었으면 강운상회가 별로 좋지 못한 꼴을 당했을 것이다.

하루는 상회의 이인자라는 수석총관 조막이 찾아와 소운에게 은근히 권유하기도 했다. 강운상회와 손을 잡자고.

"이번에 대협께서는 무림에 큰 공을 세우실 것입니다. 그러니 정식으로 무림맹에 가입하셔서 젊은 협사들을 이끄시는 게 어떻겠습니까? 자금이나 배경 등 일체의 사소한 문제는 저희 강운상회가 책임을 지고 해결하겠습니다."

아울러 조막은 강운상회의 총호법의 자리에 대해서도 넌지시 끄집어냈다. 어떻게든 소운을 자신들의 우리 안에 넣고, 그의 명성을 이용해 무림맹에 굳건한 끈을 만들고 싶은 모양이다.

하지만 소운은 어떤 대답도 하지 않았다.

하루에 말을 두 마디하면 많이 하는 것이라는 분위기를 풍기며 묵묵히 지냈다.

상인들을 상대로 할 때에는 결코 말을 많이 해서는 안 된다. 그들은 상대의 농담 한마디에서도 정보를 끄집어낼 수 있는 자들이다.

상인 출신인 양홍의 말에 의하면 상인들은 대화 중에 사투리만 약간 섞여도 어느 지방 출신인지를 알게 된다고 했다.

그것도 사천이나 운남 등 넓은 지역으로 구분하는 수준이 아니다. 같은 강남이라도 양주와 소주, 남경의 말투가 약간씩 다르다는 것이다.

그래서 약간만 대화를 나누어봐도 상대의 출신지역을 대충 알 수 있다.

그 후에는 조용히 사람을 보내 실제로 탐문을 한다. 중요한 거래일수록 상대의 신분을 파악하는 것이 무엇보다 중요하기에 이런 쪽으로는 누구보다 훨씬 세심하게 조사를 하는 것이다.

돈이 걸린 문제이니 상인은 귀신이 된다.

어쨌거나 소운이 입을 다물고 무게만 잡고 있으니 강운상회 쪽에서는 애가 탔던 모양이다.

특히 접대 책임자인 조막의 경우, 이미 상당한 시간이 지났는데 소운의 정체를 전혀 파악하지 못해서 위에서 별로 좋지 않은 말을 들은 듯했다.

반면에 일로마협에 대한 평가는 점점 더 올라갔다. 상인들은 입이 무거운 사람을 좋아한다. 능력 있고 입이 무거운 사람은 더욱 좋아한다.

그러던 어느 날 밤에 강선이 또 소운을 찾아왔다. 조막은 동반하지 않았다. 호위무사도 없이 혼자였다.

'총회주가 직접 나섰군. 때가 되었나?

소운은 분위기를 파악하고 속으로 미소를 지었다. 슬슬 움직여야 한다고 생각했었는데 강선이 온 것이다.

강선은 형식적인 인사를 끝낸 후, 소운에게 단도직입적으로 물었다.

"대협께서 우리 상회에 머무시는 이유를 알고 싶구려."

"……."

소운은 대답하지 않았다. 그러자 강선은 다시 물었다.

"강운상회는 대협에게 빚이 있는 셈이니, 원하시는 것이 있으면 가능한 한 모두 들어 드리겠소."

이 말의 의미는 크다! 상인의 말은 무척이나 무겁다. 아무리 강운상회가 악명이 자자하다고 해도 총상회주가 말한 것은 상회 전체의 신용을 걸고 행해진다.

그런데 은혜가 아닌 빚이라고 했다. 그리고 그 대가로 가능한 한 모두 들어준다는 표현을 썼다.

'확실하게 땡기는군.'

소운은 천천히 고개를 끄덕이고는 드디어 입을 열었다.

"마교놈들이 복수를 하려 할 것입니다."

그 말에 강선의 안색이 더욱 진지하게 바뀌었다.

"본인도 그 점에 대해서는 우려를 하고 있었소. 하지만 마교의 비밀거점은 이미 파괴되었소. 일단 남창의 그곳을 제압한 이상 살수, 그것도 특급의 살수만 조심하면 본 상회의 피해는 그렇게까지 크지 않을 것이오."

"특급의 살수라. 강 총상회주는 내가 그 특급살수를 막아주기를 바라는 것입니까?"

"그런 면도 있소이다. 하지만 궁극적으로는 우리 강운상회가 무림맹에 확고한 끈을 유지할 수 있도록 하는 게 중요하오."

"내가 무림맹에 가입하기를 원합니까?"

"필요하다면 이곳 양주에 문파를 건립하는 것이 어떨까 하는데…… 어떻소이까? 대협의 명성과 무공이라면 당연히 후대를 양성하고 한 지방을 아울러야 하지 않겠소?"

"흠."

소운은 선뜻 대답을 하지 못했다.

강선의 제의는 그에게도 의외였다. 갑자기 이 강선이란 자의 배포에 호감이 느껴지기까지 했다.

하지만 소운은 곧 냉정하게 강선의 제의에 담긴 참뜻을 생각했다.

만약 그가 정말로 독행강호를 하는 사람이었다면 넘어갈 수밖에 없었을 것이다. 그런데 소운은 이미 조직이라는 괴물의 속성을 너무나도 잘 알고 있었다.

'얼굴이 필요한 거군. 쓰다가 언제라도 버릴 수 있는 얼굴.'

강운상회가 지금 가장 필요로 하는 것은 명분과 그것에 걸맞은 무력이다. 말하자면 양주에 거대방파를 만들고 싶은 것이다.

남창에서의 혈투는 그야말로 처절했다.

그곳이 마교의 중원 비밀거점 중 가장 핵심이라는 것은 조사결과 바로 드러났다.

무림맹의 전투부대는 분명히 승리를 했지만 그들의 피해도 만만치 않았다.

그런데 소운은 단신으로 그들의 뒤를 쳐 적지 않은 고수들을 살상했다.

후일 독통이 그 흔적을 조사하고 감탄을 하면서 말했다고
한다.

"일로마협의 무공은 나의 아래라고 할 수 없다."

그것으로 소운은 쌍성과 남도왕을 제외한 중원에서 가장
강한 고수 중에 한 사람이 되었다.

명성과 실력을 모두 갖추게 된다. 그런 소운이 문주가 된다
면? 강운상회까지 뒤를 밀면 충분히 대문파로 성장할 수 있을
것이다.

하지만 문도들은? 거의 대부분 강운상회 소속의 무사들이
된다.

그들은 강호의 도의보다는 상회의 이익을 우선하고, 결정
적인 순간에는 소운보다 강선을 위에 둘 것이다. 사부보다는
주인이 높으니까.

거기다가 무공 또한 소운의 것을 배울 수 있다.

시조가 소운이니까 당연히 소운의 진전이 전해진다. 고급
무공이 없어 고생하던 강운상회의 무사들에게는 정말로 꿈에
그리는 기회라고 할 수 있다.

만약 소운이 강선의 말을 잘 듣는다면 적당히 부와 명예를
누릴 수 있겠지만, 스스로를 높여서 강선의 뜻에 어긋나게 행
동한다면 어떻게 제거될지는 아무도 모른다.

제대로 생각이 박힌 사람이라면 절대로 이런 위험한 제안

을 받아들이면 안 된다. 아니라면 아예 강선에게 충성을 맹세하는 것이 좋다.

거기까지 생각한 소운은 진지한 표정으로 고개를 끄덕이며 말했다.

"총상회주께서 이렇게 본인을 인정해 주시니 거절할 수가 없군요. 알겠습니다. 총상회주의 뜻을 따르지요."

승낙의 표시. 속마음과는 전혀 다른 내용이 그의 입에서 흘러나왔다.

강선은 소운이 제안을 받자마자 호쾌히 받아들이자 기쁜 표정을 지으며 소운의 두 손을 잡았다.

'흐흐흐, 역시 이놈은 명성을 이용해 부를 얻으려는 자였군. 마교와 목숨을 걸고 싸운다고 큰소리 칠 때부터 알아봤지.'

당금 천하에서 가장 쉽게 명성을 얻는 방법은 바로 앞장서서 마교와 싸우는 것이다. 눈앞에 소운처럼 무공은 뛰어난데 기댈 세력이 없는 자들은 목숨을 걸고 도박을 해볼 만하다.

그리고 그렇게 마교를 쳐서 이름을 얻는데 성공한 자는 그만한 대접을 받을 자격이 있다.

'말만 잘 들으면 대우를 해주마. 네놈의 명성은 상품가치가 클 테니까 말이야.'

강선은 속으로 그렇게 중얼거렸다. 그러나 겉으로는 전혀 그런 티를 내지 않았다. 그는 손뼉을 짝짝 두드리며 말했다.

"오늘 이 강 모가 영웅을 만났으니 어찌 축배를 들지 않을 수 있겠소? 내 바로 술상을 봐오라고 할 테니 같이 밤새도록 마셔봅시다."

소운도 미소를 지으며 대답했다.

"본인은 원래 칼과 도 사이를 걷는 사람이라, 평소에는 술을 잘 마시지 않습니다. 하지만 총상회주와 함께라면 얼마든지 마셔보이지요."

"허허허, 대협께서는 과연 호쾌하시오."

표면적이지만 두 사람의 뜻이 일치했다.

소운과 강선은 밝은 미래를 미리 축하하는 의미에서 같이 밤새도록 술을 마셨다. 하지만 그사이에도 둘은 끊임없이 자신만의 계산을 했다.

속마음을 감추는데에는 상인인 강선을 따를 자가 드물다. 하지만 소운도 만만치 않았다.

다음날 새벽달이 지고 해가 뜰 무렵에야 술자리가 끝났다.

그때 강선이 소운에게 말했다.

"양주 남부에 화현이라는 마을이 있소. 그곳에 풍수가 좋은 터가 있는데 거기에 장원을 세워 대협께 드리겠소. 일로문은 아마 거기서 시작될 것이오."

"그야 이를 말이겠습니까?"

강선은 다시 소운에게 은자 일만 냥에 해당하는 전표를 내밀었다.

"영웅은 무욕하여 금, 은에 얽매이지 않는 법. 하지만 아무래도 사람을 만나려면 손의 씀씀이가 커야 인심을 얻을 수 있지 않겠소? 급한 대로 이걸 쓰시오. 나중에 필요하면 얼마든지 말씀하셔도 좋소."

"이런 거금을 주시다니, 감사히 받겠습니다."

소운은 일말의 머뭇거림이나 단 한 번의 사양도 없이 넙죽 받았다. 땅을 주고 인력과 건설비도 강운상회가 부담한다. 그리고 용돈도 주니 그로서는 정말 편하게 되었다.

이미 밤새 상세한 이야기가 다 끝난 상황이다. 그 위에 소운은 상대를 안심시키기 위해 속물근성을 다 내보였다. 전혀 사양할 필요가 없다.

소운은 그저 명성을 쌓기만 하면 된다. 무림맹에서 인정을 받고 양주의 실세가 되는 대문파의 시조가 된다. 그것이 강선과 함께 계획한 일로마협의 앞날이다.

그 뒤 약조한 대로 소운은 무림맹 사람들이 있는 곳으로 왔다.

그런데 소운은 계획대로 명성을 얻었지만 강운상회는 무너졌다.

*　　　　*　　　　*

‘미안하다, 강선.’

소운은 속으로 그렇게 중얼거렸다.

강운상회와 무림맹은 남창의 고수들 대부분을 처치했기에 마교의 중원거점은 거의 분쇄된 것으로 판단하고 있었다.

하지만 그들은 꿈에도 몰랐으리라. 그들이 친 외총단이 최고 전투부대인 마인전사대가 빠져나간 빈껍데기에 불과하다는 것을!

그들이 잃은 것은 전투력이 아닌 경제력이다.

그리고 남은 전투력은 분노와 복수의 칼이 되어 강운상회를 덮쳤을 것이다.

‘옳은 일이라고는 말하지 않겠다. 하지만 너희들을 구하지는 않는다. 내가 가기로 한 길이 바로 이것이기 때문이다.’

어차피 가만히 놔뒀어도 마교에 제거당할 운명이었던 자들이다. 하지만 소운은 그것으로 자신을 정당화시키지 않았다. 그저 결심한 대로, 계획한 대로 행할 뿐이다.

비정강호(非情江湖). 자신의 길만을 보고 나아가는 자에게 주변을 돌아볼 여유는 없다.

어쨌든 이제 움직일 때가 되었다.

소운은 그 길로 철각통의 방을 나서 무림맹의 고수들이 훈련하고 있는 곳으로 갔다.

그곳 역시 무림맹의 거점으로 하나의 장원이었는데, 실전부대라서 그런지 입구를 지키는 자들부터 정기가 충만해 결코 얕볼 수 없었다.

소운은 일단 입구로 가지 않고 장원 주변을 돌며 안쪽에서 풍겨오는 기세를 살폈다.

딱히 숨으려 한 것은 아니지만 기세를 겉으로 드러내지 않으니 입구를 지키고 있던 자들은 소운을 눈여겨보지 않았다.

후원 쪽으로 가니 가끔씩 무서울 정도의 검기가 하늘로 치솟아 오르는 것이 느껴졌다. 무사들이 새벽 훈련을 하는 듯했다.

그런데 후원 쪽 담장 위에 누군가가 옆으로 누워 안쪽을 보고 있었다. 육포조각을 질겅질겅 씹으며 한가롭게 남의 무공 수련 장면을 구경한다. 그것도 고수의 수련이다.

'저자는?'

딱 보니 복장이 거지다. 남루한 옷차림, 보기만 해도 고개를 돌릴 만큼 추한 용모. 불쾌구개 독통이다.

'잘되었군.'

소운은 발치에 굴러다니는 자갈 돌 하나를 집어 독통을 향해 던졌다.

휘익, 팍!

"누구냐!"

독통은 뒤를 돌아보지도 않고 손을 뒤로 돌려 육포조각으로 자갈을 튕겨내며 중얼거렸다.

소운은 역시 하고 속으로 중얼거리고는 말했다.

"잠깐 이야기 좀 하죠."

"호, 방에서 나왔군."

독통은 획 하고 몸을 뒤집으며 담장에서 떨어져 내렸다. 그러자 어느새 소운의 앞까지 와서 섰다. 거의 이형환위에 가까운 놀라운 신법이었다.

"멋진 신법입니다."

"거지가 믿을 건 튼튼한 다리와 위장뿐이지. 그런데 왜 나왔나?"

"조용히 얘기 좀 하고 싶습니다."

"좋지, 가세."

소운이 몸을 돌려 달리자 독통도 더 이상 묻지 않고 따라왔다.

인적이 없는 한적한 곳으로 가자 소운은 나무 그늘 아래에 털썩 주저앉았다. 그리고는 짐에서 술병을 몇 개 꺼내 바닥에 내려놓았다.

"술 드십니까?"

"이런, 새벽부터 술이라니?"

독통은 고개를 절레절레 저으면서 소운 앞에 자리를 잡고 앉았다. 하지만 말과는 달리 이미 그의 손은 술병으로 향하고 있었다.

벌컥, 벌컥.

독통은 단번에 술병 반을 비우고야 겨우 입을 떼고 한마디 했다.

"좋은 술이군."

"강운상회의 총상회주가 마시는 술입니다."

"호, 그럼 정말 좋은 술이겠군. 일로마협도 좀 들게."

"난 원래 일할 때는 술을 마시지 않습니다."

"잉? 그럼 이건 왜?"

"불쾌구개에게 일을 부탁할 때에는 술이 없으면 안 된다고 해서 가져왔습니다."

소운은 솔직하게 말했다. 그러자 독통은 껄껄껄 하고 웃으며 다시 술을 한 모금 마셨다. 술이 목구멍을 넘어갈 때마다 소운에게 호감이 생기는 것 같았다.

평소 같으면 뭐든지 부탁만 하라고 대답했을 것이다.

하지만 세상에는 함부로 대답을 할 수 없는 일도 있다. 한 달이나 신변을 감추어주고 있었지만 그는 아직 일로마협의 신분도 사연도 전혀 아는 바가 없었다.

독통은 잠시 입을 다물고 생각을 정리했다.

"그래서 무슨 일인가?"

"강운상회가 당했다는 소문을 들었습니다."

소운은 그동안 강운상회와 계획했던 일들을 솔직하게 털어놓았다. 강운상회의 후원을 받아 명성을 쌓고 그걸 이용해 무림맹에 입성한다는 내용을 조금도 숨기지 않았다.

"어쩐지 명성이 너무 빨리 퍼지더라니. 그런 사연이 있었군."

"그렇습니다. 또한 그들은 저에게 양주에 문파를 세우라 했습니다. 그래서 그러겠다고 했습니다."

"흐음, 하기야 그대 정도라면 강운상회가 크게 투자할 만하지."

독통은 납득했다는 표정을 지었다.

그의 눈에 일로마협은 삼십대 후반에서 사십대 초반으로 보였다. 그런데 무공 실력에서는 독통 자신과 크게 차이가 나 보이지 않았다.

독통의 경우 천하의 최고고수 중 한 명을 스승으로 두고 육십이 넘은 지금까지 수련에 몸을 아끼지 않았다.

그런 점에서 볼 때 일로마협의 경지는 정말 믿기 어려울 정도였다.

'어쩌면 이자는 후일 사부님과 같은 경지에 도달할지도 모르겠구나.'

독통은 속으로 그렇게 중얼거렸다. 상당히 부러운 기분이 들었다.

"하지만 뒤끝이 별로 좋을 것 같지는 않군."

"상관없습니다."

소운은 독통이 무엇을 말하려 하는지 다 안다는 투였다.

독통은 살짝 눈살을 찌푸렸다. 소운의 말에는 앞뒤가 맞지 않는 부분이 있었다. 부와 명예를 탐하는 자라면 어째서 지금 이런 말을 하는가?

이럴 때에는 상대의 말을 끝까지 들어봐야 한다.

"그래서?"

부탁할 것이 무엇이냐? 독통은 눈으로 물었다.

"마교놈들은 아직 힘이 있는 것 같습니다."

"그럴지도 모르겠군."

대답은 이렇게 했지만 독통도 마교가 힘이 있음을 확실히 인지하고 있었다.

이미 무림맹에 보고된 내용만 보아도 중원 내에 침투한 마교의 힘은 간담이 서늘할 정도였다.

아마 일로객이라는 이자도 그 정도는 충분히 알고 있을 것이다.

"만약 그렇다면 그들은 저에게도 복수를 하려 할 것입니다."

"당연하겠지. 마교놈들은 질기니까."

소운은 독통의 말에 동의한다는 듯 살짝 고개를 끄덕이고는 담담하게 말했다.

"그러니 저를 미끼로 써주십시오."

"미끼?"

계속해서 고개를 끄덕이던 독통은 돌연한 말에 놀라 두 눈을 크게 뜨고 소운을 보았다.

"이럴지도 모른다고 생각해서 여기 제가 봐둔 장소가 있습니다."

소운은 품속에서 한 장의 지도를 펼쳤다.

"하남성으로 들어가는 경계선에 있는 절호산이라는 곳입니다."

"으음, 험한 곳이군."

소운은 지도에 그려진 선들을 손가락으로 가리키며 말했다.

"제가 마교의 고수들을 끌어들여 이쪽으로 들어가면 그놈들과 보름 이상 숨바꼭질을 하며 싸울 수 있습니다."

"확실히 산세가 험하고 샛길이 많으니 지리를 알고 있으면 유리하겠군."

"그렇습니다."

소운이 담담하게 대답을 하자 독통은 잠시 입을 다물고 생각에 잠겼다.

"위험하지 않겠나?"

"위험합니다. 하지만 각오는 되어 있습니다."

"으음, 각오라……."

유인작전의 유인책이 되는 것은 죽음을 각오해야 비로소 할 수 있는 일이다.

독통은 도저히 소운의 진심을 짐작할 수가 없었다.

강운상회 같은 악덕상회에 붙어 문파를 세우려 했던 자다. 그런데 한편으로는 목숨을 걸고 마교를 끌어들이려 한다.

남창을 칠 때 목숨을 건 것은 이해할 수 있다. 그것으로 일로마협의 명성이 중원 전체에 퍼지고 있으니까. 하지만 지금은 그럴 필요가 없다.

명성은 이미 퍼졌고, 이미 망했지만 강운상회라는 물주도 얻었으니 이제는 양주에 자리를 잡고 영화를 누리면 된다.

한번 목숨을 걸어 명성을 얻었는데 또 다시 목숨을 걸고 싸우는 짓은 정말로 협의의 길을 걷는 사람이나 할 수 있는 일이다.

이자는 과연 부귀영화를 탐하는 자인가? 아니면 협사인가?

'사연이 있는 자인가?'

독통은 일단 소운에 대해 어떤 선입관도 가지지 않기로 했다. 단지 그가 솔직하게 자신을 찾아와 상의를 하는 것에 대한 호의만을 가지고 대화를 계속했다.

"하지만 그놈들을 어떻게 끌어들일 셈이지?"

"그러니까 계획은……."

소운은 설명을 시작했다.

일로마협이 무림맹으로 향한다. 일단 무림맹으로 들어가면 당분간 그를 해할 수 없게 된다. 그렇기 때문에 마교놈들은 적당한 길목을 막고 있다가 기습을 할 것이다.

"음, 그래서 그대는 혼자 무림맹으로 가다가 마교놈들을 만나면 이곳으로 피하시겠다…… 이 말이군."

"아닙니다. 제가 어떻게 혼자 가겠습니까?"

소운은 고개를 저었다.

혼자 길을 가면 암살이나 기습을 당하기에 딱 좋다. 사람은 잠도 자야하며, 밥을 먹고 배설도 해야 한다. 그걸 피하려면 몰래 숨어서 이동해야 하는데, 마교를 끌어들이려면 그렇게 이동할 수도 없다.

"제가 불쾌구개 대협께 부탁드리고 싶은 것이 바로 이것입니다. 저와 같이 무림맹으로 가주십시오."

"잉? 나?"

독통은 손가락으로 자기 얼굴을 가리켰다. 순간적으로 기가 막혀 더 이상 말을 하기가 힘들었다.

죽음을 각오한 무림맹행에 동행이라니? 그 말의 뜻은 너무나도 명확하다.

"그러니까 나보고 같이 싸워달란 소린가?"

"바로 그겁니다. 혼자서는 빈틈이 생길 수밖에 없지만 둘이면 서로를 지켜줄 수 있습니다."

"으으윽, 그건 그렇지만……."

"일단 불쾌구개 대협이 저를 무림맹에 소개시켜 주기 위해 동행을 한다면 대외적으로 말이 됩니다. 동시에 마교로서는 두 번 다시 얻기 어려운 좋은 기회라 생각할 것입니다. 맛있는 먹이가 둘이나 되는 셈이니까요."

“이, 이봐. 그게 중요한 게 아니지 않나?”

졸지에 먹이, 그것도 맛있는 먹이가 되어버린 독통은 황당하기 짝이 없었다.

“독통 선배라면 믿을 수 있다고 생각했습니다.”

어느새 호칭이 바뀌었다. 대협에서 선배로. 그리고 명호가 아닌 이름으로 부른다.

입심 좋기로 소문난 독통이지만 이제는 완전히 소운의 화술에 말려들었다. 그는 잠시 고민을 했지만 결국 한숨을 푸욱 쉬며 고개를 끄덕이고야 말았다.

“다른 건 몰라도 마교놈들과 신나게 싸울 수는 있겠군. 알았네. 내가 같이 가지.”

“감사합니다.”

함께 목숨을 걸고 싸워주겠다는 사람은 세상을 다 뒤져도 결코 많지 않다.

‘명불허전이라더니.’

소운은 독통의 의협심이 진짜라는 것을 알았다.

“그런데 자네 이름은 뭔가? 같이 무림맹까지 가는데 그 정도는 알아야 하지 않겠나?”

그동안 같이 지냈으면서 이름도 듣지 못했다. 독통은 이 기회를 빌려 대놓고 알아보기로 했다.

그런데 소운은 약간 어두운 기색을 보이며 고개를 저었다.

“이름은…… 없습니다.”

"잉? 이름이 왜 없어? 설마 일로마협이 이름이라고 하는 건 아니겠지?"

소운은 더욱 비장한 표정을 지었다. 입을 악다문 채 독통의 눈을 뚫어지게 보았다.

사연이 있는 자의 표정이었다. 입을 열어 말을 하지는 못하지만 자신의 의지와 뜻을 눈빛으로 전하려 하는 듯했다.

독통은 그 분위기에 휘말려 아무런 말도 하지 못하고 묵묵히 기다렸다.

시간이 흘렀다. 마침내 소운은 입을 열어 말했다.

"저는 마교 출신입니다."

"뭐라고!"

"제 사부는 마교인이고, 아주 높은 지위를 지니고 있었습니다."

"으음, 그자는 누구인가?"

"이미 돌아가신 분이십니다. 이름을 말할 수는 없습니다."

'육장천마가 내 사부요.'

이 말은 입으로는 꺼낼 수 없는 말이다. 대신 소운은 깊은 한숨을 쉬며 말을 이었다.

"사실 독통 선배께서는 제 출신을 어느 정도 짐작하고 계실 것입니다."

"출신이라……. 확실히 난 자네가 어떤 조직에 속해 있는가를 물으려 했지."

“천외에는 인간이 아닌 신을 위한 무공이 존재합니다. 저는 그곳에서 마교에 대적하기 위해 무공을 수련했습니다.”

“과연 일로마협은 그곳 출신이었군!”

독통은 손뼉을 딱 하고 치며 감탄성을 내었다.

천외신무회! 무림맹에서도 맹주를 비롯해 극히 적은 사람만이 알고 있는 그 신비의 조직.

일로마협이 나타났을 때, 독통은 마교와 목숨 걸고 싸우는 이 신비의 협객이 천외신무회 소속의 무인이 아닌가 하고 생각했었다.

그런데 과연 독통의 짐작이 정확하게 들어맞았다. 독통은 새삼 호의로 가득 찬 눈으로 소운을 바라보았다.

그리고는 턱을 앞으로 살짝 내밀어 이야기를 계속하라고 재촉했다.

소운은 고개를 돌려 하늘을 보았다. 이미 동이 터서 파란 하늘에 태양이 눈부시게 빛나고 있었다.

“사부님께서는 마교의 고수이십니다. 교내에서 말 못할 사연이 있어 독에 당하고, 결국 죽게 되었습니다. 그런데 활선문의 문주께서 사부님을 치료하셨습니다.”

‘이게 거짓은 아닌데, 사실도 아니지.’

소운은 그렇게 생각하며 잠시 뜸을 들였다. 그가 말한 것에 담긴 뜻을 독통이 이해할 때까지 기다려 주어야 했다.

“허, 활선문주가? 그것은 규칙을 어기는 일인데, 대단하군.”

마교도를 구하는 것은 무림맹에 속한 사람이라면 당연히 해서는 안 되는 금기이다. 그런데 활선문의 문주는 손을 써서 사람을 구한 모양이다.

'죽어가는 자를 보고 의원으로서 살린 모양이군. 활선문주. 과연 존경할 만한 사람이군.'

독통은 알아서 해석했다. 소운이 바라던 대로였다.

"그 뒤에 사부님은 활선문주가 준비해 준 은신처에 은거하셨습니다. 하지만 그분은 마교를 미워하십니다. 마교가 얼마나 나쁜 곳인지를 너무나도 잘 알고 계십니다."

"흐음, 그래서 자네를 기른 건가?"

"저는 사부님의 제자가 될 때, 제가 익히는 무공이 마교의 것이라는 것을 알았습니다. 이 무공을 익히면 앞으로 무림에서 어떤 취급을 받는다는 것도 알고 있었습니다. 하지만 마교를 치기 위해서는 마교의 수법을 알아야 합니다. 사부님의 한을 풀어드리기 위해 그들의 무공을 익혀 싸우기로 맹세했습니다."

"……."

독통은 소운의 처절할 정도로 비장한 말에 입을 다물었다. 하늘을 보며 독백하듯 말하는 그의 말에는 잔잔하지만 하늘을 찌를 듯한 기상이 엿보였다.

'아, 이자는 진정한 협사다. 애초부터 일신의 안위나 명예 따위는 안중에 없었구나!'

마교의 무공을 익혔다고 하면 어떤 경우에도 무림에서 행세할 수 없다. 그러기에는 지난 천여 년 동안 마교에 당한 무림인들의 피가 너무 많았다.

세상에는 분별없는 분노와 원망으로 남을 해하려는 자가 적지 않다. 마교의 무공을 익힌 자를 마교도와 동일시하는 것은 어떻게 보면 당연할 수도 있다.

일로마협이 목숨을 걸고 마교와 싸운다고 해도 그의 미래는 뻔하다.

항상 첩자로 의심받아야 한다. 결국 살아남는다 해도 그를 위해 준비된 명예는 없다. 잘해야 조용히 은거할 수 있을 뿐이다.

그때 소운이 다시 말했다.

"활선문주님의 일이나 사부님의 일은 함부로 남에게 알릴 수 없는 일입니다. 하지만 독통 선배께서 아무런 대가도 없이 저와 같이 목숨을 걸고 싸워주시니 제 비밀을 남길 수는 없습니다."

독통은 목숨을 건 것과 같은 비밀을 자신에게 말해주는 소운의 내심을 짐작했다. 죽음의 길을 함께하는 동료! 이자는 지금 자신에게 그러한 대우를 하고 있는 것이다.

"알겠네. 내 이 일에 대해서는 사부님 이외에는 아무에게도 말하지 않겠네."

"감사합니다."

소운은 정중하게 고개를 숙여 인사를 했다. 독통은 목이 마른 듯 술병을 들었다. 그리고는 단숨에 술이 바닥이 날 때까지 목구멍에 들이부었다.

소운은 여전히 하늘을 보고만 있을 뿐이었다.

'성공이다. 이제 진곡 그놈과 결착을 내는 것만 남았군.'

소운은 속으로 그렇게 중얼거리며 회심의 미소를 지었다. 같이 싸울 고수를 얻었다.

마교의 외총단의 최고고수는 진곡.

그런데 일로마협의 무공수준은 진곡이 직접 나서지 않으면 상대하기가 쉽지 않다.

그렇기에 소운은 이번에 진곡이 직접 나서리라 생각했고, 그와 싸우기 위해 독통이나 철각통과 같이 진곡과 같은 수준의 고수가 필요했다.

그런 소운에게 있어서 독통은 포섭대상 일 순위라 할 수 있었다.

원래 중원의 명문대파에서는 자파의 인재들이 젊었을 때 세속에 나와 몸과 마음이 더럽혀 지는 것을 별로 원하지 않는다.

잡념이 많으면 그만큼 무공수련이 느려지기 때문에 대부분 삼십이나 사십이 될 때까지는 죽어라고 수련만 시키는 것이다.

그 바람에 무림인들은 나이가 들어도 순박한 구석이 있는 사람이 꽤 있다. 무공은 무지하게 강한데 세상물정을 모르는 사람도 은근히 많다.

독통은 이미 무림 경험이 풍부한 노고수라고 할 만하다. 하지만 소운이 보기에 그에게도 역시 나이에 걸맞지 않은 행동이나 습관이 보였다.

협사란 원래 조금 우직한 구석이 있어야 할 수 있는데, 독통은 머리가 아주 좋지만 그만큼 순진한 구석도 있다.

그런 독통이야말로 일단 꼬시기만 하면 그 다음에는 참으로 편하게 엮을 수 있는 대상이라 할 수 있다.

소운은 속으로 씨익 웃었다.

'흐흐흐, 독통 선배. 염려 말라고. 그쪽 지리는 내가 훤히 꿰고 있으니까 웬만하면 안 죽을 거야. 암, 절호산 협곡의 혈투는 일로마협과 불쾌구개를 무림의 새로운 전설로 만들어주겠지. 같이 한번 날아봅시다.'

독통은 아무것도 모르고 새빨간 거짓말에 넘어가 소운에게 목숨을 저당 잡혔다. 소운은 마음속으로 그런 독통을 위로하며 겉으로는 다시 진지하게 계획을 설명하기 시작했다.

第四章

생사지로(生死之路)

이건 예상에 없었던 일인데!

時老君告天師曰

天八會之真文三洞三清之上

稟道元始天尊昔經歷于億萬刦天地始修

太上說南斗延壽保爾

安真經太上說南斗

此經乃九天八

熙哀而人倫五運遷變萬彙差

생사지로(生死之路)

이건 예상에 없었던 일인데!
진곡 이놈이 어디서 이런 고수들을?

소운이 독통과 만난 지 삼 일이 지났다. 독통은 소운을 정식으로 동료들에게 소개했고, 그 결과 둘은 무림맹에 가서 맹주와 장로들을 만나기로 결정했다.

양주에는 철각통이 남아 뒤처리를 끝낼 것이다.

모든 것이 계획대로였다.

소운은 작은 마차를 하나 얻어 독통을 태우고 갔다. 마차는 작지만 품종이 좋은 말이 두 마리나 달려 있어 상당히 빠른 속도로 이동을 할 수 있었다.

경공을 이용해서 달릴 수도 있지만, 무림맹이 있는 곳까지는 너무 멀다. 사서 고생을 할 필요는 없다.

또한 비바람을 피할 수도 있고, 무엇보다 마교가 그들의 행적을 쫓기가 쉽다.

"가다보면 알아서 나타날 겁니다."

소운은 호언장담을 했다. 독통도 그럴 거라고 동의했다.

둘은 묘하게 의견이 일치하는 구석이 있었다.

소운이 혹시나 하는 마음으로 말을 아끼고 자신의 본색을 드러내지 않으려 노력했기에 망정이지 안 그랬으면 의형제라도 맺었을 것이다.

소운 일행은 강줄기를 따라 약 보름쯤 나아간 후, 배를 타고 장강을 건넜다. 강북이다.

확실히 강남과는 달리 산세가 험하여 관도도 그다지 넓지 않았다. 이두마차가 겨우 지나갈 정도였다.

"이제 슬슬 나타나 주어야 할 텐데요."

"그러게 말이야. 절호산까지 얼마나 남았지?"

"약 일주일 정도 가면 됩니다."

"그 안에 그놈들이 나오지 않으면 계획은 실패라고 봐야겠지?"

"그럴 경우 저는 무림맹에서 당분간 편히 지낼 수 있겠지요. 하하하."

소운은 여전히 태평했다. 사실 실패해도 이쪽의 손해는 전혀 없는 계획이고, 반대로 성공하면 소운과 독통은 목숨을 걸어야 한다.

그만큼 무의식중에 '나타나지 마라.' 하고 바라는 부분이 있었다.

하지만 역시 소운과 서문량이 세운 계획은 신기할 정도로 잘 들어맞았다. 마차 안에 누워 뒹굴거리던 독통이 순간적으로 눈을 날카롭게 뜨고는 소운에게 말했다.

"온 것 같지?"

"그런 것 같습니다."

소운은 여전히 태연한 표정으로 마차를 몰며 대답했다. 눈으로는 전혀 보이지 않지만 숲 속에서 느껴지는 기운이 범상치 않았다.

적들은 기척을 숨길 마음도 없는 듯 기세를 그대로 드러내고 있었다. 하기야 소운이나 독통 정도의 고수라면 웬만한 은신술은 감각으로 파악해 버리니 괜히 힘들일 필요가 없을 것이다.

소운은 마차를 멈췄다. 그리고는 적들이 있는 곳을 향해 외쳤다.

"어떤 친구가 우리를 찾아온 거냐? 숨을 생각도 없는 모양인데, 그냥 빨리 나와라."

스스스슥.

마차가 있는 곳에서 약 이십 장 정도 떨어진 곳에서 수풀이 스치는 소리와 함께 일단의 무리들이 모습을 드러냈다.

얼굴을 가리지도 않았다. 소운은 그들을 하나하나 살폈다.

복장과 무기, 그리고 자연스럽게 이루고 있는 전투진형 등을 보건데 마인전사대들인 것 같았다.

마교의 사대 전투조직 중 하나인 마인전사대. 그들의 연수합공이라면 결코 무시할 수 없다.

하지만 소운은 실망한 표정을 지었다.

'진곡은 없군. 이놈이 왜 안 왔지? 설마 마인전사대 중 일부만으로 나와 독통을 추살할 수 있다고 판단했나?

독통도 별로 기분이 좋지 않은 듯 소운에게 말했다.

"센 놈은 없는 것 같은데? 마검패룡 그놈이 꼬리를 말았나?"

"글쎄요. 어쩌면 먼 곳에서 구경하고 있을 지도 모릅니다."

"하기야, 그놈이 내 앞에 당당히 나설 형편은 못 되지. 그때 내 타구봉에 허벅지를 된통 얻어맞았거든. 크크큭."

독통은 남창에서의 화려했던 싸움이 생각나는지 웃음을 터뜨렸다. 그러나 곧 진지한 표정으로 덧붙였다.

"뭐, 그놈도 내 어깨살을 찢어놓았지. 젠장."

말하자면 무승부였다. 마검패룡의 무공이 그렇게 높을 줄은 미처 예상하지 못했다. 그래서 이번에 만나면 끝장을 보기로 결심했는데, 모습을 드러내지 않는다.

독통이 혀를 다시며 아쉬워하고 있을 때, 소운이 외쳤다.

"마교의 무리들이냐?"

"그렇다. 마인전사대의 살귀마 조다."

"그렇다면 너희들은 살아서 돌아가지 못한다."

"크크크크, 입만 산 놈. 아무리 네놈들이 강하다고 해도 단둘이서 우리를 피할 수는 없다."

"과연 그럴까?"

소운은 담담한 목소리로 말을 하고는 그대로 마차에서 몸을 날려 적을 향해 나아갔다. 그러자 마차 안에 있던 독통도 그림자처럼 소운의 뒤를 따랐다.

살귀마 조의 무리들은 즉시 진형을 벌여 고수를 상대하기 위한 준비를 했다.

탐식아귀진의 개진형으로 소수의 고수를 상대로 맹렬한 파상공격을 가할 수 있는 진형이었다. 이와 같은 고급 전투진형은 잘만 이용하면 어떠한 강적도 이길 수 있다.

그러나 소운은 코웃음을 치며 갑자기 방향을 틀었다.

"우리가 스스로 진형 안으로 뛰어들기를 바라나? 꿈도 크군."

소운이 노리는 것은 아귀진의 입가 언저리였다. 진의 약점이 되는 곳으로, 이곳에서 싸우면 아귀진은 최고의 힘을 발휘할 때에 비해 삼 할의 힘도 내지 못한다.

그러나 살귀마 조의 무인들은 당황하지 않고 품속에서 저마다 암기를 꺼냈다.

적이 도망가지 않고 달려드는 상황이니만큼 암기로 기선

을 제압하려 했다. 그런데 그 생각은 살귀마 조들만의 생각이
아니었다.

슈슈슈숙.

사람이 도착하기 전에 먼저 비침이 날아왔다.

선수필승. 소운이 달리면서 비침을 던진 것이다.

독이 묻은 시커먼 비침! 살귀마 조들은 급히 몸을 굴려 그
것을 피했다. 그 바람에 그들은 암기를 던질 수 없었다. 아주
짧은 시간이었지만, 소운이 무리들 안으로 뛰어들기에는 충
분했다.

카카캉!

소운은 단숨에 검을 세 번이나 찔러 앞쪽에 버티고 있던 자
들을 밀어냈다. 그런데 적들도 소운의 공격을 모두 받아냈다.
뒤로 밀린 것은 검에 실린 내공 탓일 뿐이다.

"이런, 한 놈도 만만한 놈이 없군."

소운은 혀를 차며 즉시 허리를 굽혀 바닥에 엎드렸다. 그
자세로 검을 뻗자 검날이 부르르 떨리며 검기가 앞으로 뻗어
나갔다. 적의 발목을 단숨에 잘라낼 수 있는 날카로운 기세였
다.

뿐만 아니라 소운이 엎드린 뒤로부터 독통이 여섯 개의 자
갈돌을 던졌다.

위이잉, 퍼퍽!

"크윽!"

지근거리에서 날아온 독통의 돌멩이는 어떤 암기보다도 무서운 점이 있었다. 그것도 미리 각이 지게 쪼개서 비황석과 같은 모양이 된 돌이다.

소운에게 밀린 자들은 균형을 잃었기에 그걸 피할 수 없었다. 옆에서 그들을 보호해 줘야 하는 동료들도 땅에 엎드린 소운이 펼쳐 낸 검기를 피하느라 급했다.

"너희들만 진형을 취할 줄 알았느냐? 두 명이면 천지합격이 가능하지."

소운은 그렇게 중얼거리며 엎드린 자세 그대로 위로 일 장이나 떠올랐다. 반대로 독통이 몸을 데굴데굴 굴리며 사방으로 타구봉을 쳐 댔다.

한 사람이 위에서 암기를 날리고, 다른 사람은 아래에서 발목을 노린다. 그림과도 같은 천지합격이 이루어지고 있었다.

아무리 마인전사대가 마교의 실전 전투부대라 해도 소운과 독통의 연수합격은 그들이 감당하기엔 조금 높은 벽이라 할 수 있었다.

또한 소운이 그들의 진형을 거의 다 알고 있는 상황이라, 진형의 이점도 거의 살리지 못했다.

살귀마 조들은 계속해서 몸을 뒤로 피할 수밖에 없었다. 그나마 무리를 하지 않고 진형의 힘을 이용해서 서로를 보호했기에 허수아비처럼 쓰러지지는 않았다.

그들은 이길 수 없다는 것을 알면서도 전혀 공포심에 빠지지 않고 계속해서 반격을 가하려 했다.

독통이 인상을 찌푸린 채 중얼거렸다.

"대단하군. 우리 둘의 합공을 이렇게 버티다니."

이 정도라면 구대문파의 최고 정예와 비등하다 할 수 있다. 도대체 마교에서는 중원에 얼마나 많은 고수를 들여보낸 것일까? 그 생각을 하니 등골이 오싹할 정도였다.

그때 소운이 살짝 전음으로 말했다.

- 마인전사대는 마교의 사대 전투부대 중 하나로 총 인원은 일천 명이라고 알고 있습니다.

"으으으, 일천 명!"

그 정도 수라면 군대나 다름없다. 일급 무사들로 이루어진 군대! 만약 그들이 전부 중원으로 들어온 상태라면 그것만으로도 천하는 피로 씻길 것이다.

불행인지 다행인지 지금 이곳에 나타난 자들은 삼십 명뿐이다.

"빨리 처리하는 게 낫겠군."

독통은 눈에 살기를 띠우며 중얼거렸다. 그리고는 타구봉을 크게 돌려 원을 그렸다. 동시에 독통의 신형이 점점 빨라지면서 몸이 서너 개로 보이기 시작했다.

파파파팍!

사람을 노리는 게 아니라 무기를 노린다.

타구봉에 어린 녹색의 광채는 강기의 단계는 아니지만 거의 그것에 필적했다.

“팔방복견!”

봉의 기세가 절정에 달했다. 주변이 모두 봉영으로 가득 차니 독통은 크게 흥이 나는 듯 초식의 이름을 외치며 주변의 모든 적들을 마구 때렸다.

일견하기에 전혀 절도가 없는 움직임처럼 보이지만 바람보다 빠르고, 무기와 사람을 모두 파괴할 만한 거대한 힘을 담고 있었다.

“과연 독통 선배!”

소운도 자극을 받았는지 내력을 크게 끌어올려 검을 앞으로 뻗었다. 그러자 검끝에서 가는 실과 같은 검기가 쏘아져 나가 걸리는 모든 것을 뚫었다.

“검사를 뿜어낼 정도라니? 일로 형제의 검은 중원에서 세 손가락 안에 들겠군!”

“과찬이십니다.”

진짜 실력을 드러낸 소운과 독통 앞에서 마인전사대의 살귀마 조는 속수무책으로 무너질 수밖에 없었다.

그들은 더 이상 버티지 못하고 겁에 질려 몸을 피하기에 바빴다.

하지만 그로 인해 진형이 깨어지자 더욱 큰 피해를 입을 수밖에 없게 되었다.

얼마 안가 살귀마 조는 생존자 한 명 남지 않았다.

진곡은 건너편 봉우리에서 소운과 독통이 싸우는 모습을
보고 있었다.

마교의 비전인 응안심공은 천리안과도 같은 효능이 있어
산 너머의 수풀 속에 숨겨진 바늘 하나도 찾을 수 있다고 한
다.

진곡은 어렸을 때부터 그걸 익혔기에 소운과 독통의 동작
을 똑똑히 볼 수 있었다.

"흥! 과연 만만한 놈들은 아니군."

수하들이 죽어가는데도 진곡은 전혀 안타까워하지 않았
다. 냉정한 눈으로 소운과 독통의 일신무공을 분석할 뿐이었
다.

옆에 서 있던 라마승도 고개를 끄덕이며 말했다.

"중원에도 인재가 있군."

다른 라마승이 뒷머리를 긁으며 물었다.

"사형께서도 보입니까?"

"한계의 벽을 부수면 천안통은 당연하게 따라오는 법이네.
정진하게."

"후우, 저는 힘들 것 같습니다. 그냥 진곡 사제에게 응안신
공이나 배우겠습니다."

"응안신공은 어릴 때부터 수련하지 않으면 소용이 없지. 멀
리 보지 못한다고 크게 답답한 일은 별로 없으니 포기하게."

“역시 사형답게 딱 잘라 말씀하시는군요.”

둘은 그렇게 대화를 끝내고 다시 진곡을 보았다.

“어떤가? 사로잡는 게 낫겠나?”

“그래야 할 것 같습니다. 저 일로마협이라는 놈의 움직임으로 보아 우리 신교의 무공을 잘 알고 있는 것 같습니다. 살귀마 조의 진형을 바로 파악하고 약점을 찌르는군요.”

“그렇다면 간세인가?”

“아니면 배신자일 수도 있습니다.”

진곡은 이를 부드득 갈며 그렇게 말했다. 남창에서 일로마협의 행동을 몇 번이나 되새기며 내린 결론이다.

마교에 대해 잘 아는 자! 어쩌면 남창의 소재도 일로마협의 입에서 나왔을지도 모른다.

그런데 지금 눈으로 확인해 보니 거의 틀림없어 보였다.

“만약 저놈이 배신자라면 수하들 중에 끈이 있을 겁니다. 그걸 찾아내야 합니다. 물론 저놈의 정체도 밝혀내야겠지요.”

진곡의 의심은 남창의 거점이 드러나 습격당하는 순간부터 시작되었다.

천마의 다음 대 후계자로 지목된 만큼 그의 판단력은 냉철하고 치밀했다. 그렇기에 이번에도 미끼가 될 마인전사대를 제외한 실제 전력은 천마신교와 전혀 관계 없는 이들을 동원한 것이다.

살귀마 조는 일종의 눈가림이다. 겸사겸사 적의 실력을 알아보는데에도 사용하고 있지만, 원래 이렇게 싸우다 당해야 한다. 그래야 진곡과 혈불의 제자들이 나설 수 있기 때문이다.

"사형, 부탁드리겠습니다. 독통은 제가 맡을 테니, 저놈을 사로잡아 주십시오."

"알겠네. 그럼 가세."

셋은 일제히 몸을 날렸다. 그 뒤로 시립해 있던 여섯 명의 수하들이 따랐다.

원래 소운은 진곡이 수백 명의 마인전사대를 이끌고 천라지망을 칠 것이라고 생각했었다.

이는 마교 내에서의 진곡의 전력을 감안하면 거의 정확한 예측이라 할 수 있었다.

하지만 소운과 서문량이 가지고 있지 않은 정보, 그것은 바로 혈불과 손을 잡으면서 얻은 또 다른 진곡의 세력이었다.

소운의 예측과 달리 진곡은 그렇게 많은 수를 데리고 오지 않았다.

초절정 고수 하나와 그 바로 밑의 고수 둘, 그리고 절정고수 여섯.

그것으로 충분하다. 오히려 넘칠 정도다. 소운을 사로잡아 정체를 밝힐 생각에 진짜 고수들을 동원한 것이다.

미끼로 주어진 살귀마 조를 처리하는 소운과 독통은 아직 이들의 접근을 눈치 채지 못하고 있었다.

*　　　*　　　*

살귀마 조의 마지막 한 명을 처치한 후 소운이 독통을 향해 말했다.

"어서 갑시다. 다른 놈들이 곧 쫓아올 겁니다."

"그게 좋겠군. 근데 정말 이런 놈들이 백 명씩 몰려오면 손 쓰기가 쉽지 않겠군."

"당장 이놈들 삼십 명에 마검패룡만 섞여 있어도 승부를 장담할 수 없습니다."

"그렇지. 그게 무서운 거지."

집단전에서 고수가 한 명이라도 섞여 있으면 전투력이 비약적으로 상승한다. 특히 그 고수가 아군의 희생을 두려워하지 않는 냉혈한이라면 더욱 그렇다.

소운과 독통은 다시 마차로 돌아갔다.

"이랴!"

히히히힝.

힘찬 고삐질에 말들은 전력으로 달리기 시작했다.

관도라고는 해도 산 가운데에 뚫어 놓은 길이라 바닥이 울퉁불퉁하다. 마차가 거의 부서질 듯 흔들렸지만, 소운은 계속해서 말들을 재촉했다.

"놈들이 느껴집니까?"

"아니, 전혀 느껴지지 않아."

뭔가 이상하다. 소운은 인상을 굳혔다. 소운이 달리기 시작한 이상 숲 속에 매복해 있는 자들에게서 반응이 있어야 한다. 그런데 전혀 느껴지지 않다니?

'설마 놈들이 이미 앞쪽에 진을 치고 기다리고 있는 건가?'

그럴 가능성도 무시하지 못한다. 소운은 정신을 집중해서 앞쪽을 보았다. 단순히 눈으로 보는 것이 아니라 다른 감각을 동원해 숨어 있는 자들을 확인하려 했다.

그러나 아무도 없었다.

'어떻게 된 거지?'

불안한 마음이 아랫배에서부터 스멀스멀 올라오는 듯했다. 예상한 것과는 다르게 일이 진행되고 있는데, 적이 아예 나타나지 않으니 다른 대책을 세우기도 힘들었다.

그때 독통이 외쳤다.

"오른쪽, 산봉우리!"

소운은 살짝 눈을 돌려 옆쪽을 보았다.

건너편 봉우리로부터 나타난 자들. 그들은 소운의 마차보다 빠른 속도로 달려서 접근하고 있었다.

그리고 그들의 산과 같은 기세에 소운의 안색이 변했다.

"제기랄."

소운은 자신도 모르게 욕설을 내뱉었다. 독통 역시 기분이 별로 좋지 못한 듯 인상을 찡그리고 있었다.

가장 앞에서 달려오는 진곡의 모습은 한눈에 알 수 있다. 그런데 그 뒤로 따라오는 자들은 도대체 뭐란 말인가?

'진곡, 이놈이 어디서 저런 고수들을 데려왔지?

이해할 수가 없었다. 진곡의 바로 옆에 붙어 달리는 자는 진곡과 거의 비슷한 수준의 고수인 것 같았다. 적어도 소운의 눈에는 그렇게 보였다.

그리고 그 뒤로 달려오는 몇 명의 사람들도 모두 절정의 기세를 뿜어내고 있었다.

'망했다!'

소운은 계획이 완전히 틀어졌음을 알았다. 진곡과 그 옆에 있는 자만 해도 소운과 독통이 승리를 장담하기 어렵다. 그런데 다시 절정고수가 합세를 한다면? 죽음의 그림자가 머리 위를 덮는 듯했다.

소운은 이를 악 물고 외쳤다.

"일단 달립니다! 전속력으로 달려서 조금이라도 저놈들의 힘을 뺀 후, 다시 경공으로 도망갑시다."

이것이 최선이다. 경공에는 어느 정도 자신이 있다. 독통이야 경공으로 이름을 날린 자이니 말할 것도 없다.

거기에 말로 어느 정도 시간을 벌면 그만큼 적은 지칠 것이다. 달리기 시합이라면 숫자는 아무런 상관이 없는 것이다.

그런데 그때 독통이 한숨을 쉬며 말했다.

"소용없네. 가장 뒤에 오는 자를 보게."

"가장 뒤?"

소운은 급히 고개를 돌려 독통이 가리키는 자를 보았다. 이 급한 상황에서 도망이 소용없다고 하는 독통을 이해할 수 없었다.

그러나 소운이 그를 봤을 때, 그 역시 안색이 창백해져 입술을 깨물었다.

"미치겠군."

"동감이야."

쫓아오는 일행 중 유일하게 아무런 기세도 나타나지 않는 자. 가장 뒤에서 천천히 산책하듯 걸어서 따라오는 자.

소운은 그자를 집중해서 보자마자 알 수 있었다. 천마와 함께 지내면서 이런 쪽의 감각은 예민해졌다. 단지 마차를 모느라 제대로 못 보았을 뿐.

끝을 짐작할 수 없는 힘이 그의 몸속에 갈무리 되어 있다.

"어떻게 초절정 고수가……."

믿을 수 없었다. 세상에 쌍성도 남도왕도 아닌 또 다른 초절정 고수가 있다는 것도 믿기 어려운데, 그런 자가 진곡과 함께 있다는 점은 정말 받아들이기 어려웠다.

독통은 고개를 절레절레 저으며 말했다.

“마차를 세워. 아무래도 오늘은 길보다 흉이 많을 것 같
군.”

그는 거의 포기를 한 모양이다. 그러나 독통의 그 힘없는
말에 소운은 오히려 정신이 번쩍 들었다.

여기서 포기하면 무조건 죽는다!

소운은 이를 악물고 말했다.

“셋을 세면 무조건 앞으로 뛰는 겁니다. 독 선배는 동쪽으
로, 저는 북쪽으로. 도망가다 등에 칼을 맞는 한이 있어도 뛰
다 죽어요!”

“소용없다고! 초절정 고수를 경공으로 따돌릴 수 있을 것
같아?”

“경공만 극도로 약한 자인지도 모르잖아요. 그리고 따로
도망가면 한 명은 살지도 몰라요.”

살 확률이 아예 없는 것보다는 절반인 경우가 좋다. 말할
것도 없다.

소운은 이제는 냉정해진 얼굴로 대답했다.

차가운 목소리. 독통의 절망에 가득 찬 흥분을 단번에 식힐
만한 기운이 그 안에 실려 있었다.

“젠장, 맞아. 한 명은 살 수도 있겠군.”

독통은 그렇게 중얼거리며 품속에서 끈을 꺼내 다리와 몸,
그리고 머리카락을 동여맸다. 옷이 바람에 날려 저항이 심해
지는 것을 막는 것이다.

그사이 소운은 마차 옆쪽에 달려 있는 몇 가지 쇠사슬을 잡아당겼다. 그러자 치치직 하는 소리와 함께 마차 안쪽에서 불꽃이 일었다.

"하나, 둘, 셋!"

소운과 독통은 내공을 끌어올려 앞으로 달려 나갔다.

절정 이상의 고수는 말보다 빨리 달릴 수 있다. 물론 장거리를 그렇게 달리다가는 내공이 고갈되겠지만 적어도 한두 시진은 가능하다.

'살아야 한다. 살고야 말겠다!'

소운은 뒤도 돌아보지 않고 앞만 보고 달렸다. 독통 역시 마찬가지. 절대로 잡히지 않겠다는 의지를 마음속에 굳혔다.

또 하나의 초절정 고수가 나타났다는 것을 무림맹에 알리지 않으면! 아무리 암울한 정보라도 모르는 것보다는 아는 게 낫다.

히히히힝.

콰쾅!

마차가 전복되는 소리가 뒤에서 들려왔다. 동시에 마차 안에서 타오르던 불길이 일거에 밖으로 퍼져 나왔다. 소운과 독통은 떠나기 전 최후의 안배로 마차에 화약을 실어 놓았던 것이다.

그리고 그다음에는 다시 콩 볶는 듯한 화약음과 함께 사방으로 암기가 쏟아져 나왔다.

제각기 모양과 크기가 다른 암기들. 어떤 것은 나비처럼 생겼고, 몇 개는 구슬처럼 둥글었다. 또한 일부는 나선형의 고리에 날이 달려 있어 똑바로 날지 않고 공중에서 회전하며 방향을 바꿨다.

마치 최고의 암기투사법인 만천화우와 같이 일대는 암기로 뒤덮였다.

그리고 그중 상당수가 뒤를 쫓던 진곡 일행을 덮쳤다.

진곡은 급히 방향을 틀며 외쳤다.

"당가비원? 조심!"

당가가 자랑하는 최고의 암기통 당가비원(唐家秘願)은 사람 몸통만한 철통으로 그 안에는 기관과 화약으로 발사되는 삼백육십 개의 암기가 장치되어 있다.

암기 중 대부분에는 독이 발려져 있어 당씨세가에서도 웬만한 일이 아니면 쓰지 않는 비장의 장치다. 이게 발동되면 정말로 만천화우와 비슷한 효과가 난다. 절정고수도 방심하면 당한다.

단지 워낙 무겁고 덩치가 커서 휴대용으로 쓸 수는 없다. 소운처럼 마차에 실었다가 포위되었을 때 사용하면 기습한 자들에게 적지 않은 피해를 입힐 수 있다.

진곡 일행은 화염과 암기에 일단 몸을 멈췄다. 불꽃이 그들의 눈을 가렸다.

"홍, 잔나비처럼 하찮은 수를 쓰다니!"

진곡은 코웃음을 치며 곧바로 방향을 틀어 독통을 쫓기 시
작했다.

그러자 승리는 여섯 명의 천수관음조에게 명했다.

"너희들은 진 총타주를 따라가라. 승부에는 끼어들지 말되
진 총타주가 당하면 너희들이 불쾌구개를 제거해라."

"존명!"

여섯은 마치 하나처럼 대답하고 즉시 진곡의 뒤를 따라갔
다.

승리는 다시 칭타를 보며 말했다.

"우리는 일로마협을 제압하러 가세."

"그렇게 하지요, 사형."

여유만만한 모습. 소운을 손바닥 안의 쥐새끼와 같다고 여
기는 듯한 말투였다. 그리고 사실 소운의 처지는 그와 비슷하
다 할 수 있었다.

＊　　　＊　　　＊

독통의 경공은 강호에서도 일절이라 할 만하다. 원래 개방
은 발로 먹고사는 조직이라 할 수 있기에 도망가기로 작정하
면 동급에서는 최강이라고 봐야 한다.

그런 만큼 독통도 자신이 있었다. 초절정 고수로 보이는 자
가 소운을 따라가고 진곡과 여섯 떨거지가 자신에게 붙은 것

을 확인한 순간, 그는 자신 걱정은 아예 하지를 않았다. 단지 소운이 무사하기를 빌었을 뿐이다.

그런데 그 생각은 곧 바뀌었다.

"이런, 다리가!"

독통의 앞에는 협곡이 가로막고 있었다. 그는 출발하기 전 소운과 함께 일대의 지리를 상세히 연구했다. 그래서 이곳에 협곡이 있고, 또한 건널 수 있는 다리가 있다는 것도 알고 있었다.

그런데 다리가 없다. 정확하게 말하면 놓였던 흔적은 있는데, 정작 다리는 부서져서 남아 있지를 않았다.

"하하하하, 네놈들이 그럴 줄 알고 이 일대의 다리는 모두 끊어놓았지."

뒤쪽에서 진곡이 놀리듯 외치는 소리가 들려왔다. 독통이 이를 갈며 그를 보자 진곡은 다시 외쳤다.

"소용없다, 독통. 명년의 오늘이 네 제삿날이 될 것이다."

슈슈슉.

진곡은 그냥 외쳤지만 뒤의 여섯 명은 말 대신 암기를 날렸다. 독통을 노린 것이 아니라 그의 좌우를 노려 일순 움직이지 못하게 막았다.

그사이 진곡은 독통의 바로 앞까지 다가설 수 있었다.

"결판을 내자, 독통."

"홍, 네놈이 아직 덜 맞았나 보군."

“거지의 어깨살맛으로는 성이 안 차지. 오늘은 척수를 맛봐야겠다.”

진곡은 그렇게 말하며 손에 쥔 검을 뻗어 독통의 배를 노렸다. 독통은 뒤로 비스듬히 이동하여 피했다. 동시에 타구봉을 휘둘러 검의 옆면을 때렸다.

캉!

“흥, 그놈의 취견진미는 이미 보았다!”

진곡은 봉에 부딪친 검에 힘을 빼서 빙글 돌렸다. 그렇게 되니 취견진미의 초식이 오히려 검의 속도를 더해준 셈이 되었다.

독통은 기겁해서 허리를 급히 숙여 검을 피했다.

“엇, 네놈이 반격을?”

취견진미는 타구봉의 절초로 상대의 자세를 허무는데 묘용이 있다. 그 뒤에 틀림없이 상대를 개 패듯 팰 수 있어야 하는데, 진곡은 몇 번 보고 파훼법을 알아낸 것이다.

“그래 시팔, 잘났다. 정말.”

독통은 욕설을 퍼부었다.

원래는 절초를 펼쳐서 잽싸게 한 대 친 후 틈을 만들어 뚫고 가려 했는데, 진곡이 반격을 하는 바람에 꼼짝없이 포위되어 버렸다. 이제는 도망도 갈 수 없다.

‘제기랄, 힘들겠군.’

속으로는 걱정을 하면서도 타구봉의 움직임은 더욱 정묘

해졌다. 거지답게 욕을 하면서 더욱 더 힘을 냈다.

하지만 진곡은 이미 한번 경험을 해보았기에 전혀 신경을 쓰지 않았다. 그저 증가한 자신의 내공을 믿고 착실하게 독통을 공격했다.

시간이 지나자 독통은 자신이 밀린다는 것을 느꼈다. 그의 타구봉보다 진곡의 검이 조금 더 위력적이었다. 전에 싸웠을 때에는 거의 대등했다. 그사이 진곡의 무공이 더욱 늘어난 듯했다.

'이놈이?'

이 정도 경지에 오른 사람이 한 달 사이 갑자기 강해지기는 힘들다. 그런데 강해졌다는 것은 놀라운 일을 예상하게 한다.

'혹시?'

독통은 머릿속에 떠오르는 가정을 급히 지웠다. 지금은 딴 생각을 할 때가 아니다.

다행히도 다른 놈들은 지켜만 보고 있다. 이기든 말든 상관하지 않겠다는 투였다.

'그렇다면 잘만 하면 이놈은 죽일 수 있겠군.'

독통은 마음을 독하게 먹었다. 그는 크게 심호흡을 하고는 양손으로 타구봉의 끝을 잡아 땅을 찍었다.

팍!

독통의 몸이 단번에 이 장이나 떠올랐다. 고수끼리의 싸움에서 몸을 공중으로 띄우는 것은 거의 자살행위, 하지만 이렇게 공중으로 몸을 띄우면 공격력은 배가 된다.

단숨에 죽인다!

"인왕답견!"

인왕이 개를 밟는다. 귀신을 밟던 발로 밟으니 개는 찌그러져 죽을 수밖에 없다.

위이이잉.

두 손으로 타구봉의 끝을 잡고 내공을 집중했다. 그리고 몸을 공중에서 한 바퀴 돌려 전신의 체중까지 실었다.

방어는 전혀 생각하지 않은 완전 공격의 수! 독통은 죽음을 각오하고 동귀어진의 수를 썼다.

"그럴 줄 알았다!"

진곡은 즉시 앞으로 나아가 원래 독통이 있는 곳에 섰다. 그리고는 검끝으로 독통의 발바닥을 찔렀다.

푸욱, 깡!

독통의 발에 검이 찔렸다. 그리고 거의 동시에 그의 타구봉이 진곡의 등을 때렸다.

진곡은 입에서 피를 토하면서 앞으로 튕겨나갔다. 하지만 일 장 정도 날아간 상태에서 자세를 바로 잡고 다시 섰다.

그의 등은 충격으로 인해 옷이 갈기갈기 찢어져 있었다. 그런데 그 안에 은색으로 빛나는 둥근 갑주가 나타났다.

독통은 발 한쪽이 거의 못쓰게 된 상태로 바닥에 떨어져 굴렀다. 생각보다 멀쩡한 진곡을 보는 그의 얼굴에는 고통스럽다기보다는 억울하다는 표정이 떠올랐다.

"은구귀갑, 무림의 보물이 마교의 악도에게 넘어갔을 줄이야."

"홍, 천하의 불쾌구개를 상대로 싸우는데 방심할 수는 없지."

진곡은 내공을 돌려 몸의 충격을 밖으로 발산하며 말했다.

은구귀갑은 거북이처럼 등을 보호하는 갑옷으로 산이 무너져도 몸을 지킨다는 호사가들의 평이 있을 정도로 방어력이 뛰어나다.

특히 내가중수법도 막아낼 수 있어 무림에서는 보물로 취급된다.

원래 독통의 공격은 진곡이 막을 수도 피할 수도 없는 맹렬한 것이었는데, 진곡은 은구귀갑을 이용해 약간의 내상만으로 막아냈다.

"네놈이 단번에 승부를 보기 위해 동귀어진을 할 거라는 건 미리 알고 있었다. 그래서 그걸 역이용하기로 했지. 하하하하."

"그런가? 과연 쥐새끼처럼 약삭빠르군."

"뭐라고 욕해도 소용없다. 한쪽 다리를 못 쓰는 불쾌구개가 나 마검패룡의 검을 몇 초까지 막아내나 한번 시험해 주겠다."

진곡은 잔인한 표정으로 웃으며 한걸음씩 독통을 향해 다가갔다.

독통은 필사적으로 몸을 일으켜 세워 한쪽 무릎을 땅에 댄 채 자세를 취했다.

하지만 독통은 한쪽 다리를 다쳐 신법을 사용하지 못하고, 또 은구귀갑의 반탄력에 팔 근육이 진동되어 힘이 많이 빠진 상태였다.

'재수없군. 사부에게 그렇게 두들겨 맞으며 배운 무공을 가지고 마교놈에게 당하다니!'

독통은 이를 갈며 자신의 한 많은 인생을 되돌아보았다.

아직 먹고 싶은 것이 너무 많아서 별로 죽고 싶은 생각이 없는데, 죽음의 사자가 눈앞에 서 있으니 어쩔 수 없을 것 같았다.

독통은 마음속으로 각오를 굳혔다. 그는 한쪽 다리를 이용해 단숨에 뛰어오를 결심을 했다.

'다시 한 번 공중에서 승부를 보자. 인왕답견 같은 절초는 못 쓰지만 평범한 대붕전시라도 펼친다. 그래도 그 대붕전시는 나 독통이 펼치는 대붕전시! 저놈의 어깨뼈라도 부숴주겠다.'

"씨발! 사부, 먼저 갈 테니 꼭 복수해 주쇼."

그렇게 작게 중얼거리며 성한 다리에 내력을 모았다.

그런데 그때, 독통의 귓가에 들리는 목소리가 있었다.

"싫다. 복수는 뭔 복수냐? 죽으면 그냥 아무도 모르게 죽어

라. 그래야 이 사부가 귀찮음을 면하지.”

“사부!”

독통은 목소리가 들리는 쪽으로 고개를 돌렸다. 과연 그곳에는 어느새 한 명의 거지노인이 서 있었다.

“개성!”

여섯 명의 천수관음조가 놀라 외치며 동시에 신형을 움직였다. 그들이 익힌 천수관음진은 초절정 고수를 상대로 싸우기 위해 고안된 진. 개성이 나타나자 반사적으로 자리를 잡아갔다.

초고수를 상대로 조금이라도 머뭇거리면 진형을 펼치지도 못하고 몰살당할 수 있다.

그들은 그걸 철들기 전부터 알았다.

“엇, 이놈들아. 제자와 대화 좀 하자.”

개성은 그렇게 말하며 한쪽 팔을 들어 슬쩍 흔들었다. 그러자 손 안쪽에서 녹색의 강기가 일어나 길게 늘어났다. 마치 타구봉과 같은 모양이었다.

“이게 바로 강기봉이라는 거다. 개 잡는 기술 중엔 천하제일이지.”

개성이 들고 다니던 타구봉은 이십 년 전에 이미 독통에게 물려주었다. 그는 봉이 없어도 개를 잡을 수 있는 경지에 올랐다.

무봉이 바로 개성의 경지다.

퍼퍼퍼펑!

강기의 무공 앞에는 모든 초식이 무효하다. 개성은 가볍게 휘둘렀을 뿐인데 공간이 갈라지는 것처럼 바람이 일고 땅이 뒤집혔다.

하지만 천수관음조는 그런 자들을 상대하는 방법을 십여 년에 걸쳐 연습했다.

"개화!"

파파파팍!

그들은 무기로 서로의 몸을 쳐서 밀어냈다. 그러자 여섯 명의 신형이 혼자서는 움직일 수 없는 방향으로 튕겼다. 동시에 그들의 기운이 한데 뭉쳐 날카롭게 개성의 왼쪽 무릎을 향했다.

개성은 혀를 찼다.

"보통은 넘는 놈들이군."

그러면서 그는 두 손바닥 사이에 강기봉을 끼우고 펑 하고 손뼉을 쳤다.

그러자 강기봉이 깨어져 사방으로 튀었다. 실제로는 강기를 날카롭게 만들어 퍼뜨리는 것이지만 눈으로 보기엔 정말로 봉이 깨어지는 것 같았다.

"접지!"

파라라락.

땅이 파이더니 천수관음조 전원이 파인 땅에 드러누웠다.

그리고 그들의 무기는 서로의 다리를 걸어 누운 채 옆으로 이동을 할 수 있게 만들었다.

피할 수 없는 강기의 막이 허공중에 지나갈 때 피하는 방법이다.

"흥!"

개성은 우습지도 않다는 듯 가볍게 몸을 날려 그들을 뛰어넘었다.

천수관음조를 상대로 강기무공을 이 초나 쓴 것은 일종의 수치다. 단숨에 손을 써서 그들을 모두 쳐 죽이고 싶다. 하지만 지금은 그것보다 마검패룡을 먼저 제압해야 한다.

마검패룡은 그 짧은 사이 전력을 다해 독통에게 살초를 펼쳤다. 독통은 필사적으로 바닥을 굴렀다.

방금 전까지 독하게 마음먹고 펼치려 했던 대붕전시는 이미 머릿속에서 사라져 버렸다. 그저 버티면 산다는 생각으로 쉬지 않고 바닥에 몸을 굴렀다.

만구취숙(慢狗取宿).

게으른 개가 잠에 취한다는 이 초식은 타구봉 최고의 방어 초식이다. 상대의 공격을 봉으로 막으며 그 반동으로 몸을 굴리니 모든 연속공격을 무효화할 수 있다.

하지만 진곡 역시 검의 극한에 도달한 자답게 독통의 몸에 몇 개의 상처를 냈다. 무시할 수 없는 상처였다.

"이놈! 내 제자를 해치지 마라!"

우우우웅.

어느새 다시 생긴 개성의 강기봉이 일순간에 두 배나 길어졌다. 그리고 그 봉끝이 진곡의 머리를 노렸다.

"큭!"

진곡은 일이 글렀음을 깨달았다. 그는 즉시 몸을 웅크려 비틀었다.

파캉!

강기봉이 진곡의 등에 닿자 은구귀갑은 유리처럼 깨어졌다. 그 파편이 진곡의 살에 박혀 등 전체에서 피가 흘렀다. 하지만 은구귀갑의 덕으로 진곡은 살 수 있었다.

그리고 그사이 천수관음조가 동시에 공격을 가했다.

"어이구, 벌떼 같은 놈들!"

개성은 혀를 차며 다시 뒤쪽으로 강기봉을 휘둘렀다. 천수관음조는 모래처럼 흩어지며 개성의 공격을 피해냈다.

"차핫!"

한순간의 틈이 생기자 진곡은 크게 기합을 지르며 자신의 검을 독통에게 던졌다.

위잉, 하고 검이 소리를 내며 번개처럼 날았다. 동시에 진곡은 몸을 날려 절벽 아래로 뛰어내렸다.

개성의 손으로부터 뛰어서 도망가는 것은 불가능에 가깝다. 천 길 낭떠러지에서 떨어지는 쪽이 살아남을 확률이 높았다.

"어허, 그놈 참."

개성은 진곡이 던진 검을 쳐내며 혀를 찼다. 진곡의 대담함에 내심 감탄한 그였다.

"어쨌거나 이제 남은 건 너희들 밖에는 없구나. 안 됐지만 본개는 마교의 악도들에게는 손에 정을 두지 않는다."

개성은 천수관음조의 여섯 무사들을 보며 말했다. 그의 전신에서 숨겨져 있던 기세가 흘러나와 그들을 거미줄처럼 묶었다.

천수관음조는 약 삼십 초를 버틴 후, 한 명도 남김없이 죽었다.

＊　　　　＊　　　　＊

진곡은 살아남았다.

팔 하나와 갈비뼈가 몇 개 부러졌지만, 목숨에는 지장이 없었다. 단지 얼굴 반면에 큰 상처가 남았다. 약으로 치료를 한다고 해도 흉측한 상처가 남을 것 같았다.

"으드득, 개성. 오늘은 내가 피하지만 다음에 만날 때에는 이렇게 끝나지는 않을 것이다."

진곡은 이를 갈며 협곡의 한쪽 끝을 향해 몸을 날렸다. 움직일 때마다 전신에 극심한 고통이 흘렀지만, 이대로 있다가 개성이 내려오면 죽는다는 생각에 쉴 수가 없었다.

　고통에 정신이 아득해질 때마다 개성의 심장을 검으로 찔러 죽이는 순간을 상상했다.
　수백 번이나 개성을 찔러 죽였을 무렵, 진곡은 겨우 협곡을 벗어날 수 있었다.

第五章
대천혈주(大天血主)
일인자의 피

南斗延壽保命時老君告天師曰
天八會之真文三洞三清之上
稟道元始天尊昔經歷于億萬劫天地始終

太上說南斗延壽保命

安真經太上說南斗
此經乃九天八
熙袁而人倫五運遷變萬彙

대천혈주(大天血主)

일인자의 피, 패할 줄 모르는 자로 태어났다!

소운은 젖 먹던 힘까지 동원해서 달렸다. 초절정 고수를 상대로 몇 초나 버틸 수 있을까? 일단 따라잡히면 빠져나갈 구멍은 없다고 봐야 한다.

'제발 그놈만은 저쪽으로 가라!'

소운은 염치불구하고 그렇게 마음속으로 외쳤다.

솔직히 말해 다른 놈들은 몰라도 그자만큼은 따돌릴 자신이 없었다.

그리고 독통의 경우 원래 경공이 뛰어난 만큼 혹시라도 도망갈 수 있을지 모른다고 생각했다.

지극히 이기적인 추측이지만 죽게 생겼는데 그런 거 따질 겨를은 없다.

　그러나 소운의 희망과는 반대로 뒤로부터 무서울 정도로 빠르게 접근해 오는 기척이 느껴졌다. 처음에는 동행한 자와 같이 오느라 조금 느린 것 같더니 갑자기 속력을 내서 혼자 소운을 따라잡기 시작한 것이다.

　머리털 끝이 삐죽 서는 것 같은 느낌은 가히 좋지 못하다.

　'죽었다.'

　소운은 속으로 그렇게 외쳤다.

　'포기해.'

　마음속의 무엇인가가 그렇게 속삭였다. 그것은 이성이었다. 지금까지 소운이 절대적으로 의지하던 머리가 그의 피할 수 없는 패배를 예상했다.

　하지만 몸은 전혀 포기를 하지 않았는지 계속해서 전력으로 달리고 있었다.

　곧 나무가 빽빽하게 가득 찬 숲 지대로 들어섰다. 이런 곳이라면 전력으로 달리기가 쉽지 않다.

　"하압!"

　소운은 기합을 지르며 눈을 감았다. 눈에 보이는 모든 것을 포기하고 피부에 와 닿는 바람에 집중했다.

　휘익, 휙.

　나무가 그를 피해가는 것 같았다. 그는 조금도 속도를 늦추지 않았다. 오히려 더욱 빨라져 갔다.

“대단하군. 숲의 지세를 읽는 건가?”

바로 뒤에서 누군가가 중얼거리는 소리가 들려왔다. 그놈 이다!

그토록 빠르게 뛰었는데도 벌써 따라잡히다니?

소운은 등 뒤로 무엇인가가 그를 위협하는 것을 느꼈다. 그 는 순간적으로 방향을 틀었다.

슈육, 쾅!

암기류인가? 피하지 않았다면 적중되었을 것이다. 하지만 그가 뒤에 눈이 달린 듯 피했기에 애꿎은 나무만 부서졌다.

“합!”

소운은 다시 기합을 지르며 몸을 바닥에 거의 닿을 정도로 숙였다. 그리고는 달리던 가속도를 이용해 땅바닥을 데굴데 굴 굴러 십여 장이나 나아갔다.

“과연!”

감탄하는 소리가 들렸다. 승리는 소운을 따라잡고 뒤에서 연속해서 삼 초나 공격을 가했는데, 소운은 그걸 깨끗하게 피 했다.

그러나 소운은 이미 달리던 것을 멈췄다.

“그대는 마교의 인물이 아닌 것 같군.”

소운은 몸을 일으키며 물었다.

“흠, 그걸 구별할 수 있는가? 역시 그대는 천마신교와 관련 이 있는 자로군.”

승리는 득도한 노승처럼 느긋하고 온화한 미소를 띤 얼굴로 대답했다.

'관련이야 있지. 아무튼 역시 네놈은 마교놈이 아니었구나.'

소운은 속으로 상대의 말에 대답하면서 입으로는 질문을 했다.

"마검패룡과는 어떤 사이요? 본인은 마교놈들에게만 용건이 있소."

무공이 모자라니 어떻게든 대화로 상대의 허점을 찾든가 교섭을 해야 했다.

하지만 승리가 어린 애도 아니고, 소운의 속셈을 모를 리가 없다.

"일단 그대를 제압해서 안전한 곳에 가면 자세하게 설명해 주겠네."

스윽.

승리가 가볍게 반걸음을 앞으로 내딛었다. 그것만으로도 소운은 압박을 느꼈다.

상대의 양손에 노출된 자신의 허점이 너무 많다는 것을 깨달았다. 반면에 상대의 허점은 모두 소운의 검에서 벗어나 있었다.

몇 초나 버틸 수 있을까?

승리가 다시 반걸음을 다가왔다. 그 순간 소운 역시 반걸음을 앞으로 나갔다.

그는 본능적으로 뒤로 물러서는 순간 제압될 것이라는 것을 알았다. 그렇다고 해서 가만히 있으면 전신이 모두 허점으로 변한다.

소운은 하나라도 자신의 몸에 드러난 허점을 줄이는 방법은 나아가는 것뿐이라고 판단했다.

승리의 입가에서 미소가 멎었다.

"명불허전이로군. 일로마협이 어떻게 단신으로 천마신교의 후미를 유린할 수 있었는지 의문이었는데, 오히려 당연한 일이었군."

"……."

상대가 말을 하든 말든 소운은 계속해서 자신의 몸에 드러난 빈틈을 메워 나갔다. 그렇다고 해서 방어에 집중하는 것은 아니다.

오히려 날카로운 기세로 상대를 위협함으로써 허술한 곳을 보강하는 경우도 있었다.

몸은 거의 움직이지 않았다.

보통 사람이 보기엔 검을 겨누고 가만히 서 있는 것으로 보일 것이다. 그러나 소운은 끊임없이 움직이고 있었다. 손가락의 작은 움직임 하나라도 헛되이 쓰지 않았다.

그때 승리가 크게 두 걸음 뒤로 물러났다. 동시에 소운을 압박하던 승리의 기세가 흔적도 없이 사라졌다.

"사제가 상대해 보게. 이런 자와 싸우면 크게 득이 될 걸세. 이기든 지든 말이야."

"바라던 바입니다."

방금 뒤쪽에 도착했던 칭타가 앞으로 나오면서 대답했다.

'젠장, 나를 골목에 묶어놓은 비루먹은 강아지 취급하는군.'

소운은 극도로 화가 치미는 것을 느꼈다. 하지만 곧 냉정하게 마음을 가라앉히고 상황을 분석했다.

이것은 잘된 일이다. 최소한 지금의 상대와 싸우면 바로 제압당하지는 않을 자신이 있다. 어쩌면 이길 수도 있다.

그렇다면?

'그래, 우리 딱 삼천 초만 싸워보자.'

소운은 그렇게 결심하고는 칭타를 향해 검을 겨누었다.

한편 칭타는 두 팔을 좌우로 이리저리 흔들어 근육을 풀었다.

저잣거리의 싸구려 약장수와 같은 외가기공의 자세. 하지만 그런 동작을 하는 동안 칭타의 손바닥이 우두둑 하는 소리를 내며 두 배나 커졌다.

"대수인인가? 그대의 이름은?"

소운이 옆으로 살짝 이동하며 물었다. 초고수와 조금이라도 멀어지려는 몸부림이었다.

"나는 칭타다. 이분은 내 사형인 슝리지."

"중원인은 아니군. 그렇다고 해서 신강의 토착민도 아니야."

"알아서 생각해라."

칭타는 그렇게 말하며 앞으로 주욱 나왔다. 다리를 움직이지도 않았는데 몸 전체가 미끄러졌다.

"흑수인이라는 거다!"

칭타의 손은 사람 머리를 잡아 감쌀 정도로 컸다. 그리고 손바닥은 질흙처럼 검었다.

"독장?"

소운은 몸을 살짝 굽히며 검을 아래로 뻗어 칭타의 무릎을 노렸다.

장법을 깊은 경지로 수련한 자는 손바닥이 강철보다 강하다. 무당의 면장과 같은 완전 내가기공이라면 조금 다르지만, 내외를 같이 수련하는 대수인 계열이라면 틀림없다.

검으로 장을 공격하는 것은 정말 바보짓이다. 검은 부러지는 물건이고, 잡힐 수도 있다.

'장이 주특기인 상대라. 그나마 좀 낫군!'

장법을 상대로 싸우는 것은 그가 가장 익숙하게 연습한 것이다. 그것도 상대는 혈장천마였다.

과연 소운의 대처는 확실하게 효과를 발휘했다. 덕분에 칭타는 장을 거두고 연거푸 세 걸음이나 물러났다. 첫 공방에선 소운이 우위를 점한 것이다.

“좋아!”

칭타는 크게 호기가 이는 듯 두 팔을 연속해서 뻗었다.

파파파팍 하는 소리와 함께 칭타의 손이 예닐곱 개로 늘어나 보였다. 워낙 빨라서 잔상이 실물처럼 보였다.

하지만 소운 역시 그에 뒤지지 않는 속도로 검을 휘둘렀다. 쾌속검과 쾌속장의 겨룸! 두 사람은 암묵적으로 누가 더 빠른가를 시험하기로 한 모양이다.

휘리리리릭, 파악.

“큽.”

칭타가 신음소리를 내며 인상을 찡그렸다. 왼쪽 허벅지가 검에 긁혀 피가 흘렀다.

“정말 빠르군. 이젠 힘으로 하자.”

콰콰콰콰.

두 장을 번갈아 쳐내자 검은 기운이 일어나 구름처럼 밀려왔다.

‘독이군!’

소운은 속으로 그렇게 중얼거리고 검을 두 손으로 잡아 내력을 집중시켰다.

어차피 소운에게 독은 통하지 않는다. 그런데 이 독기운의 효능은 또 한 가지가 있다. 서로 간에 모습을 볼 수가 없는 것이다.

이러면 공격을 피하기가 극히 어렵다. 다시 말해서 맞받아

칠 가능성이 아주 높아진다.

'흥, 지지 않는다!'

이미 일 초를 이겼기에 소운은 지고 싶지 않았다. 상대의 강함이 절실하게 느껴졌지만 넘지 못할 벽은 아니라고 생각했다.

쾅!

소운의 검과 칭타의 장이 검은 독무 속에서 격돌했다.

"커헉!"

"으음."

소운은 뒤로 세 걸음이나 물러났다. 입가로 피도 흘렸다. 반면에 칭타는 한걸음을 물러났을 뿐이다.

대신 그의 손바닥에 얕은 생채기가 생겼다. 피는 흐르지 않았지만 칭타는 맨들맨들한 손바닥에 칼자국이 생긴 것이 무척 기분 나쁜 듯했다.

"금석을 두부처럼 자르는 무기도 내 손에 상처를 내지는 못하는데, 검사의 경지를 이루었군."

칭타는 간단하게 소운의 경지를 평가했다.

"검사로도 뚫지 못하는 손바닥이라니, 자부심을 가질 만하군."

"검강을 잡아끊지 못하면 의미가 없지. 자, 또 일 장!"

술이라도 권하듯 정중하게 말하며 공격을 가한다. 눈으로는 보이지 않지만 공기의 흐름으로 그 힘을 느꼈다.

‘산이 무너지는 것 같군.’

소운은 맞받으려 하지 않고 옆으로 몸을 이동시켰다.

검으로 장력의 힘을 당해낼 수 없다는 것을 확인한 이상, 이제는 환과 쾌를 이용해 상대의 공격을 흘리고 빈틈을 파고 들어야 한다.

그런데 그게 말처럼 쉽게 되지 않았다.

칭타의 장은 끊임없이 소운을 노렸다. 양장을 교차하며 연속적으로 쳐내는 칭타의 연환장은 빈틈이 거의 없었다. 더군다나 초식이 거듭되면 될수록 그 빈틈도 사라져 갔다.

소운 역시 지지 않고 계속해서 반격을 가했지만 점점 밀렸다. 그렇게 약 백여 초가 지나자 소운은 공격은 거의 못하고 방어에만 치중하는 형국이 되었다.

‘이놈아. 너 같은 놈이 뭐가 아쉬워서 진곡하고 손을 잡냐!’

소운은 속으로 외쳤다.

아무리 생각해도 눈앞에 칭타란 놈은 진곡보다 약간 강한 것 같았다. 진곡을 무시하는 게 아니다.

지금 칭타란 놈은 장법을 쓰면서 살초는 거의 쓰지 않고 있었다. 살초도 언제든지 거둘 수 있는, 말하자면 위협용이지 소운을 정말 죽일만한 초식은 아예 꺼내지도 않았다.

‘이놈들은 나를 사로잡으려 하고 있어.’

그러고 보니 승리란 놈이 자신을 제압해서 안전한 곳으로 이동하겠다고 했다.

'좋아!'

소운은 과감하게 마음을 먹고 다시 반격을 가했다. 다소 위험한 상황이라도 방어를 삼 할로 하고 공격을 칠 할 정도로 치중했다.

"투지가 대단하군!"

칭타는 다시 감탄하며 연속으로 삼 장을 쳐냈다. 일 장보다 이 장이 강하고, 이 장보다 삼 장이 강하다. 그런데 빠르기 역시 삼 장이 가장 빨랐다.

"흡!"

이건 살초다. 완전히는 몰라도 거의 반은 죽는다.

소운은 칭타에게 당했다는 것을 알았다.

칭타는 소운이 방어를 포기하고 과감하게 나올 때까지 일부러 손속에 사정을 두었던 것이다.

피할 수 없다!

"하압!"

펑!

소운의 좌장이 칭타의 쌍장과 정면으로 부딪쳤다. 그 충격에 소운은 피를 토하며 뒤로 튕겼다. 반면 칭타는 조금도 밀리지 않았다.

그런데 칭타의 표정이 이상했다. 결코 승리자의 얼굴이 아니었다.

“장법에도 조예가 깊군.”

소운은 허공에서 몸을 뒤집어 땅에 착지했다. 피를 토한 사람답지 않게 얼굴색이 평온했다.

그때 옆에서 보고 있던 승리가 말했다.

“사제, 그것은 천마신교의 비전인 벽뢰장이다.”

“과연 천마신교와 연관이 있었군. 진 총타주가 말한 대로야.”

칭타도 알았다는 듯이 고개를 끄덕였다.

그들의 대화에 소운은 속으로 아차 하는 기분이 들었다.

사실 방금 전 소운의 좌장은 상대를 공격하기 위한 것이 아니었다. 벽뢰장으로 급한 불을 끄면서 그 힘을 역이용해 거리를 두려고 했다.

또한 그동안 장력에 의해 흔들렸던 내장에 쌓인 울혈도 토해내 기력을 회복했다. 장법을 현란하게 펼친 것이 아니고 결정적 순간에 잠깐 쓴 것뿐이다.

그런데 승리는 그걸 알아봤다. 초식이 아니다!

‘그러고 보니 저놈은 초절정 고수였지.’

칭타와의 싸움에 전력을 다하다보니 승리가 지켜보고 있다는 것을 잊었다. 승리를 의식하면서 싸울 정도로 칭타가 만만하지는 않았다.

천마관에 있던 무공비급에는 초절정 고수라는 것이 어떤 경지인지 설명한 글이 제법 있다.

강기를 자유자재로 형성하고 내공의 한계가 없어진 존재들. 호신강기를 몸에 둘러 도검이 불침하고, 몸속의 기운을 자유자재로 다스려 대부분의 독 또한 통하지 않는다.

그리고 그들은 눈으로 사물의 겉을 보지 않는다. 기로써 상대의 몸속까지 살핀다.

승리는 소운의 몸속에 내력이 어떤 식으로 움직이는지를 알아본 것이다.

정확하게는 몰라도 특이한 움직임은 구별할 수 있으니 벽뢰장 같은 장법은 바로 알아볼 수 있을 터이다.

'하나면 모를까 내가 아는 마교의 무공들이 드러나선 정말 정체가 발각될 수 있다!'

소운은 더 이상 마교의 수법을 쓰면 안 된다고 생각했다.

오직 활선호심검을 심극검으로 변형시킨 검법만을 사용한다. 그것이라면 알아보기가 쉽지 않다. 군데군데 형은 같아도 심결의 운용이 전혀 다르기 때문에 더욱 모르게 된다.

"하압!"

소운은 크게 기합을 지르며 몸속의 기를 북돋았다. 그리고는 과감하게 몸을 앞으로 날려 쉴 새 없이 공격했다. 어설픈 생각은 버렸다. 이제는 죽으나 사나 검으로 승부를 봐야 한다.

좌장은 잊었다. 만약 실수로라도 혈장천마의 장법을 쓰게 되면, 그리고 적이 그걸 알아보기라도 하면 모든 비밀이 벗겨

질 수도 있다.

검! 오로지 검!

카카카캉!

검과 장이 부딪쳤는데 금속성이 났다. 소운은 한 발자국도 물러서지 않았다. 다시 내장이 흔들려 입으로 피가 넘어왔지만 끊임없이 내력을 운기하며 정면으로 맞섰다.

"이놈! 생각보다 근성이……."

카카캉!

칭타가 으르렁대는 목소리로 말을 하려다가 결국 소운의 공세에 호흡이 끊겨 끝까지 말하지 못했다.

서로 간의 살기가 더욱 높아져 이제는 생과 사의 갈림길을 지나가는 듯했다.

승리는 그 모습을 보며 살짝 눈살을 찌푸렸다.

"사제가 흥분했군. 저자의 투지에 감염된 것인가? 후우, 그렇게 냉정을 잃지 않으면 승부도 잃지 않는다고 말했건만……."

칭타는 이제 소운을 사로잡아야 한다는 것도 잊고 살초를 쓰고 있었다. 그 모습은 마치 생사대적을 만난 듯했다.

놀라운 것은 소운이었다. 칭타가 마음을 독하게 먹은 이상 아무래도 무공이 뒤처지는 소운이 감당하기는 어렵다. 지금도 칭타의 장력이 면도칼처럼 소운의 살을 갈라 전신에서 피가 흐르고 있었다.

하지만 치명타는 한 번도 당하지 않았다. 오히려 검으로 칭타의 팔과 다리에 반격을 가해 상처를 입히기도 했다.

특히 승리가 보기에 소운의 몸에 있는 빈틈이 점점 작아지고 있었다.

그것은 말하자면 무공의 상승을 의미한다. 내공의 상승이나 초식의 숙련됨과는 또 다른 진정한 강함의 상승이라 할 수 있다.

승리는 혀를 찼다.

"인재로군. 진 사제도 큰 재능을 지녔지만 저자 정도는 아니다. 하루하루가 달라지는 것이 천재라 했는데, 저자는 싸움을 시작할 때와 끝날 때가 달라지겠군."

탐이 났다.

원래 세상은 강한 자가 위에 군림하여 약한 자들을 가르쳐야 하는데, 지금은 약해도 재능이 뛰어난 자는 가르칠 가치가 있는 자, 다시 말해서 강해질 자라고 칭한다.

혈뇌음사에서는 그걸 일종의 신분화시켜 모두 일곱 단계로 나누었다.

세습되는 신분은 없지만 어렸을 때 고승들로부터 감별을 받아 일생의 신분 중 절반이 정해진다. 그리고 높은 신분을 타고난 자는 무공수련법 자체가 달라지는 것이다.

강한 자가 사부가 되고 약한 자는 제자가 된다는 간단한 법이면에는 이처럼 깨어지기 어려운 피의 신분제가 있다.

승리가 보기에 소운의 재능은 그중 최고를 가리키는 '대천혈'에 해당했다.

승리는 그 아래 단계인 '화조혈'이다. 그리고 지금은 대성하여 화조혈이 이룰 수 있는 최고 직위인 '초진경'에 이르렀다.

하지만 승리는 절대로 혈불은 될 수 없다. 같은 '화조혈'의 직위를 가진 진곡도 마찬가지다.

오직 대천혈의 직위를 가지는 자만이 혈불로 재탄생할 수 있다. 그것이 바로 혈뇌음사의 법이다.

"저자를 내 제자로 삼을 수 있다면 나는 어쩌면 혈불의 사부가 될 수 있을 것이다."

승리는 자신도 모르게 그렇게 중얼거렸다.

성장의 결과는 아무도 모르지만 적어도 현재 '대천혈'의 신분자가 없는 만큼 혈불의 후계자가 되는 것은 확실할 것이다.

"사제, 잠깐!"

승리는 즉시 목소리에 진기를 담아 외쳤다. 그의 말에 칭타는 순간적으로 냉정함을 되찾고 자신이 살수를 펼치고 있다는 것을 깨달았다.

'안 되지.'

칭타는 자신이 실수를 하고 있다는 것을 알고 순간적으로 삼 푼쯤 힘을 뺐다.

처음 소운을 상대할 때 정도의 힘이었다.

그런데 그 순간 소운은 칭타의 몸에서 힘이 빠지는 것을 알았다. 왠지 모르게 느낄 수 있었다. 내력과 근력, 그리고 기세가 모두 일시에 줄어들었다.

“하압!”

소운은 즉시 검을 버렸다. 그리고 쌍장을 동시에 뻗어 칭타의 가슴을 노렸다.

이미 그는 자신이 검을 들고 싸우고 있었다는 것도, 장법을 쓰면 안 된다는 것도 잊고 있었다. 완벽하게 몰아일체로 눈앞의 상대를 쓰러뜨리는 데에만 집중하는 중이었다.

소운은 고개를 숙이고 미친 소가 바위를 들이받는 듯한 자세를 취했다.

바로 혈해광투가 자랑하는 극강 파괴력의 장법초식.

발산붕천!

“헛, 이놈이!”

칭타는 놀라서 소운을 향해 마주 쌍장을 밀어냈다. 하지만 힘을 빼는 그 순간에 당한 일이다. 빼던 것을 급하게 되돌리려니 몇 배의 힘이 들었다.

칭타는 장법의 고수답게 마지막 순간 위험하다는 것을 깨달았다.

상대는 그야말로 몸속의 힘을 마지막 한 점까지 모아서 공격을 하고 있었다.

반면에 그는 절반쯤 엉거주춤한 자세와 마음가짐으로 장을 뻗고 있었다. 필살의 각오와 다급한 김에 대충 뻗는 장! 기세에서 벌써 차이가 있었다.

"이익! 묵광만개!"

어쩔 수 없다. 칭타는 몸속에 담아두었던 독기를 장에 모았다.

평소의 독장과는 차원이 다른 독존의 독장이 혈뇌음사의 비전장법에 가미되었다. 이것이 바로 칭타의 필살절초라 할 수 있었다.

쾅!

쌍장이 부딪쳤다.

"사제!"

승리가 놀라 외쳤다. 그는 보기만 해도 상황을 모두 알 수 있었다. 이해하기 어렵지만 소운은 칭타가 힘을 거두는 것을 정확하게 알고 그 틈을 노렸다.

눈 깜박할 사이라고 표현해도 모자랄 정도의 짧은 순간에 벌어진 일이다.

승리로서도 막을 수 없을 정도로 작은 시간의 틈바구니를 소운은 정확하게 찌른 것이다.

"어떻게 그런 일이……."

승리는 섣불리 개입하지 못하고 두 사람을 지켜봤다.

소운과 칭타는 격돌 후에도 쌍장을 맞댄 채 거의 움직이지 않고 있었다.

장력대결이 거의 백중지세에 달해 내력대결로 넘어간 것일까? 그러나 두 사람 사이에 내력의 흐름은 느껴지지 않았다.

스르륵, 펄썩.

칭타가 옆으로 쓰러졌다. 그때서야 소운은 입을 벌려 땅에 피를 토했다. 검은 피였다.

"네, 네놈이 사제를!"

숭리는 분노에 찬 목소리로 중얼거렸다. 평소의 미소 띤 표정은 어디론가 사라지고 혈뇌음사의 혈불과도 같은 마귀의 그것이 나타나 있었다.

수십 년을 같이 지낸 사제다. 인간인 이상 정이 없을 리 없다.

그때 소운이 한쪽 발을 들어 칭타를 밟았다. 그리고 말했다.

"아직 살아 있소."

가까이 오면 그대로 밟아 죽이겠다는 의지가 소운의 눈에서 줄기줄기 흐르고 있었다.

"이놈!"

숭리의 눈이 날카롭게 빛났다.

"감히 나에게 협박을 가하려 하다니."

"본의는 아니지만 내 목숨은 소중하니까."

"크흐흐흐, 그렇겠지. 암, 누구나 자신의 목숨은 소중하
지."

승리는 동감이라는 듯 고개를 끄덕이며 웃었다.

소운은 그 모습을 보다가 문득 등골이 섬뜩한 느낌을 받았
다.

"에잇!"

소운은 즉시 옆으로 몸을 날렸다. 칭타를 밟은 발에 힘을
줄 겨를도 없었다.

그러자 소운의 발목이 있던 자리에서 퍽 하는 소리가 났다.
공기가 터진 것 같은 느낌이었다.

소운은 바닥에서 몸을 굴려 자신의 검을 집고는 다시 벌떡
일어났다.

"격공장!"

"무음무형의 격공장이다. 용케도 알아냈군."

승리는 한 걸음씩 소운을 향해 다가오며 말했다. 언제든지
소운의 생명을 빼앗을 수 있다는 얼굴이었다.

소운은 다시 몸을 세 번이나 비틀었다. 술 취한 사람이 혼
자서 춤을 추는 듯했다. 그러나 곧 소운이 있던 자리에서 격
공장의 파공성이 났다.

"확실하게 느끼고 피하는가? 역시 대단하군. 그 정도의 경
지로는 절대 불가능할 텐데 말이야."

승리는 감탄했다. 그러면서도 계속해서 격공장을 날렸다.

소운은 죽을 맛이었다.

사실 그의 내력은 거의 거덜이 나서 그냥 움직이는 것도 쉽지 않았다. 그런데 상대는 장난치듯 격공장을 날리고, 소운은 그걸 피하기 위해 전력으로 이동을 해야 했다.

거기에 승리는 장을 휘두르지도 않았다. 가만히 있는데 격공장이 날아오는 것이다.

그걸 피해내는 소운도 대단하기는 하지만 어차피 한계는 있다.

펑!

"크윽!"

소운은 가슴이 터지는 듯한 느낌을 받으며 뒤로 넘어갔다. 상대의 내력이 반쯤 몸속으로 침투한 상태에서 터졌다. 숨을 쉴 수가 없었다. 당연히 내력의 흐름도 끊어졌다.

"장난은 끝났다, 이제 가자."

승리는 그렇게 말하며 허리에 둘렀던 얇은 은삭을 풀어 들었다. 여인들의 장신구같이 찰랑찰랑하는 소리가 청명하게 울려 퍼졌다.

"으윽, 안 돼."

소운은 이를 악물고 억지로 일어났다. 호흡은 여전히 힘들었다. 아무래도 폐에 충격을 받은 것 같았다.

소운은 아예 숨 쉬는 것을 포기하고 입을 다물었다. 그리고 검을 두 손으로 잡고 승리의 미간을 겨누었다.

이 상황에서 벗어날 방법은 전혀 생각나지 않았다.

그래도 검을 들어 자세를 취하니 잡념이 사라지고 상대와 싸울 수 있는 투지가 심장의 두근거림과 함께 생겨났다. 공포는 사라지고 오직 자신과 상대만 남았다.

승리는 그 모습을 가만히 지켜보다가 한숨을 내쉬었다.

"과연 대천혈! 하늘이 내린 천품은 나를 끝까지 감탄케 하는구나."

승리는 은삭을 접어 다시 허리에 둘렀다. 그리고는 싸울 뜻이 없다는 듯 두 팔을 벌리고 말했다.

"나쁘게는 하지 않겠다. 나와 가자. 이건 강제가 아닌 제안을 하는 것이다."

소운은 미동도 하지 않았다. 그저 감각을 최대한 일깨워 조금이라도 상대의 급소에 가깝게 다가가려고 노력했다.

찰나! 혈장천마의 그것처럼 이자의 몸에 나타난 허점은 순식간에 사라진다. 닿을 수 있어도 찰나를 놓치면 소용이 없다.

승리는 다시 소운을 설득했다.

"네가 끝까지 반항하면 나는 너를 제압해야 한다. 하지만 네가 자발적으로 따라오겠다고 한다면 이대로 놔두겠다. 내상도 치료해 주겠다."

"마와는 타협하지 않는다."

소운은 망설이지 않았다.

평소 같으면 대번에 승낙을 하고 나중에 기회를 보았을 것이다. 그런데 이번에는 그게 마음대로 되지 않았다. 한번 겨눈 검을 거둘 수가 없었다.

'어떻게 된 거지?'

마음속에서 또 하나의 소운이 의문을 품었다. 그러자 검을 겨눈 소운이 대답했다.

'이길 수 있으니까, 단 일 검으로 이길 수 있으니까.'

'그렇군. 나는 아직 포기하지 않은 거군. 질 생각이 없으니 타협도 할 필요가 없는 거군.'

소운은 납득했다. 그러나 현실은 어디까지나 가혹했다. 승리의 몸에 허점은 거의 없었고, 그중에서 소운의 검이 닿을 수 있는 것은 하나도 없었다.

"후우우우."

소운은 길게 숨을 내쉬었다. 그리고는 허리를 약간 굽힌 채 검을 머리위로 들어 올렸다.

방어는 전혀 생각지 않은 동귀어진의 자세.

'정상적으로 싸워서 승산이 없다면 살을 주고 뼈를 깎겠다. 팔이나 다리 하나를 내주고 상대의 허점에 닿을 수 있다면 기꺼이 희생하겠다!'

소운은 그렇게 결심했다. 그러자 그의 검에서 일어나는 검기가 더욱 날카로워졌다.

"검을 버리지 않는가? 아니, 버릴 수 없나 보군. 그것이 대천혈을 타고난 자의 숙명일지도 모르지. 평생 무적으로 지내지 않으면 죽을 수밖에 없는 피의 숙명.”

승리는 그렇게 중얼거리며 손을 들었다.

어떤 자세에서도 무형격공장을 쳐낼 수 있지만 이렇게 정식으로 장법을 쓰면 순식간에 장영으로 공간을 가득 메울 수 있다.

“죽이진 않겠다.”

승리는 그렇게 말하며 손을 쓰려 했다.

그런데 그때 어디선가 돌멩이가 하나 날아와 소운과 승리의 가운데를 지나갔다.

슈웅, 콰콰쾅!

돌멩이는 숲의 나무를 세 그루나 박살냈다. 그냥 부러진 것도 아니고 터지듯 부서졌다. 믿기 어려운 힘이다.

“흠?”

승리는 반사적으로 반걸음 뒤로 물러나 돌이 날아온 쪽을 보았다. 두 사람이 바람처럼 빠르게 접근하고 있었다. 그중 뒤에서 달리는 사람은 승리가 본 적이 있는 자였다.

진곡이 쫓아갔던 불쾌구개 독통이다!

“그럼 마검패룡은?”

승리는 안색을 굳혔다.

이번에 중원에 온 목적은 진곡을 돕기 위해서이다. 그런데 그가 죽었다면? 익숙지 않은 중원에서 진곡의 도움없이 일을 처리하기는 거의 불가능하다.

그사이 앞서 달려온 자가 소운의 앞을 막으며 승리에게 물었다.

"이봐, 하늘에서 떨어진 건지 땅에서 솟아난 건지 모르지만, 통성명이나 하지? 난 통천신개 홍인인데, 그대의 명호와 이름은 어떻게 되지?"

"개성이 직접 나타나셨구려. 본인이 둔하여 언제 오셨는지도 몰랐소."

승리는 정중하게 합장을 하며 말했다.

통천신개 홍인.

일찍이 심산에서 도를 수련하던 도인이었다가 어느 날 속세가 그리워 도사를 관두고 저잣거리로 나와 거지가 되었다는 기인.

무림에서 가장 존경받는 협사이면서도 거지의 근본을 결코 잊지 않아 아직도 민가에서 밥을 빌어먹는다. 하지만 때때로 가짜 도사나 강호랑중의 행세도 하는 등 보통 사람이 알기 어려운 거동을 일삼는다.

그가 바로 당금의 중원에서 적수를 찾을 수 없는 정파 최고 고수인 쌍성 중 개성이다.

"흥, 아까 저놈이 검을 쓰다 갑자기 장으로 상대를 쓰러뜨릴 때부터 있었지."

"과연 개성이 스스로 모습을 드러내지 않으면 아무도 알지 못한다는 말이 사실이구려. 본인은 승리라 하오."

"중원인이 아니군?"

아무리 승리가 서장의 옷차림을 바꾸어 중원인처럼 하고 다닌다고 해도 얼굴 생김새가 다른 것은 어쩔 수 없다. 그걸 감추려면 인피면구를 써야 하는데, 승리는 그럴 필요까지는 없다고 생각했다.

"그렇소."

"천마신교의 장로신가? 천마는 아직 안 죽고 잘살아 있는지 모르겠군."

"그건 개성께서도 잘 알고 계신 것이오."

"흠, 마교의 인물이 아니군?"

천마를 욕하는데 안색이 변하지 않는 것으로 보아 마교의 장로는 아니다.

"그렇구려. 개성께서는 무공뿐만 아니라 심계도 훌륭하시구려."

승리는 살짝 고개를 저으며 말했다.

그리고는 더 이상 말을 할 필요가 없다는 듯 쓰러진 청타를 들어 어깨에 짊어졌다.

"개성의 체면을 봐서 오늘은 본인이 물러가겠소."

선언과도 같이 말을 꺼내고는 홍인의 대답도 듣지 않고 그냥 걸음을 옮긴다.

하지만 홍인은 승리를 잡지 않았다. 독통이 도착해서 홍인을 의아한 얼굴로 보았지만 그저 고개만 저었다.

"괜히 싸웠다가는 네놈을 비롯해서 저기 서 있는 일로마협이란 놈, 그리고 저자가 데려간 자가 죽는다."

"하기야 그렇겠군요."

초절정 고수 둘이 전력으로 싸우면 일대가 황폐화되는 것은 당연지사. 부상으로 힘을 못 쓰는 다른 사람들이 거기 휘말리면 절대 버틸 수 없다.

승리도 그걸 알기에 조용히 칭타를 데리고 자리를 떠난 것이다. 그들은 진곡을 찾으러 갔다.

개성 홍인은 승리가 완전히 모습을 감추자 몸을 돌려 꼼짝도 않고 있는 소운 쪽으로 걸어가며 말했다.

"저놈이나 옮기자."

"어? 그리고 보니 정신을 잃었군요."

소운은 검을 겨눈 그대로 서 있었다. 눈도 뜬 상태였는데 정신은 잃고 있었다.

홍인은 혀를 차며 소운의 혈을 짚어 굳어진 몸을 풀었다.

"기력이 거의 고갈이 됐는데도 서 있다니, 인간이라기보다는 아수라와 같은 놈이군."

"그러게 말입니다."

독통은 정말 신기하다는 듯 고개를 주억이며 말했다. 그 모습을 본 홍인은 혀를 차며 제자를 윽박질렀다.

"감탄만 하지 말고 네놈도 좀 배워라."

“저는 이렇게까지는 못할 것 같은데요.”

“그러니까 네놈이 아직도 걸음마 단계에서 못 벗어나고 있는 거다.”

“칫, 제가 걸음마면 다른 놈들은 뭡니까?”

“말대꾸하지 말고 어서 짊어져라.”

“제가요?”

“그럼 내가 질까?”

“저도 거의 죽을 정도로 부상을 당했는데요.”

“안 죽는다.”

“치잇.”

늘 그렇지만 사부를 이길 재간은 없었다. 독통은 잔뜩 투덜거리면서도 조심스럽게 소운을 안아 들었다.

불쾌구개 독통은 이미 환갑이 다 된 노인이다. 그러나 어릴 때부터 스승으로 모신 홍인 앞에서는 아직도 젊은 청년과 같은 투덜거림과 반항심을 보였다.

홍인은 독통을 보며 고개를 절레절레 저으며 중얼거렸다.

“언제 저놈이 철이 들어 어른이 되나. 내가 걱정이 돼서 죽지를 못하네.”

둘은 소운을 구해 북으로 향했다.

第六章

천하유수(天下流水)

천하가 움직인다

南斗延壽保命時老君告天師曰
大八會之真文三洞三清之上
案道元始天尊昔經歷于億萬劫天地始修

太上說南斗延壽保命

安真經太上說南斗
此經乃九天八
熙衰而人倫五運遷變萬象道

천하유수(天下流水)
천하가 움직인다

    소운은 여전히 승리와 대치하고 있었다. 단 하나의 빈틈을 찾아 그 점에 모든 것을 쏟아 붓겠다는 각오였다. 그러다 어느 순간 고민을 하기 시작했다.

"내가 왜 이러고 있지?"

승리를 이기는 게 무슨 의미가 있을까? 검을 들고 서 있는 것에는? 왜 마교를 부수려 하고, 강남에 새로운 조직을 만들려고 하는 것일까?

"어째서 난 그렇게 필사적으로 살려고 버둥거리는 거지?"

소운은 중얼거렸다. 그러자 지금까지 절대적으로 생각되었던 모든 것이 무의미하게 느껴졌다.

의술, 문파, 재물, 명예, 무공!

죽는 순간 모든 것이 사라져 버린다. 그때 소운은 자신이 지금 승리와 대치하고 있지 않다는 것을 깨달았다.

"그렇군. 난 지금 죽어가고 있는 것이군."

어찌된 상황인지는 이해할 수 없지만 그런 상태임은 확실히 알 수 있었다. 생명의 불꽃이 꺼져 가면서 지금까지 절대적이라고 느껴온 것들의 가치에 대해 다시 한 번 생각하고 있는 중이다.

소운은 자신의 손을 보았다. 검이 들려 있었다.

"하하하, 죽어서도 검을 들고 죽는군. 재미있는데?"

저절로 웃음이 나왔다. 죽고 있다는 것을 받아들이자 지금 느낄 수 있는 모든 것이 신선하게 다가왔다.

그러다가 곧 소운은 고개를 저었다.

"스승님, 사제, 사저!"

사저인 능아연의 모습이 떠올랐다. 무가치하지 않은 것은 여전히 있었다!

눈이 떠졌다.

"여기는?"

작은 방인 것 같다. 소운은 침상에 누워 있는 상태다. 꿈을 꾼 것 같은데 기억이 나지 않는다.

"으윽."

몸을 일으킬 수 없다. 힘이 하나도 남아 있지 않았다. 진기

가 고갈되다 못해 생명을 유지하는 최소한의 기력마저 소모
시킨 모양이다.

'내가 미쳤지. 그놈을 상대로 끝까지 싸우려 했다니…….'

지금 생각하면 죽으려고 생떼를 쓴 셈이나 다름없다.

초절정 고수를 상대로 '마와는 타협을 하지 않는다!'라고
외치다니?

제정신이었다면 분명이 그 자리에서 상대의 제의를 승낙
하고 그 뒤에 기회를 봐서 도망을 치든 음모를 꾸미든 했을
것이다.

'아니지. 난 그때 분명히 제정신이었어.'

머리가 점점 맑아지면서 승리와 대치했던 상황이 뚜렷하
게 기억나기 시작했다.

소운은 항복을 하고 싶었다. 그런데 몸이 그것을 거부하듯
살기를 거두지 않았고, 입 또한 본의외는 다른 비장한 말을
꺼냈다.

마치 또 다른 소운이 있어 싸우기를 원한 것 같았다.

더욱 미치고 팔짝 뛸 정도로 답답한 것은 그 당시에는 전혀
지지 않을 것 같았다는 점이다.

초절정 고수를 상대로 이길 생각밖에 하지 않다니? 그야말
로 제정신이라고 할 수 없지 않은가?

"젠장, 자꾸 이러면 살아남기 힘든데……."

소운은 한숨을 쉬며 중얼거렸다.

그때 문이 열리며 누군가가 들어왔다.

"깨어났냐?"

"누구십니까?"

소운은 의아한 얼굴로 물었다. 지저분한 노인, 무공은 없는 것처럼 몸의 기가 거의 느껴지지 않지만 뭔가 이상한 분위기를 풍기고 있다. 그래도 마교의 무인으로는 보이지 않는다.

"좀 기다려 봐라. 제자 녀석이 오면 자세하게 설명해 줄 거다."

"아! 개성 홍 방주셨군요. 처음 뵙습니다."

소운은 바로 알 수 있었다. 생각해 보니 이런 느낌은 혈장 천마에게서 느끼던 것과 거의 비슷했다. 초절정 고수가 힘을 몸 안에 갈무리 한 상태다.

홍인은 손짓을 해서 소운이 인사를 하려는 것을 막았다. 그리고는 대뜸 물었다.

"그래, 그나저나 너는 마교의 무공을 배웠다고?"

소운은 잠시 대답을 하지 않았다. 개성이 마교를 얼마나 미워하는지는 잘 알려져 있다. 깨어나자마자 대뜸 그것부터 묻는 표정이 심상치 않았다.

'하지만 이미 불쾌구개한테 말을 했으니 발뺌해도 소용없지.'

"그렇습니다."

"홍, 마교의 무공은 하나같이 심성을 악하게 물들이는 성질이 있다. 마교 특유의 주술적인 힘이 담겨 있어 중원의 사파무공과는 또 다르지. 네놈이 지금은 제 정신을 유지하고 있을지 몰라도 내일도 그러리란 보장은 없다. 언제 마에 물들어 세상을 원망하고 보이는 모든 자를 적으로 생각하게 될지는 아무도 장담하지 못한다!"

"……."

확실히 마교의 무공은 그런 면이 있다. 중독성이 심해 쓸 때마다 자꾸 더 쓰고 싶어진다.

힘에 취하게 만드는 무공!

홍인은 그걸 알기 때문에 마교무공을 익힌 자는 절대로 신용하지 않는다.

"그리고 넌 검을 수련했으면서 결정적인 순간에 장을 썼다. 도대체 넌 검을 쓰는 거냐, 아니면 장을 쓰는 거냐?"

홍인은 계속해서 날카롭게 쏘아붙였다. 마교의 무공을 익힌 놈과는 상종도 하기 싫다는 투였다.

하지만 소운은 그의 말속에 담긴 충고의 뜻을 알 수 있었다.

"제가 운이 좋아 나이에 걸맞지 않은 내공을 얻었습니다. 그런데 아직 검의 수준이 낮아 검법으로는 그 힘을 한번에 쏟아내질 못합니다. 반면 장은 크게 익숙하지는 않지만, 일순간에 전력을 쏟아낼 수 있습니다. 그래서 평소에는 검을 수련하지만, 위급한 상황에서는 자신도 모르게 장법을 쓰게 됩니다.”

“멍청한 놈!”

홍인은 크게 노한 표정으로 외쳤다.

“그게 바로 사도란 거다! 필요에 따라 이것저것을 섞어 쓰면 당장은 좋을지 몰라도 그것이 오히려 성장을 방해하게 된다는 것을 모르느냐? 정녕 운이 좋아 강한 내공을 얻었다면 고련을 통해 검으로 길을 열거나, 아니면 아예 검을 버리고 장법만을 수련했어야 한다. 그렇지 않고 우검과 좌장을 사용하여 눈앞의 승리만을 노리니 무슨 발전이 있겠느냐? 평생을 수련해도 마를 극복하지 못하고 결국은 먹혀버릴 것이다.”

홍인은 그렇게 추상같이 소운을 꾸짖었다. 그리고는 몸을 일으켜 방 밖으로 나갔다. 더 이상 소운과 이야기하기 싫다는 투였다.

하지만 막상 문지방을 넘으려는 순간 걸음을 멈추고는 다시 한마디를 남겼다.

“그래도 네놈이 그놈에게 마와는 타협하지 않겠다고 말한 것을 보니 아직은 제정신이라는 것을 믿겠다.”

탁.

문이 닫혔다.

소운은 그런 홍인의 등 뒤로 허리를 굽혀 인사를 했다. 그리고는 혼자 남아 생각에 잠겼다.

“우검과 좌장이라. 평소에는 검을 수련하는데 결정적인 순간에는 장으로 승부를?"

자신이 한 말인데 다시 생각하니 웃겼다. 그런데 웃을 수는 없었다.

왜 장을 썼을까?

"혈해광투!"

소운은 곧 결론을 얻었다. 그는 지금까지 자신보다 강한 자와는 거의 싸우지 않았다.

마교에 끌려간 이후로부터 중원에 돌아와서도 목숨을 걸고 싸운 적은 적지 않지만 대부분의 상대는 소운보다는 약한 자들이었다.

강한 자와는 맞서지 않고 머리를 써서 승부를 피했다. 말하자면 도망갔다.

그런 소운이 자신보다 강한 자와 처음으로 싸운 것은 바로 혈해광투와의 싸움이었다.

광기를 지닌 자를 누르기 위해서는 더한 광기가 필요했다.

물론 머리도 썼다. 치밀하게 상대의 강함과 약함을 분석하고, 약을 개발하여 먹었다. 그렇게 결정적인 한순간에 모든 것을 쏟아 부어 겨우 이겼다.

그런데 지금 생각하니 그 승부는 이기기보다 지기 쉬운 싸움이었다.

소운은 언제라도 자신의 모든 힘을 집중시킬 수 있다고 믿고 있었는데, 심리적인 요인이 관여되면 제 힘을 발휘하기 어렵다는 것을 나중에야 알게 됐다.

물러설 수 없는 전투, 그것의 압박은 상상을 초월해서 제정신으로는 도저히 제 힘을 발휘할 수 없다. 그런데 소운은 했다.

그때 소운은 광기에 빠져 있었다.

"광기인가…… . 난 위험해지면 광기에 빠져드는군."

승부사로서 나쁘지 않은 체질이다.

사실 소운은 미처 깨닫지 못하고 있었지만 결정적인 순간에 자신의 역량을 모두 발휘할 수 있는 체질은 무림인이 꿈에서나 바라는 것이라 할 수 있다. 보통은 몸이 굳어서 스스로 무덤을 판다.

어쨌거나 처음 광기에 빠져 사용한 초식이 장법이다. 그래서 그 이후에도 결정적인 순간에 본능이 믿는 것은 검이 아닌 장이 된 것이다.

"이것은…… 위험하다."

소운은 왼손을 들어 손바닥을 보았다.

본능이 믿는 가장 믿을만한 무기가 바로 여기에 있다. 한번 한계를 경험해서 그런지 모른다. 제대로 장법을 수련하지도 않았는데 점점 강해지고 있었다.

그런데 다시 생각하면 이건 벽이다.

좌장을 의지하는 한 검은 결코 그걸 넘지 못한다.

"문제는, 현실적으로 위급할 때에는 이게 확실하거든."

검을 포기해야 하나?

소운은 정말 심각하게 고민했다. 오른손에 든 검과 왼손바닥을 번갈아보았다.

남들이 보면 배부른 소리 한다고 욕설을 퍼부을 만한 일이지만, 소운에게는 절박했다.

그가 앞으로 상대해야 할 자들이 너무나도 강대한데, 그걸 꾀만으로 상대할 수는 없기 때문이다. 이번에 예상과는 다른 결과가 나오면서 절실하게 깨달았다.

"진곡, 네놈이 마교 이외에 딴 주머니를 차고 있을 줄이야."

죽다 살아나면서 얻은 것 중 하나가 바로 이것이다. 초절정 고수가 어디에서 나타났는지 모르지만, 적어도 진곡이 키운 고수는 아니다. 중원인도 아니다.

그렇다면? 진곡은 변황의 어느 세력인가와 손을 잡은 것이다. 진곡의 도움으로 변황의 세력이 중원에 들어온 것이 틀림없다!

"나쁜 놈, 자신의 뿌리인 마교에 대한 배반행위를 하다니."

천마의 허락없이 다른 세력과 결탁하는 것은 중대한 반역행위다. 이걸 증명하기만 하면 진곡은 정식으로 능지처참을 당할 것이다.

하지만 문제는 그들의 힘이 얼마인지를 모른다는 점이다.

초절정 고수라니?

그 위에 소운이 쓰러뜨린 칭타만 해도 마교의 장로급이었다. 소운이 칭타를 이긴 것 또한 기적과도 같은 일이다.

"후우, 적은 강한데 나는 또 하나의 숙제를 풀어야 하는군."

이런 저런 생각을 하다 보니 가슴이 답답해졌다. 소운은 깊은 한숨을 쉬었다.

그날부터 소운과 독통은 통천신개와 함께 무림맹으로 향했다. 소운도 그렇지만 독통 역시 중상이 심해 무리해서 몸을 움직일 수 없는 상태였다.

인근에는 마을도 없어서 소운 일행은 며칠 동안이나 숲을 가로질러 가야 했다.

개성은 독통이 보낸 전서구를 보고 달려왔다고 했다. 원래는 쓸 만한 전투부대를 동원해서 소운과 독통이 끌어들인 마교의 무리들의 뒤를 쳐 달라는 내용이었는데, 그걸 본 개성은 제자가 죽을 것 같은 느낌이 들었다는 것이다.

"네놈이 원래 어릴 때부터 재수가 없었지 않냐? 마교놈들의 남은 힘이 그렇게 강하다면서, 스스로 천라지망 속으로 들어가서 유인을 하겠다니. 살았을 것 같으냐?"

"사부님, 제가 그렇게 재수없는 놈은 아닙니다. 지금까지 사지 멀쩡하게 살아 있지 않습니까?"

"이놈아, 내가 네놈의 목숨을 구한 것이 지금이 여섯 번째

다. 어떻게 사고를 칠 때마다 사경을 헤매냐? 맨날 죽다가 살아나는 것이 좋은 재수라면 넌 좋은 재수 맞다."

"쩝, 안 죽었으면 된 거죠 뭐."

소운은 뒤따라 걸으면서 속으로 한탄을 했다.

'젠장, 이제 보니 저 불쾌구개가 걸음마다 사고를 몰고 다니는 왕재수 거지였군. 그런 줄 모르고 끌어들였으니 일이 터져도 터지지.'

남을 탓할 일은 아니건만 괜히 억울한 마음이 들었다. 소운은 한숨을 쉬며 고개를 저었다.

'내가 강해야 한다. 결정적인 순간에 힘을 쓸 수 없으면 백번 성공해도 결국은 망한다.'

소운은 그렇게 몇 번이나 중얼거렸다.

숲 지대를 지나 거의 마을에 도착할 무렵, 소운은 개성과 불쾌구개에게 결심한 바를 말했다.

"개성 어르신의 말씀처럼 저의 무공은 산만하고 마기를 제어하지 못하고 있습니다. 지금의 제 무공으로는 마검패룡이나 칭타에게도 승리를 장담하지 못합니다. 이래서야 승리란 자를 이길 가능성은 전혀 없겠지요."

"그건 당연하지. 그자의 무공은 나로서도 장담하기 어려울 정도다."

"그렇다면 천마를 꺾기는 더욱 불가능합니다!"

"크허허허, 천마를? 천마를 꺾겠다고?"

개성은 웃었다. 그러면서 소운의 눈을 보았다.

진심, 소운의 눈에는 허풍이나 거짓이 아닌 진심의 감정이 담겨 있었다. 개성은 그 눈빛에 점점 심각한 표정이 되었다.

"그래서 네가 원하는 것이 무엇이냐?"

독통이 전에 소운에게 한 말과 같다. 소운은 내심 고개를 끄덕이며 말을 이었다.

"저는 이 길로 좌장을 버리러 가겠습니다. 좌장의 힘을 우검에 실을 때까지, 그리하여 승리란 자의 몸에 있는 허점을 제 검이 찌를 수 있게 될 때까지 수련을 하겠습니다."

"흠, 그래서?"

"양주에 제 친구들이 있습니다. 그들은 저를 믿고 사업을 벌이고 있는데, 제가 사라지면 곤란할지도 모릅니다. 그러니 개성과 불쾌구개께서 그들을 돌보아주십시오."

"흠, 천외신무회의 사람들인가?"

"그렇습니다. 제가 이번에 출두한 진정한 이유는 천외신무회의 양주 거점을 건설하여 후진을 양성하고 앞으로 닥쳐올 마교와의 대전에서 후방을 지키는 것입니다."

"과연, 그래서 목숨을 걸고 남창을 쳐서 명성을 얻은 것인가?"

"성동격서. 제가 바람을 일으키고 앞장서서 마교와 싸우면 제 친구들은 안전하게 양주에 거점을 마련할 수 있었을 겁니다.”

“재미있는 계획이군. 하지만 이제 네놈이 떠나면 바람을 일으킬 수 없단 말이지? 알았다. 내가 보살피지.”

개성은 바로 승낙했다.

어차피 마교를 상대로 싸우는 자들끼리는 도와야 한다. 그리고 이렇게 천외신무회의 일에 직접적으로 관여하게 되면 조금이라도 더 그들을 알게 된다.

일로마협 정도의 고수를 키우는 암중세력이다. 그런데 무림맹이 그들을 전혀 모르니 장래에 어떻게 될지가 불안하다.

최악의 경우 두 세력이 마교를 막은 다음 중원의 패권을 놓고 싸울 수도 있다.

하지만 이제 개성 자신이 중간에 개입을 하게 되면 두 세력을 평화롭게 합치게 할 수도 있을 것이다.

‘되었군.’

소운은 속으로 미소를 지었다. 개성이 무슨 생각을 하는지는 뻔하다.

하지만 개성과 불쾌구개는 짐작조차 하지 못할 것이다. 양주의 거점이 천외신무회 전체이고, 그들의 인원이 아직 열 명도 안 된다는 것을.

‘훗훗훗, 이제 댁들은 천외신무회의 장로와 호법이오. 서문 사제에게 얼른 서신을 보내야겠군.’

뒤를 봐주겠다고 승낙을 한 이상 피해갈 수는 없을 것이다.

소운은 속으로 음흉하게 웃었다.

그들을 넣고 계산하면 천외신무회의 총 인원수는 딱 일곱 명이다. 나쁘지 않은 숫자라고 소운은 생각했다.

생각을 정리한 소운은 화룡점정을 찍는 마음으로 말을 이었다.

"한 가지 부탁드리고 싶은 것은 천외신무회나 양주 거점에 대한 어떤 내용도 무림맹에 전해서는 안 됩니다. 이건 가장 중요한 규칙이니 양해를 해주십시오."

"잉? 아, 그렇지. 네놈들은 무림맹을 신뢰하지 않고 있었지?"

"무림맹을 믿지 않는 것이 아니라, 그 안에 숨어들어 있는 간세를 경계할 뿐입니다."

"그게 그거지, 알았다. 내 입을 다물지. 단, 검성에게는 말해야 한다. 그한테까지 숨기면 나중에 무슨 욕을 먹을지 모르니까 말이야."

검성, 무당부운검 상무극. 그는 당금 무림맹의 맹주다. 이미 백 세를 넘긴 무림의 최고 원로 중 한 명으로 십 년 전 은퇴를 하려 했으나 혈장천마에게 패한 후 여전히 무림맹을 맡고 있다.

"검성께서 아시는 것은 당연한 일입니다. 하지만 검성께서도 외인불출의 약속을 해주셨으면 합니다. 적어도 마교의 간세의 귀에는 들어가지 않아야 합니다."

“그야 이를 말이겠나?”

“그리고 또 저를 죽은 것으로 소문 내주셨으면 합니다.”

“음? 죽었다고?”

“저는 기력이 고갈되어 죽음의 경계선에 들었다 회생한 몸입니다. 승리도 그것을 알고 있을 테니 죽었다고 해도 별다른 의심은 하지 않을 겁니다.”

“꼭 그래야겠나?”

“그렇습니다. 또한 제가 무림맹에 가다가 죽은 것으로 하면 사람들은 마교의 힘에 놀라고 경계할 것입니다. 저의 죽음을 선전하여 무림의 힘을 모으는 데 써주십시오.”

“오호, 그건 그렇겠군.”

개성은 소운의 의도를 알았다는 듯 고개를 끄덕였다. 사실 지난 십 년간 워낙에 마교가 잠잠해서 이제는 사람들이 지쳐버린 구석이 있었다.

그러다가 강운상회가 무너지자 조금 놀라기는 했지만 기본적으로 강운상회는 무림의 집단이 아닌 만큼 무림인들은 오히려 마교가 어둠 속에서 일반인이나 노린다고 비웃기까지 했다.

그러나 이번에 일로마협이 그들에게 죽었다고 하면 이야기가 달라진다.

특히 개성과 불쾌구개가 개입되었는데도 구하지 못했다면 사람들은 결코 방심할 수 없을 것이다.

"이곳에서 있었던 일들, 특히 새롭게 나타난 자들에 대해 무림맹에 알리면 무림은 크게 흔들리고, 그만큼 맹의 힘은 커질 겁니다. 지금은 뭉쳐야 할 때, 저는 수련할 시간을 벌고 무림맹은 싸울 힘을 얻을 수 있습니다."

"크크크, 머리가 잘 돌아가는 놈이군. 하기야 그렇지 않았다면 단시일 내에 이렇게 유명해지지도 못했을 테지. 알았다, 그렇게 하지."

마침내 개성은 웃으면서 승낙을 했다. 소운의 말대로 이것은 실리와 명분을 둘 다 얻는 좋은 수법인 듯했다.

"사부님, 그럼 내친김에 저도 죽은 척을……."

"이놈아, 네놈이 멀쩡한 것은 그 승리란 놈이 뻔히 봤지 않더냐?"

"으윽, 그렇군요."

"염려마라. 네놈은 죽은 척 안 해도 충분히 수련할 수 있다. 이번에 돌아가면 상천폐관에 백 일간 들어가라."

"아니, 어떻게 그럴 수가 있습니까? 제가 이 나이에 땅굴에 들어가 벌레를 잡아먹으며 백 일간이나 버티란 말입니까?"

"난 네 목숨을 구했다. 내가 전에 말했지? 죽을 짓을 한 번 할 때마다 구해주기는 해도 공짜는 아니라고. 죽어서 어머니 뱃속에서 백 일간 있다 다시 태어난다고 생각해라."

"어머니 뱃속에서는 벌레를 먹지 않는단 말입니다!"

독통은 억울하다는 표정을 지었다. 하지만 소운이 보기에 상황은 이미 정리된 것처럼 보였다.

혼자가 된 소운은 양주의 사제 서문량에게 서신을 보냈다. 그 안에는 그간의 사정이 모두 설명되어 있고, 또 소운의 결심과 앞으로의 계획에 대해 서술되어 있었다.

이제는 내가 없어도 천외신무회를 키울 수 있을 것이다. 힘들겠지만 뒤를 부탁한다.

그 마지막 한 줄의 글로 소운은 서문량에게 양주의 모든 일을 위임했다.
"자, 그럼 돌아가자. 마교로!"
소운은 고개를 돌려 서북쪽의 하늘을 보았다. 저 멀리 옥문관 넘어 펼쳐진 드넓은 황야와 산악지대, 바로 신강에 있는 천마신교로 돌아갈 때였다.

*   *   *

일로마협은 죽은 것으로 소문이 났다.
어디선가 혜성처럼 나타나 마교멸절을 부르짖으며 죽음을 두려워하지 않던 고수가 마교의 암습에 의해 처절하게 죽은 것이다.

유성과도 같은 그의 등장과 죽음은 적지 않은 사람들에게 충격으로 다가왔다.

무림맹은 일로마협을 대협사로 발표하고 정식으로 그의 장례를 치렀다. 그 자리에서 각 문파의 참석자들을 선동, 대마교용 전투집단을 새로 창설했다.

일심회! 일심으로 마교와 싸운다는 이 새로운 전투집단은 각 대문파의 정예고수들이 모여 순식간에 그 수가 삼백 명에 이르렀다.

척마멸사의 기치아래 중원은 끓어오르기 시작했다.

그러나 한편으로는 겉으로 드러나기 시작한 마교의 힘에 공포를 느끼는 자들도 많았다.

무엇보다 충격적인 것은 마교에서 개성도 얕잡아 볼 수 없는 초절정 고수가 나타났다는 점이다.

의형귀장 승리. 천마 이외에는 쌍성과 같은 수준의 고수가 없다고 알려진 상황에서 새로운 초절정 고수의 출현은 암흑 시대의 도래를 예견하는 먹구름과도 같았다.

공포를 느낀 자들은 유일한 희망인 무림맹의 그늘에 숨으려 했다. 그래서 더욱 무림맹은 힘을 얻었다.

바야흐로 중원 전체가 하나가 되어 전쟁 준비를 하기 시작한 것이다.

하지만 양주는 점점 더 살기 좋아지고 있었다.

원래 강운상회는 악덕간판의 표본과 같은 곳이었다. 그런

만큼 그들이 양주 일대를 장악하고 있었을 때에는 크고 작은 사건들이 끊이지를 않았다.

관부에서 그들의 횡포에 규제를 하려고 해도 워낙에 먹은 사람이 많아서 손을 댈 수가 없는 상황이었다.

그런데 강운상회가 하루아침에 무너지고 나자 관에서는 뜻한 바대로 일을 행할 수 있게 되었다.

관부란 원래 결코 청렴한 곳이 아니다. 원래대로라면 호랑이가 사라진 숲에 늑대가 돌아다니는 형국으로, 관에서 민중을 괴롭힐 가능성이 높다.

그러나 이번에는 그야말로 그림같이 관이 양민을 위해 움직였다.

그리고 그 이유는 전적으로 양주 각지로 파견된 지무현의 포쾌들 때문이라 할 수 있었다.

근래에 일대의 명현령으로 소문난 지무현의 정문이 직접 교육시킨 포쾌들, 그들은 그야말로 청렴결백과 고지식의 표본과도 같았다.

그들은 상인들이 손에 쥐어주는 은자를 정중히 거절했다. 하다못해 식당에서 소면 하나를 먹어도 꼭 돈을 냈다.

뇌물을 전혀 받지 않는 포쾌들. 이런 포쾌는 양주 역사상 존재하지 않았다. 어쩌면 중원 전체를 통틀어도 거의 없을지도 모른다.

속이 타는 것은 기존의 포쾌들이다.

그리고 그들과 결탁해서 알게 모르게 부정을 일삼던 일부 상인들도 마찬가지였다.

한두 놈이 그러면 누명을 씌우거나 따돌림을 당하게 하면 된다. 그런데 지무현의 포쾌들이 하나같이 그러니 이건 손을 쓸 방도가 없다.

사람들은 이 기적적으로 양심적인 포쾌들을 '청렴포'라 불렀다.

또한 지무현의 현령 정문을 '천부현령'이라고 부르며 부모님처럼 존경하기에 이르렀다. 바로 하늘이 내린 현령이라는 뜻이다.

하지만 그들은 조금도 상상하지 못했다.

청렴포는 그야말로 처절한 무력적 교육 아래 태어났다는 것을!

지무현의 포쾌들은 정문으로 화한 장철근에 의해 철저하게 교육을 받았다. 이미 거리에는 비밀리에 장철근이 거둔 사람들이 퍼져 있었다.

그들은 포쾌들이 조금이라도 잘못을 하면 바로 밀고를 했다.

거의 모든 포쾌들은 습관적으로 양민을 뜯어먹는 족속들이었기 때문에, 그들은 의식하지도 않고 남의 것을 빼앗고 거드름을 피웠다. 그때마다 그들은 꼭 죽지만 않을 만큼 두드려 맞았다.

하지만 그 이후에는 꼭 두들겨 팬 포쾌들에게 술을 먹이며 인간적으로 그들을 회유했다.

벌을 줄 때에는 별별 욕을 다하더니 술을 마실 때에는 친근하게 대화를 걸어 상대 마음속의 응어리를 풀어준다.

동네의 친한 형처럼 포쾌들이 같이 거친 소리를 하며 말실수를 해도 다 받아주었다.

"힘들지? 나도 힘들다. 너희들은 여럿이고 난 혼자거든. 하지만 사는 게 다 그런 거 아니겠냐? 잘해라. 지금까지처럼은 안 된다는 걸 너희도 이제 알아야지."

"아무리 그렇다고 해도 식당에서 밥 좀 얻어먹은 거로 이렇게…… . 흑흑흑."

"이놈아, 나도 이러고 싶지는 않다고 했잖아. 하지만 지금은 그래야 하는 때다. 그러니 정 밥 먹고 싶으면 내 이름을 대고 먹어라. 그러면 내가 나중에 계산해 준다니까."

"아흐흐, 밥 한 끼 먹는데 현령님 이름으로 외상을 합니까? 미치겠네."

"그러면 그냥 돈 내고 먹던가. 자자, 일단 술이나 마셔라."

"에이, 알았수다."

장철근은 태어날 때부터 본능적으로 거친 사람을 다룰 줄 알았는데, 그것은 바로 평소에 딱 미치기 직전까지 괴롭히는 것과 결정적인 순간에 눈곱만큼 잘해주는 게 양대요결이라 할 수 있었다.

의리! 그 튼튼한 감정적인 밧줄은 곧 포쾌들을 꽁꽁 동여매 장철근으로부터 떠나지 못하게 만들었다.

부정을 저지르면 곧바로 당하는 육체적인 고통은 그들의 마음속에 부정에 대한 공포를 낳았고, 장철근과의 의리는 유혹을 참고 견디는 힘을 주었다.

그 위에 서문량은 포쾌들에게 따로 이런 저런 용건으로 적지 않은 용돈을 건넸다.

돈 씀씀이가 큰 자들의 돈줄을 갑자기 빼앗으면 해결할 수 없는 일이 많기 때문에 일단은 합법적인 수입을 어느 정도 보장해 주어야 했다.

물론 공짜는 아니다. 다 그만큼 일을 시켰다.

또한 시간이 지나면서 서서히 그들의 잉여 수입을 줄여 나갔다. 그에 따라 포쾌들은 자신도 모르는 사이 점점 근면해지면서 또 검소해져 갔다.

이번에 양주 일대로 파견나간 포쾌들은 장철근과 서문량이 판단하기에 완벽하게 청령포로 세뇌가 된 자들이다. 그들은 파견근무로 인해 추가로 받는 돈에 잉여 수입이 생겼다고 기뻐했다.

같은 시간을 일하고도 돈을 더 받으니 이보다 좋을 수는 없다.

장철근은 말했다.

"너희들이 이번에 똑바로 해야 우리 지무현의 명성이 높아

진다. 잘해라. 혹시라도 사고를 치는 놈은 날 배신한 걸로 알 겠다. 그럼 배신한 놈이나 나 둘 중에 하나가 죽을 거다!"

장철근의 말에 포쾌들은 자신도 모르게 몸을 부르르 떨었 다. 장철근이 죽을 리는 없으니 틀림없이 자신들이 죽을 것이 다. 장철근은 말한 것은 칼같이 지킨다.

그렇게 '청렴포'는 탄생했다. 혼란의 시기인 지금 중원에 서 가장 깨끗한 공직자라 할 수 있었다.

그렇게 양주는 나날이 치안도 좋아지고 상업도 발전해 갔 다. 지역 상인들은 점점 관을 신뢰하게 되었고, 그늘 속의 돈 보다는 정식 거래가 선호되어 갔다.

하지만 이로 인해 피해를 입는 자들도 있었다. 바로 밀염전 을 일구는 사람들이다. 그들은 관의 허가를 받지 않고 소금을 만든다. 그러니 정식으로 소금을 팔 수가 없다.

밀염상들 역시 몸조심을 하고 있는 상황이다. 지금 나섰다 가 모난 정이 돌 맞는 경우를 당하기가 십상이라고 그들은 판 단했다.

무림인들이 양주에서 활동을 정지하기로 한 이상 밀염상 들 역시 함부로 움직일 수 없다. 관군을 상대하려면 어느 정 도의 무력을 동원해야 견제가 되는데, 기본적으로 강호의 무 력은 동원을 할 수 없다.

그들은 대부분 군소 사파와 연관이 되어 있는데, 사파의 무사가 지금 움직이면 무림맹과 양주 전체의 강호인들에게 찍히게 되는 것이다.

그리고 밀염상들의 대부격인 강운상회가 무너진 후, 그들의 영업망은 완전히 파괴되었다.

머리와 꼬리를 잇는 몸통이 갑자기 사라져 버린 것이다. 어쩔 수 없이 그들 대부분은 국지적으로 조금씩 물량을 소화해 나가며 버티기에 들어갔다.

그나마도 서문량이 심혈을 기울여서 짠 치안계획에 의해 거래가 점점 힘들어지고 있었다.

양씨 상회는 이때 나타나 힘을 길렀다.

양홍은 주변의 신뢰를 얻은 이후, 대담하게 밀염 사업에 뛰어들었다.

그들은 관의 감시를 피해 밀수를 시작했는데 놀랍게도 한 번도 걸리지를 않았다.

거래를 하는 자들이 경악할 정도로 치밀하고도 기발한 운송경로를 차례차례 개발해 냈다. 그리고 어떻게 알았는지 거미줄 같은 관의 치안순찰 경로를 모두 파악해 바늘처럼 그 틈새를 파고들었다.

사실은 그것들 대부분이 서문량이 양홍과 함께 짜낸 것이다. 치안계획을 건립한 자와 밀수경로를 생각해 내는 자가 동일인이니 잡힐 리가 없다.

또한 양홍은 과거 밀염을 취급하던 관인들의 명부를 지니고 있었다.

각 지역의 관인들은 밀염을 사서 정염 -정부에서 파는 정식 소금- 으로 판다. 그렇게 팔 경우 수익금이 세 배인데, 원래 밀염을 팔면 열 배가 남으니 결국 삼십 배가 남는 셈이다.

그들은 지역의 토호와 깊은 연관이 있고, 실제로 정염의 취급 권리를 가지고 있기에 일단 밀염이 창고로 들어가기만 하면 절대로 잡을 수 없다.

소금에 밀염과 정염의 도장이 찍혀 있는 것은 아니다.

몇 개월 지나지 않아 양홍은 밀염계의 거두가 될 수 있었다.

그리고 오늘, 양홍은 기존의 밀염계에서 행세를 하던 여섯 명의 상인두목과 만났다.

상인이자 사파의 두목이기도 하다. 이들은 거칠고, 사람을 죽이는 데 주저하지 않는다. 하지만 상인답게 소금의 양과 질을 속이지는 않는다.

강운상회가 무너진 이상, 양주에 흘러 다니는 돈 중 칠 할은 이들의 소유라 봐야 한다.

무서운 자들, 양주의 실질적 주인.

양홍은 이들과 만나는데 자신의 세 손자를 모두 데리고 갔다. 후계자를 모두 데리고 가서 인사를 시킨다는 것은 집안의 친척과도 같이 남으로 여기지 않겠다는 뜻이다.

"양 노인, 오랜만이오. 근래에 정말 놀라울 정도의 수완을 보이시는구려."

"지금 상황에서 번번이 관의 허를 찌르니, 평생 이 업계에 손을 담그고 있는 우리가 부끄러워 죽을 지경이라오."

상두들은 저마다 엄지를 치켜세우며 양홍을 칭찬했다. 그들은 과거 양홍을 알았고, 그가 어떻게 강운상회에게 당했는지도 모두 안다.

그런데 죽은 줄 알았던 양홍이 돌아와, 너무나도 빠르게 상회를 성장시키고 있는 것이다. 그들이 보기에 지금의 양홍의 행적에는 과거의 천재적인 수완에 더해 말로 설명할 수 없는 묘한 기백마저 느껴졌다.

양홍은 포권을 한 채로 허리를 굽혀 사람들에게 인사를 했다.

"이미 한번 죽었던 몸이라, 목숨을 버린 셈치고 일을 하고 있을 뿐이오. 다행이도 운이 좋아 아직은 살아 있구려."

"허허허, 내 관상을 조금 보는데 양 노인은 삼십 년 대운이 들었소. 어찌 실패를 두려워하시오?"

"삼십 년이나 살아 있겠소이까? 말씀만이라도 고맙구려."

오랜만에 친척을 만난 것과 같은 분위기다.

양홍은 다시 손자들을 앞으로 세워 인사를 시켰다. 세 손자들은 각각 두 명의 상두들에게 차를 따르며 아저씨라 불렀고, 상두들은 손자들의 머리를 쓰다듬으며 귀엽고 총명한 아이들이라 칭찬을 퍼부어댔다.

이것으로 형식적인 인사가 끝났다.

양홍이 먼저 말을 꺼냈다.

"사실 저는 지무현의 현령인 정문과 약간의 인연이 있습니다."

"어허! 그런 일이!"

"여러분도 아시겠지만, 이 일은 가장 은밀한 비밀입니다."

"그야 이를 말이겠소?"

"지무현 현령은 융통성이 있는 사람입니다. 백성들에게 선정을 베풀어 명성을 얻는 한편, 우리 같은 사람들에게도 등을 돌리지 않지요."

"허, 과연 양 노인은 복신을 등에 업었구려."

그들은 그때서야 양홍의 성공의 비결을 알았다. 그리고 진심으로 부러워했다.

말하자면 지무현 현령 정문은 민심을 얻는 한편 뒤로는 양홍을 이용해 자금을 모으는 중인 것이다. 하기야 벼슬을 하는데 돈이 없으면 자리를 지키기도 힘든 세상이다.

위에 재물을 바치지 않고 민심만 얻으면 오히려 역적으로 몰릴 수도 있다.

"지무현 현령은 정말 무서운 사람이군."

"크게 될 사람입니다."

사람들은 저마다 새로 얻은 정보를 가지고 정문을 평가했다.

그때 양홍이 다시 말했다.

"제가 듣기에 이번에 양주부사가 조정에 상주를 했는데, 후임부사로 지무현 현령을 지목했다고 하더군요."

"그것이 정말이오?"

"제가 직접 양주부사에게 은자 십만 냥을 건넸습니다. 아마 틀림없을 겁니다."

"허허허, 지무현 현령의 수완이 그 정도였을 줄이야."

"정 현령은 집안이 명문이고, 민심도 얻었을 뿐만 아니라 위와 아래에 이처럼 잘하니 틀림없이 크게 될 것이오."

사람들의 평가가 바뀌었다. 이제는 거의 확신에 가까운 평가였다. 그러나 양홍은 고개를 저었다.

"정 현령은 조정에 뜻이 없습니다. 양주에 자리를 잡고 일생을 이곳에서 보낼 생각입니다."

"……."

갑자기 사람들이 입을 다물고 침묵했다. 양주부사가 평생을 이곳에서? 그게 가능할까?

"가능한 모양입니다. 주변의 비호와 추천이 있으면 세 차례까지 연임을 할 수 있는데, 그 이후에는 친인을 추천하고 스스로 벼슬을 버리고 이곳에서 은거를 하겠다고 합니다."

"음, 일단 양주부사를 세 차례 지내는 것으로도 근 이십 년이 흐르겠구려."

부사의 직위는 보통 사 년에서 육 년마다 바꾸는 것이 관례다. 정문의 각오가 그렇다면 임기를 꽉꽉 채워 육 년마다 연임을 할 테니 도합 십팔 년이다.

상두들은 정말로 심각하게 앞날에 대해 생각하기 시작했다. 사실 그들은 이곳에 오기 전에 왜 양홍이 이렇게 자신들을 만나자고 했는지 어느 정도 짐작을 하고 있었다. 그리고 사전에 서로 연락을 넣어 이일에 대해 상의를 한 바도 있다.

양홍은 밀염상들의 두목이 되려 하고 있다. 과거 강운상회가 가졌던 권한을 이어받으려는 것이다.

양홍은 그 자격이 있다. 강운상회와 정면으로 맞서 싸운 사람은 양홍밖에는 없다. 이곳에 있는 여섯 상두들은 모두 한 번씩 고개를 숙인 자들이다.

그래서 그들은 이일을 승인하려 했다. 어차피 전체의 대표는 필요하기에 양홍에게 맡겨둔다.

하지만 지금은 어려운 시기, 그만큼 대표는 어렵고 위험해진다.

튀어나온 머리가 먼저 정을 얻어맞는 것은 당연지사. 양홍이 정말 수완이 좋다면 살아남겠지만, 까딱 잘못하면 기둥뿌리조차 남지 않고 무너질 것이라고 판단했다.

이번에 강운상회가 무너진 것처럼 시대의 희생양이 될 것이다.

그런 생각이 밑바닥에 깔려 있기에 그들은 자신들 위에 양홍을 올릴 결심을 하게 된 것이다.

그런데 양홍은 관을 등에 업었다. 적어도 정문이 실각하기 전에는 무너지지 않는다. 최소한 십팔 년간은 그의 시대라고 봐야 할지도 모른다.

"흐음."

사람들은 다시 한 번 신중하게 생각했다. 이번에 결정하면 양홍의 양씨 상회는 양주를 대표하는 상두가 된다. 그리고 양홍이 죽지 않는 한 그 권한은 계속된다.

그때 양홍이 말했다.

"양주는 앞으로도 커질 것입니다. 중원에서 가장 번성한 도시가 됩니다. 틀림없습니다. 중원 전체를 합한 것보다 우리 양주에 머무는 재물이 더욱 많아집니다."

"정말 그렇게 생각하시오?"

"중원의 상권은 이미 강북이 아닌 강남이 중심이 되고 있습니다. 양주에는 강남의 모든 물자가 지나가게 됩니다. 우리가 소금을 장악하고, 다시 곡물과 귀금속을 다루는 물류산업을 육성한다면 틀림없이 그렇게 됩니다. 십 년 안에 북경의 상권을 넘어설 수 있습니다."

"허허허, 그것 참. 나이 칠십이 된 노인에게서 나왔다고는 믿기 힘든 말씀이구려."

"그렇겠지요. 이건 제가 과거에 처음 양씨 상회를 세우면서 제 처와 아들들에게 한 말입니다. 그러나 그때에는 결국 실패해서 처와 아들들을 모두 잃었지요."

“…….”

양홍이 웃으면서 하는 말에 상두들은 잠시 양홍을 보았다. 그들이 보기에 양홍은 죽지 않는 새, 봉황과도 같았다.

마침내 상두 중 한 명이 한숨을 쉬며 말했다.

“후우, 어쩌면 양 노인은 범대조의 환생일지도 모르겠소. 알겠소이다. 본인은 양 대인을 따르겠소.”

범대조란 바로 전국시대에 월나라를 도와 오나라를 쳤던 범려를 말한다.

오나라가 망한 뒤 범려는 월나라의 재상자리를 초개처럼 버렸다.

“월왕은 고생은 같이 할 수 있지만, 복락은 같이 할 수 없는 사람이다.”

당시 그는 그렇게 말했다고 한다. 수십 년 동안 패전국의 재상으로서 고생을 마다하지 않았던 그가 성공하는 순간 모든 것을 포기하고 떠난 것이다.

그 후 범려는 서시를 데리고 월나라를 떠나 상회를 세웠는데, 두 번이나 크게 성공해서 후일 중원의 상인들이 상인의 시조로 모셨다.

그들이 모여 있는 이곳 밀실에도 범려의 초상화가 걸려 있었다.

상두가 양홍을 범려에 비유했다는 것은 자신들의 큰 어른으로 모시겠다는 맹세와도 같았다.

다른 상두들도 차례차례 자리에서 일어나 양홍에게 포권을 취했다. 양홍 역시 포권으로 답례를 했다.

그것으로 양홍은 양주를 대표하는 상인이 되었다.

밀염상들의 대표긴 하지만 사실상 모든 상회의 대표가 된 것이나 마찬가지였다.

그 후 양주는 번성과 쇄락을 모두 겪었지만, 거의 모든 시기에 중원 제일의 상업도시로 명성을 날렸다.

또한 양홍의 야망은 대를 이어 이루어져 갔다.

양씨는 대대로 양주 밀염상의 우두머리가 되어 중원의 재물을 쓸어 모았다. 가장 번성했던 시기에는 양씨 혼자 낸 세금이 중원 전체의 칠 할에 달했다고 한다.

어쨌거나 소운은 사람 하나 잘 꼬셔서 평생 쓰고도 남을 재물을 얻게 되었다. 하지만 그는 이미 천마신교로 돌아가 아직 이런 사실까지는 모르고 있었다.

第七章

폐관수련(閉關修鍊)

강해지겠다!

南斗延壽保命時老君告天師曰
天八會之真文三洞三清之上
稟道元始天尊昔經歷于億萬劫天地始修
太上說南斗延壽保命

安真經太上說南斗
此經乃九天八
熙哀而人倫五運遷變萬稟並

폐관수련(閉關修鍊)

강해지겠다! 강함이 바로 내 최후의 무기이다

초절정 고수의 출현 소문은 강호에 큰 파문을 가져왔지만, 그에 영향을 받은 것은 중원무림만이 아니었다.

천마신교에서는 세심한 조사 끝에 진곡이 변방의 외부세력과 결탁했다는 결론을 내렸다.

반역자! 그것이 바로 진곡에게 씌워진 '불명예의 모자'였다.

눈치 빠른 진곡은 이런 사실을 미리 예견했다. 그는 절호산을 벗어난 후 천마신교의 새로운 외총단인 남경에 돌아가지 않고 그대로 자취를 감췄다.

그 바람에 진곡에게는 무림맹뿐만 아니라 천마신교에서도

추살수배령이 떨어졌다.

"으드득, 모든 것을 잃다니. 일로마협! 네놈은 죽지 않았어야 한다. 그래야 내가 세상의 모든 고통을 맛보여 주면서 화를 풀었을 텐데!"

진곡은 일그러진 반쪽 얼굴이 화끈거림을 느끼고 손으로 쓰다듬었다. 상처는 다 나았는데 이상하게 화를 내면 흉터가 화끈거렸다.

"사제, 마음을 다스리게. 독을 수련하는 자는 항상 심장이 차가워야 하네. 그렇지 않으면 독기가 뇌에 미칠 수도 있으니 조심하게."

"칭타 사형, 저도 그것을 알고 있습니다만 이 일은 너무나도 화가 나 좀처럼 냉정해질 수가 없군요."

"힘이 있으면 모든 것을 되찾을 수 있지. 모든 것은 힘 있는 자가 가지기 마련."

"크크크, 확실히 그렇습니다."

진곡은 웃었다. 칭타와 그는 왠지 모르게 통하는 바가 있었다.

진곡은 고개를 돌려 문밖으로 보이는 절벽을 보았다.

집마벽. 그곳에는 원래 수백 개의 동굴이 있었다. 그런데 지금은 그걸 모두 수련용 석실로 만들었다.

원래 진곡은 몇 년 전부터 이곳을 발견하고 마인전사대를 강화시킬 장소로 점찍어놨었다. 자신의 휘하인 마인전사대를 신교의 사대 전투부대 중 최강으로 성장시킬 생각이었던 것이다.

이런 계획은 진곡의 머릿속에만 있었고, 아무에게도 말하지 않았다. 그러데 상황이 생각지 못했던 방향으로 흘렀다.

반년 만에 그는 천마에게 배신당해 새로 등장한 사제에게 밀려났고, 다시 반역자까지 되었다.

진곡은 마음을 고쳐먹었다. 어차피 혈불과 손을 잡은 이후 천마신교의 총단의 일은 그의 머릿속에서 거의 떠났다. 아무리 생각해도 마인전사대가 천마를 배신하면서까지 자신을 따를 것 같지 않았다.

그래서 이 집마벽은 혈불의 사람들과 함께 만들었다.

원래 무림에서 악명을 떨치는 자들은 벌떼처럼 많다. 지금처럼 황조가 무능하고 관이 부패한 시기에는 더욱 더 무법자가 판을 친다.

그런 자들 중에 진정한 고수는 많지 않지만, 간혹 가다 쓸 만한 자들도 있다.

특히 익힌 무공은 삼류지만 근성과 재능만큼은 인정해줄 악종들은 쓰고 버리기에 좋다.

혈불이 보내온 고수들이 중원에서 한 일은 바로 그런 자들을 납치하는 일이었다. 그리고 이곳 집마벽에서 그들은 고급의 무공을 배워 새롭게 탄생하게 된다!

물론 그런 자들은 장기적으로는 쓸모가 없다.

소모품이다.

약물을 이용해 내공을 급증시키고 세뇌를 통해 죽음의 공포를 잊게 만든다. 말하자면 고목신군이 지휘하고 있는 독혈마혼대와 같은 방법이다.

칭타가 옆에 서서 말했다.

"독령주은단을 장복하면 수명이 삼 년을 넘지 못하지만 내공은 급증시킬 수 있지. 우리 독곡의 비술 중에서 가장 독한 것이네."

"저들은 그것을 영단으로 알고 복용하고 있습니다. 흐흐흐."

"당연하지. 독단인 줄 알았다면 절대 목구멍으로 넘기지 않았을 걸세."

"어쨌거나 그놈들은 고수가 될 수 있다는 생각에 침식을 잊고 수련에 몰두하고 있습니다. 폐관독련의 괴로움도 그놈들에게는 자극의 요소일 뿐입니다."

"그거야 진 사제도 마찬가지가 아니겠나?"

"그렇지요. 다음번엔 꼭 제 손으로 개성을 죽이고 말 겁니다."

진곡은 그렇게 말하며 자신의 검을 뽑아 허공을 한번 그었다. 녹색의 검광이 기묘한 곡선을 그리며 나타났다 사라졌다.

"독검의 수련은 이제 거의 완성단계입니다. 이것만 대성하

면 천하에 제가 고개를 숙일 사람은 혈불과 천마이외에는 없
게 될 겁니다.”

“그렇겠지. 사실 진 사제야 말로 천마신교와 혈뇌음사, 그
리고 독곡의 무공이 집약된 행운아가 아니겠는가?”

“하하하하, 그렇지요.”

진곡은 웃으면서 고개를 끄덕였다. 그리고는 야심에 가득
찬 눈으로 다시 절벽을 바라보며 중얼거렸다.

“그래, 어차피 천마가 나를 내치려는 이상 천마신교에 내
자리는 없다. 이렇게 된 이상 힘으로 모든 것을 차지하겠다.
중원도, 신교도!”

＊　　　＊　　　＊

소운은 청해의 산맥을 넘어 다시 신강으로 향했다.

처음 천마신교를 떠나고 거의 육 개월이 지났다. 그동안 소
운은 폐관을 한 것으로 되어 있다. 그가 중원으로 나왔다는
것을 아는 사람은 처음 소운을 납치한 세 명의 장로뿐이다.

지하암도를 통해 천마관에 들어서니 그동안 중원에서 있
었던 일들이 주마등처럼 스쳐 지나갔다.

그중에서도 활선문의 재건을 위해 아직도 고생하고 있을
능아연 사저의 모습은 좀처럼 머릿속에서 사라지지 않았다.

“휴우. 들렀다 올 걸 그랬나?”

소운은 한숨을 쉬었다. 개성과 헤어진 후, 소운은 아무도 만나지 않고 곧바로 천마신교로 향했다. 활선문이 있는 사천을 가로질러 지나면서도 들르지 않았다.

그런데 지금 생각하니 약간은 후회가 되었다. 적어도 사저의 얼굴은 보고 왔어야 한다는 생각이 들었다.

"아니지. 이렇게 마음이 약해서야 어떻게 발전이 있을까."

소운은 고개를 좌우로 저으며 마음을 굳게 먹었다. 그리고는 혈장천마가 있는 곳으로 가서 벽에 걸려있는 화조무령검을 손에 쥐었다.

스르릉.

삼대 신기 중 하나로 손꼽히는 천하의 명검! 그 예기가 눈이 시리도록 느껴졌다.

소운은 잠시 검날을 바라보다 그것을 살짝 이마에 대었다. 그러자 검의 예기만으로 이마의 피부가 갈라져 피가 흘렀다.

"시작하자. 좌장을 버린다."

단순히 버리는 게 아니다. 좌장으로 할 수 있는 모든 것을 검으로 해낼 수 있어야 한다. 그리고 그 한계를 뛰어넘어 누구에게라도 검 한 자루로 맞설 수 있는 자신감을 얻기까지 멈추지 않겠다!

이마를 타고 흐르는 피에 대고 맹세를 했다.

외부에 알린 폐관수련기간은 일 년. 이제 반년 정도가 남았다. 소운은 그사이 모든 것을 잊고 수련에 몰두하기로 했다.

소운은 일단 천천히 검을 휘두르며 검끝에 더욱 많은 내력을 집중하는 훈련을 시작했다.

"전신내력을 남김없이 모아야 한다. 그리고 그것을 단숨에 터뜨리듯 발출해야 비로소 쓸모가 있다!"

그가 노리는 것은 바로 격공장을 검으로 펼치는 것! 그것이 가능해지면 승리에게 충분히 일검을 가할 수 있을 것 같았다.

천마관 안은 시간이 정지된 공간과 마찬가지다. 얼마나 시간이 흘렀는 지를 잊기가 쉬웠다. 단지 석실 중 한곳에는 기관으로 햇빛이 들어오게 되어 있었기에 밤과 낮이 바뀌는 것은 확인할 수 있었다.

소운은 매일같이 표시를 해서 혹시라도 기한을 넘기지 않도록 주의했다. 외부의 일들이 어떻게 되었을까 궁금했지만 일부러 보고서를 읽지 않았다.

그럼에도 불구하고 항상 그의 머릿속에는 수많은 생각이 스쳐 지나갔다.

지금 중원은 어떻게 되었을까?

마교에서 내 세력으로 키우려고 했던 청운전병들은?

나의 정체를 알고 있는 세 장로들은 어떻게 처리해야 할까?

진곡은 살아 있다. 그놈을 제거해야 한다. 그런데 그가 결탁한 무리는 어느 세력일까?

천외신무회는 계획대로 별 탈 없이 성장하고 있을까?

활선문은 무사히 부흥하고 있을까?

사저는? 아, 그러고 보니 사매는?

"아니야! 지금은 생각할 때가 아니야!"

소운은 고개를 세차게 저으며 외쳤다.

지금은 오직 검만을 위해 모든 것을 바치고 싶었다. 진정으로 검을 얻기 위해서는 마음속에 조금의 잡념도 없어야 한다.

그리고 일검일검에 자신의 모든 것을 건다.

아침에 도를 얻으면 저녁에 죽어도 좋다고 했다. 검을 수련하는 마음가짐이 바로 그렇다. 일검을 만족스럽게 뻗을 수 있으면 죽어도 후회하지 않아야 한다.

그런데 사실은 그렇게 수련하면 오히려 죽지 않게 된다. 진정으로 강해진다.

소운은 수련을 하면 할수록 검에 빠져드는 자신을 발견했다. 지금까지 잡념의 바다에서 헤엄치던 그의 머리가 점점 다른 것을 버리기 시작했다.

"내가 강했다면, 모든 일이 해결되었다. 머리를 쓰지 않고도, 내가 원하는 모든 것을 얻을 수 있었다!"

소운은 괴로울 때마다 그렇게 중얼거렸다. 그러나 어느 순간 그게 아니라는 것을 깨달았다.

"내가 살아남은 것은 강했기 때문이다. 머리를 쓰는 것도 강함의 일부이다. 자존심을 버리는 것은 더욱 강해지는 비결이다. 난 강했고, 지금도 강해지고 있다!"

소운의 머리는 그동안 버렸던 것들을 다시 하나씩 기억해 냈다. 하지만 이제는 그것이 수련에 방해가 되지 않았다.

오히려 지난 세월의 경험이 모두 검에 녹아들어가는 것 같 았다.

우우우웅.

검이 그런 소운의 느낌을 옳다고 확인시켜 주었다.

검을 휘두를 때마다 세차게 울었다. 화조무령검의 화기가 점점 짙어지고 이제는 이름 그대로 불의 새처럼 형상을 띄웠 다. 하지만 아직 소운은 벽을 깨지 못하고 있었다.

그 날도 소운은 수련을 하고 있었다.

화조무령검을 들고 천마와 대치를 한 채 버티는 수련이었다. 이건 아주 중요하다. 이걸 하면 천마가 얼마나 강한지 알 수 있 다. 동시에 소운은 천마에게도 물러서고 싶지 않아 하는 자신 을 발견할 수 있었다. 그리고 강한 자와의 대치에 익숙해진다.

그그그긍.

천마의 전신으로부터 검은 기운이 흘러나와 전신을 보호 했다. 동시에 묵기는 창처럼 사방으로 날카롭게 뻗었다. 장법 을 펼치지도 않고 자세만을 취했는데도 석실이 흔들렸다.

묵혈신마공의 힘이 넘쳐흘러 자연스럽게 주변을 태우면서 나타나는 현상. 손가락 하나 까닥하지 않고도 완벽한 방어와 공격을 동시에 가한다.

"젠장, 역시 천마로군."

소운은 투덜대며 혈장천마가 전력으로 뿜어내는 살기를 한몸에 받아 버텼다. 처음에는 숨이 막혔지만, 이제는 가볍게 말도 할 수 있다.

"역시 사람은 경험이 중요해."

이건 개성이나 승리와는 또 다른 압박감이다. 보통의 무인 이라면 이 정도의 기를 눈앞에 두면 싸우기는커녕 스스로 검을 버리고 꿇어 엎드릴 것이다.

물론 혈장천마는 공격을 가하지 않는다. 단지 살기만을 일으 켰을 뿐이다. 그런데도 주변의 공간이 모두 그의 것이 되었다.

어디에도 소운을 위한 부분은 없다. 공간 자체가 소운을 밀 어내려 하고 있었다.

하지만 소운은 화조무령검을 쥔 손에 힘을 주고 자세를 유 지했다.

기가 흔들려 내상을 입었다. 입에서 실낱같은 피가 흘러내 렸지만 눈 하나 깜박하지 않고 당당하게 혈장천마에게 맞섰다.

"버텨야 한다. 외부의 기세에 흔들리지 않아야 한다. 비록 그것이 천마의 기운이라고 해도!"

문제는 소운이 버티면 버틸수록 천마의 기세가 더욱 강해 진다는 점이다.

혈장천마의 무공자체가 상대의 힘에 자신의 힘을 실어서

되돌려 보내는 성질이 있기 때문에 소운은 갈수록 힘든 지경에 처했다.

그러나 어느 순간, 소운의 정신은 오히려 육체의 고통에서 해방되어 버렸다. 그의 마음이 검 속으로 빨려 들어가 하나가 되어 버린 것처럼 느껴졌다.

살기란 무형의 기운. 살기만으로 사람을 죽이거나 나무를 시들게 할 수는 있지만 바위를 부술 수는 없다.

소운은 화조무령검에 자신의 몸을 실었다. 검의 기세가 모든 살기를 흘려보냈다.

신검합일!

검과 하나가 되니 혈장천마의 기세가 전혀 무섭지 않았다. 묵혈신마공의 힘이 강기로 변해 뻗어 나오는 것도 검기로 가를 수 있었다.

이제는 천마에게 일검을 가할 수 있을 것 같았다. 물론 압도적으로 강한 천마가 소운을 먼저 공격하겠지만, 소운이 이길 수 있는 가능성도 생겨났다.

확률의 문제이다. 그리고 이게 발전하면 확신으로 바뀔 것이다.

도달할 수 있다! 넘을 수 있다! 단지 어려울 뿐 불가능은 아니다!

"이것이다. 이것이 승리와 대치했을 때 내가 느낀 것이다."

소운은 자신도 모르게 미소를 지었다.

이런 상태가 되어야 비로소 가장 강한 자들과 싸울 수 있는 것이다. 다시 말하면 초절정 고수는 모두 이런 상태에서 싸운다는 뜻이 된다.

소운은 그 순간 하늘을 나는 것과 같은 기분이 들었다. 지금까지 한번도 느껴보지 못한 쾌감, 창공을 날면서 사방의 모든 것을 내려다보는 그런 느낌이었다.

그러자 천마가 보이기 시작했다. 지금까지 천마의 장에 가려 닿을 수 없었던 몸이 확연하게 보였다. 또한 눈으로 볼 수 없는 등까지 모두 보였다.

"과연 인간의 한계를 넘어선 자들은 감각구조가 전혀 다르군."

소운은 자신이 느끼게 된 새로운 세계에 점점 빠져들었다.

혈장천마는 그런 소운의 변화에 민감하게 반응했다.

그의 몸 주변의 기세가 더욱 강해져 사방을 철통같이 방어했다.

그리고 지금까지 거의 무인지경으로 공간을 휘저었던 묵혈신마공의 기운이 쌍장으로 모여들었다. 그것은 바로 무시할 수 없는 자를 상대하는 혈장천마의 진정한 전투준비 상태였다.

소운은 그 변화를 눈으로 지켜보았다. 입가에 미소가 그려졌다.

며칠 후, 소운은 환상과 현실의 경계선에서 승리의 심장에 검을 꽂아 넣을 수 있었다.

그 일검에는 그의 모든 내력이 담겨 있었고, 훌륭하게 승리의 호신강기를 꿰뚫었다. 아직 천마에게 검을 꽂아보지는 못했지만 승리는 이겼다.

마음이 이미 이겼으니 실전에서도 이길 수 있다!

"이제야 심극검이 무엇인지를 알겠군."

소운은 미소를 지으며 그렇게 중얼거렸다. 그와 동시에 그의 의식은 현실로 돌아왔다.

그가 쥔 검에는 붉은 검강이 형성되어 화조와 같은 형상을 또렷하게 유지하고 있었다. 화조무령검이 진정한 주인을 만나 드디어 잠재된 힘을 모두 내보이는 중이었다.

"지금까지는 약해도 강한 척, 없어도 있는 척을 해야 했다. 하지만 지금부터는 강해도 약한 척, 있어도 없는 척을 해야겠군."

소운은 자신이 강해진 후 뒤바뀐 처지를 생각하고는 큭큭큭 하고 웃었다.

*　　　*　　　*

"배가 고프군."

벽을 허물고 검을 얻은 것은 좋다. 그런데 정신이 들어보니 전신에 기력이 하나도 없고 배도 무지하게 고팠다.

깨달음을 얻어 검강을 다룰 수 있게 되었지만, 세상의 누구와도 싸워 이길 수 있는 자신감을 얻었지만, 그래도 먹어야 하나보다.

"또 내력이 고갈된 건가? 나도 무리하는군."

이러면 오래 살기 힘든데……. 소운은 속으로 그렇게 툴툴거리다 주변을 둘러보며 고민하기 시작했다.

"시간이 얼마나 지난 거지?"

알 수가 없다. 하루가 지났는 지, 아니면 일주일이 지났는지 전혀 짐작이 가지 않는다.

"하기야 다른 때에도 며칠씩 시간을 잊고는 했는데, 이번에는 조금 얻은 게 많았으니 한 달쯤 지났어도 이상하지 않겠지."

소운은 자신의 검을 보았다. 불의 기운이 일렁이며 검면이 거울처럼 소운의 얼굴을 비췄다.

턱에 난 수염이 제법 길게 자라 있어 시간의 흐름을 알려주는 듯했다.

"나갈까? 이제 시간도 거의 다 된 것 같은데……."

일 년이란 기한이 차면 입구를 지키고 있는 자들이 표식을 세울 것이다. 아직 표식이 서지 않은 것을 보면 확실히 일 년은 되지 않았다.

"서두를 것은 없지."

소운은 다시 검을 들고 수련을 계속하려 했다.

그런데 그때, 작은 방울이 울렸다.

"어? 누구지?"

작은 방울은 누군가 천마관의 구역에 들어와 천마를 만나기를 청하는 신호이다.

하지만 그 방문자는 천마의 사전 허락을 받고 온 것이 아니기에 천마가 면담을 허락하지 않거나 아예 대답을 하지 않으면 죽어야 한다.

웬만한 사람은 방울을 울리지도 않고 호위무사들이 알아서 처리를 하기도 한다.

천마의 폐관을 방해하는 죄는 그토록 무겁다.

그렇기에 지난 시간 동안 감히 누구도 무단방문을 하지 않았는데, 오늘 처음으로 방울이 울렸다.

"흠. 일단 나가봐야겠군."

공교롭게도 때마침 수련에서 깨어났을 때에 방울이 울렸다. 이것은 어쩌면 인연일지도 모른다.

소운은 그렇게 생각하며 밖으로 걸음을 옮겼다.

천마관의 입구로 나가자 천마혈영대의 부대주인 은형마둔 황보전이 네 명의 대원들과 함께 서 있는 모습이 보였다. 그리고 그들의 앞에는 여자가 꿇어 엎드려 있었는데 소운은 처음 보는 사람이었다.

"황보 부대주, 무슨 일입니까?"

"이공자, 출관하셨구려."

"아직 출관한 것은 아닙니다. 방울이 울리자 사부님께서 무슨 일인지 나가보라 하시더군요.”

황보전은 엎드려 있는 여인을 손가락으로 가리키며 설명했다.

“이 여인은 삼공녀의 시중을 들고 있는 초초라고 합니다. 그녀가 말하기를 삼공녀가 무공수련 중에 심마에 빠졌다고 해서 방울을 울렸습니다.”

“사매가?”

삼공녀는 바로 빙옥마봉 공손설이다. 소운은 마음속에 짚이는 것이 있기에 안색을 굳혔다.

그때 초초가 고개를 들며 울면서 말했다.

“이공자님, 아가씨께서 침식을 잊고 하루 종일 검무만 춰요. 말리려고 하면 살기를 흘려 접근하지 못하게 하고, 어떤 때에는 검으로 저를 베려고도 했어요. 흐흑.”

‘사매가 결국 오 단계에 들어섰구나. 적어도 몇 년간은 사 단계를 벗어나지 못하리라 생각했는데…….’

소운은 속으로 한탄을 했다.

화서령단을 복용한 이상 그녀의 마류옥녀공은 평상시보다 십 배나 수련하기 어렵게 되었다. 그런데 벌써 오 단계에 들었다니?

더군다나 초초의 이야기를 들어보면 공손설이 오 단계에 들어 제정신을 잃고 무공수련에만 몰두하게 된 후 상당한 시간이 흐른 것 같았다. 그렇게 자아를 잃으려면 적어도 몇 개월은 걸리게 되어 있었다.

"가자."

소운은 즉시 초초를 일으키며 말했다. 이미 늦었는 지도 모른다고 생각하니 마음이 급해졌다.

그 길로 소운은 공손설의 수련실로 향했다.

수련실로 들어서니 과연 실내가 온통 무음할공대의 하늘거림으로 가득 차 있었고, 부드러우면서도 날카로운 바람이 사방을 휘젓고 있었다.

중앙에는 공손설이 춤을 추고 있었다. 소운이 처음 만났을 때처럼 녹색의 연무복을 입고 때로는 느리게, 어떨 때에는 격렬하게 몸을 돌렸다. 연무복은 상당히 헐어 있었고 군데군데 찢어진 곳도 있었는데, 공손설은 그 또한 신경 쓰지 않는 듯했다.

"아가씨!"

초초가 큰 소리로 공손설을 불렀다. 그러나 공손설은 전혀 반응이 없었다.

"언제부터 이런 상태였지?"

소운이 묻자 초초는 울먹이던 것을 멈추고 손가락을 꼽아 셈을 했다.

"약 한 달 전부터, 아니 사실은 두 달쯤 전부터 이상했어요. 무공을 수련하는 시간이 점점 늘고, 말도 거의 하지 않게 됐어요. 말씀을 하셔도 제가 이해하지 못할 무공 구결이나 이론만 말씀하시고……."

"그러다가 아예 너를 몰라보게 된 건가? 언제부터?"

"그게 보름쯤 됐어요. 저렇게 춤을 추시다가 거의 쓰러질 때가 되면 주변에 있는 것을 대충 먹어요. 그리고 다시 춤을 추는데, 아무리 말려도 듣지 않아요."

초초의 설명대로 공손설은 먹을 것을 거의 먹지 않은 듯 전신이 마르고 피부가 거칠어져 있었다.

단지 두 눈만은 자신만의 세계에 빠져 초롱초롱한 빛을 발하고 있었다. 그녀는 지금 온 정신을 집중하여 무공수련에 몰두하고 있는 것이다.

소운은 잠시 그녀의 모습을 지켜보았다. 입술을 살짝 깨물고 탄식이 나오려는 것을 참았다. 하지만 마음속의 탄식은 막을 수 없었다.

'내 탓인가? 아니야. 난 말을 할 수가 없었어.'

공손설은 마교의 여자. 그녀가 어떻게 되든 소운은 신경 쓰지 않아야 한다. 그렇지 않으면 공손설이 소운의 감정적 약점이 될 수가 있다.

"모두가 운명인가?"

소운은 몸을 돌리려 했다.

그가 가슴속에 품은 계획은 너무나도 위험한 일이라 비정해지지 않으면 조금의 승산도 없다.

그런데 막 소운이 공손설에게서 시선을 떼려는 순간, 소운의 가슴속에서 무엇인가가 움직였다. 동시에 머릿속에 폭죽이 터지는 듯한 충격을 받았다.

"아!"

소운은 순간적으로 깨달을 수 있었다.

공손설은 아름답다. 소운은 그녀를 처음 만났을 때부터 마음이 흔들렸었다. 거기에 공손설은 소운을 가식이 아닌 진심으로 대했다.

사형으로, 남이 아닌 믿고 의지할 친인으로!

공손설은 사방이 적으로 둘러싸인 천마신교 내에서 유일하게 만난 마음의 휴식처였다.

그녀는 소운에게 진심으로 도움을 청했고, 소운 역시 무공 수련 중에 생긴 의문을 그녀에게 질문했다. 그 결과 둘은 서로 문제점을 해결할 수 있었다.

'나는 그녀를 사형제로 대했다. 가족으로 대했다!

소운은 자신이 왜 지금 이 상황에서 냉정해지지 못하는가를 깨달을 수 있었다. 수척해진 공손설의 모습에 진심으로 슬픔과 안쓰러움을 느꼈다.

'지금 이 자리에서 사매가 주화입마에 빠졌다고 선언하기만 하면 모든 일이 끝난다. 하지만……'

한번 가족은 영원한 가족이다. 그것이 소운의 성격이다. 마음을 속이지는 못한다.

"하아."

소운은 결국 참지 못하고 한숨을 내쉬었다. 그리고는 초초에게 말했다.

"이건 주화입마의 형태 중 하나인 것 같다. 심마에 걸려 스스로를 가둔 것이지."

"주화입마라고요! 그럼 어떻게 하죠? 설마 아가씨의 무공을?"

"아니, 그래도 소용이 없다. 정신적인 면이 강하기 때문에 무공을 폐지하면 오히려 더욱 안 좋게 될 것이다. 지금 사매가 버티는 것은 강력한 내공의 힘이라 할 수 있으니까 말이야."

"이공자님, 아가씨를 구해주세요."

초초는 다시 바닥에 무릎을 꿇으며 소운에게 빌었다. 그녀에게 있어서 공손설은 주인이자 친구이고, 자매이기도 했다.

"염려마라. 일단 사매를 사부님께 데려가겠다. 천마관에 들어 사부님께 치료를 받으면 주화입마에서 벗어날 수는 있을 것이다."

"천마님의 능력은 신통광대하시니 틀림없이 아가씨는 나을 거예요."

소운의 입에서 혈장천마가 거론되자 초초는 크게 기쁜 표정을 지으며 고개를 끄덕였다. 천마는 살아 있는 신. 주화입마를 치료하는 것은 일도 아닐 거라고 초초는 생각하고 있었다.

"그럼 일단 나가 있어라."

소운은 초초를 방 안에서 내보냈다. 그리고는 허리에 차고 있는 화조무령검을 뽑았다.

그러자 검기에 반응한 공손설의 춤이 더욱 현란해졌다. 무음할공대가 공손설의 몸을 겹겹이 감싸고 그 사이로 날카로운 바람의 기운이 튀어나와 소운을 압박했다.

소운은 검을 앞으로 세워 천천히 머리위로 치켜들었다. 그러자 검끝에서 붉은 강기가 일어나 한 마리 불새의 형상을 만들었다.

콰르르르르르.

강기의 기운과 무음할공대의 기세가 부딪치자 수련실 안에 회오리와 같은 공기의 소용돌이가 생기고 곧 진공 상태처럼 변해갔다.

소운은 담담한 시선으로 공손설이 있는 자리를 보며 그녀에게 말을 걸 듯 중얼거렸다.

“눈을 가린다고 해서 모습이 사라지는 것은 아니지. 사매, 이걸 받아라.”

화르르륵.

검을 내려 베자 불새가 날았다. 불새는 일직선으로 공손설을 향했다. 앞을 가로막고 있는 무음할공대는 무시했다.

퍼퍼퍼퍼펑!

다섯 겹의 무음할공대가 찢어지거나 구멍이 뚫렸다. 화기에 영향을 받지 않는 무음할공대라고 해도 검강 자체의 힘을 견딜 수는 없다.

“아!”

공손설의 춤이 멎었다. 화조를 막을 방법이 생각나지 않으니 가만히 서서 죽음을 기다릴 수밖에 없다.

팍.

화조는 그녀의 미간 바로 앞까지 나아갔다가 연기처럼 사라졌다. 그와 동시에 소운은 나직한 목소리로 말했다.

"그게 나의 무공이다. 일 년간의 폐관수련의 결과 얻은 것이지."

"……."

"사매도 할 수 있다. 수련을 거듭하면 무음할공대로 이걸 막을 수 있게 된다."

그때 처음으로 공손설이 반응했다.

"나도……."

"그래, 틀림없이 가능하다."

"아!"

공손설은 전신을 부르르 떨었다. 소운의 목소리가 그녀의 뇌리에 박힌 것이다.

그때를 놓치지 않고 소운은 급히 공손설의 혈을 찍었다. 전신을 마비시키는 혈이었다.

털썩.

공손설은 마치 힘이 하나도 없는 인형처럼 변해 그 자리에 쓰러졌다.

소운은 공손설을 안아들고 밖으로 나갔다.

밖에는 초초가 안절부절못하는 모습으로 기다리고 있었다.

"이 길로 난 천마관으로 들어가겠다. 넌 당분간 외부출입을 삼가도록 해라."

"알겠습니다."

소운은 공손설을 안고 천마관으로 돌아왔다. 그리고는 천마관의 한쪽 석실에 공손설을 내려놓았다.

"휴우, 되었다."

이곳까지 오면 일단은 안심이다. 아무도 보는 사람이 없어야 안심할 수 있는 것이 이곳 마교 내의 생활이다.

소운은 다시 공손설의 맥을 짚고 세밀하게 진찰하기 시작했다. 일통이면 만통이라는 말이 있는데, 소운의 경우가 그에 해당했다. 무공이 경지에 오르면서 공손설이 익힌 반쪽짜리 마류옥녀공에 어떤 함정이 숨어 있었는지 대충 짐작이 갔다.

하지만 그렇다고 해서 소운이 공손설을 치료할 수 있다는 것은 아니다. 이미 그녀는 되돌아 올 수 없는 강을 건넌 것이나 마찬가지였다.

"치료할 수는 없다."

침술로도 공손설을 깨어나게 할 수는 없다.

"하지만 사매가 스스로 벗어날 수는 있을지도 모른다."

소운은 그렇게 결론을 내렸다.

그렇다면? 공손설이 깨어날 때까지 몸이 상하지 않도록 해야 한다.

소운은 석실 중 하나를 열고는 안으로 들어갔다. 그곳에는 커다란 항아리가 놓여 있었는데, 원래 천마가 약탕을 이용한 수련을 할 때 쓰는 항아리였다.

항아리에는 곧 소운이 배합한 여러 가지 약초 즙이 부어졌다. 그리고 다시 독한 청주로 가득 채워졌다.

"화혈빙심액, 이걸로 적어도 삼 년은 버틸 수 있겠지."

화혈빙심액은 원래 독강시를 만드는 비법 중 하나다.

지금 소운이 만든 화혈빙심액은 원래와는 전혀 다른 효과가 있는데, 그것은 사람의 피부로 서서히 약효가 스며들어 먹거나 마시지 않고도 버틸 수 있게 하는 것이다.

물론 이 안에 오래 들어가 있으면 근육이 풀어져 나중에는 손가락 하나 까닥하기도 힘들어질 것이다.

하지만 그건 정신이 깨어난 후에 내공을 이용해 다시 치료할 수 있다.

오히려 근육이 풀어지면 공손설이 움직이고 싶어도 움직일 수 없기에 좋다. 그렇지 않으면 공손설은 끊임없이 몸을 움직여 결국 근육이 파괴될 때까지 멈추지 않을 것이다.

"자, 그럼."

소운은 공손설을 보고 잠시 동작을 멈췄다. 그러나 일단 치료를 하기로 한 이상 손을 멈출 수는 없다.

소운은 즉시 공손설의 옷을 벗겼다. 옷을 입은 채 약탕 속에 들어갈 수는 없다.

"후우."

벗은 여자의 몸을 본 것이 처음은 아닌데, 공손설의 나신은 너무나도 매력적이어서 소운을 한숨짓게 했다. 말라 있는 몸이 이 정도인데 평상시라면 어떨까?

소운은 결국 고개를 돌려 그녀의 몸을 보지 않은 채 안아들었다. 그리고는 얼른 항아리 속에 넣었다.

공손설의 몸은 항아리 속의 화혈빙심액 속에 목 위만 남기고 완전히 잠겼다.

소운은 밧줄로 공손설의 몸을 고정시키고 항아리 입구를 한지로 밀봉했다. 물론 공손설의 머리는 그 위로 나와 있는 상태다.

"된 건가……."

소운은 마지막으로 공손설의 상태를 살폈다. 그러다가 공손설이 여전히 눈을 뜨고 있다는 것을 깨닫고는 억지로 눈을 감기고 천을 가져와 둘둘 감아 가렸다.

"이제 됐다."

소운은 몇 번이나 확인을 해보고는 고개를 끄덕였다. 이건 지금까지 한번도 해보지 못한 방법이라 조심에 조심을 거듭해야 했다.

"이제 삼 년에 한 번씩 약탕물을 갈아주면 사매는 계속해서 살아갈 수 있다. 십 년이든, 이십 년이든."

소운은 한숨을 내쉬었다. 지금은 이것이 최선이다. 어쨌든 간에 공손설을 죽게 할 수는 없다.

공손설은 꿈속에서 끊임없이 수련을 계속할 것이다. 그러다가 마침내 초절정의 벽을 깨면 정신의 금제를 벗어나 깨어나게 될 것이다.

의식의 감각이 인간의 한계를 넘어선 자는 정신금제에 걸릴 수 없으니까.

"이것이야말로 의식 속에 자신을 가두고 폐관수련을 하는 것과 같군. 사매, 무공을 대성하길 바라네."

소운은 공손설에게 말했다. 비록 그녀는 듣지 못하지만 그것이 바로 소운이 바라는 것이었다.

그때 공손설이 소운에게 대답하듯 아주 작은 목소리로 중얼거렸다.

"수련을 하겠어요……. 이사형이 출관했을 때 다시 비무를 할 수 있도록……."

"사매!"

소운은 놀라 공손설을 불렀다. 그러나 이미 공손설은 입을 다물었고, 조금도 움직이지 않았다.

소운은 한참 동안이나 공손설의 얼굴을 바라보다가 몸을 돌려 석실을 나왔다.

제십장로(第十長老)

배반자를 대신해서 중원정벌에 앞장선다

南斗延壽保爾時老君告天師曰
人人會之真文三洞三清之上
棠道元始天尊昔經歷于億萬劫天地始修

太上說南斗延壽保爾

安真經太上說南斗
此經乃九天八
熙衰而人倫五運還變萬棠道

제십장로(第十長老)

배반자를 대신해서 중원정벌에 앞장선다.
가자! 이제는 내 마음대로다

소운은 폐관을 끝내고 자룡원으로 돌아갔다. 미리 연락을 받은 주련과 자화가 꽃단장을 한 채 기다리고 있었다. 그 뒤로는 청운전병대의 오 조 대원 열 명이 나열해 있었다.

"공자님의 대성을 축하드립니다."

두 하녀는 거의 일 년 만에 소운을 본 것이 무척 기쁜 듯 미소를 지으며 대례를 올렸다.

"별일은 없었느냐?"

"모든 분들이 잘해주셨습니다."

"그래, 그럼 안으로 들어가자."

오 조는 일단 밖에 대기시키고, 소운은 주련과 자화만을 데리고 안으로 들어갔다.

　방 안으로 들어가니 진수성찬이 차려져 있었다. 자화가 정성을 다해 만든 요리였다.

　"차를 따르겠습니다."

　주련이 찻주전자를 들고 와 공손하게 말하자, 소운은 의자에 앉아 찻잔을 받았다.

　그리고는 다시 두 하녀들에게 물었다.

　"무공에 성취가 있었나 보구나."

　"송구스럽습니다. 사실은 얼마 전에 사월마객님께서 저와 자화를 정식 제자로 받아주셨습니다."

　"호, 사월마객의 제자가 됐다고?"

　천마혈영대의 대주인 사월마객 태사문은 사실상 천마신교 제일의 살수라 할 수 있다. 주련과 자화를 천마혈영대에서 훈련을 받게 한 것은 소운이지만 사월마객의 제자까지 된 것은 상당히 의외였다.

　주련은 절을 하며 대답했다.

　"공자님의 허락도 없이 사사로이 사승관계를 맺었습니다. 아무쪼록 용서해 주세요."

　"괜찮다. 이 일은 경사가 아니냐? 사월마객은 신교의 충신, 그의 제자가 되었다면 너희들은 신교에서 크게 인정받는 신분이라 할 수 있다."

　소운은 잠시 입을 다물고 뜸을 들였다. 주련과 자화를 다시 자세히 보니 그녀들의 무공이 정말로 몰라보게 달라졌다는 것을 알 수 있었다.

'놀랄 만한 성취로군. 사월마객, 도대체 얼마나 가혹한 훈련을 시켰기에 이 아이들이 일 년 만에 이 정도로 강해진 거지?'

소운은 속으로 혀를 찼다.

자신의 몸을 지킬 정도의 무공과 적당한 신분을 위해 혈영대로 들여보냈는데, 지금의 성취를 보니 소운이 예상한 이상이었다.

사실 주련과 자화는 지난 일 년 간 정말로 죽어라고 수련을 했다. 그녀들은 소운을 따라 무림으로 나가고 싶었다.

하녀로 태어나 어릴 때부터 훈련을 받았기에 바깥 세상에 대한 것은 전혀 몰랐다.

하지만 소운의 하녀가 된 이후, 다른 사람들로부터 무림에 대한 이야기를 들을 수 있었다.

그리고 얼마 안 있어 소운과 천마신교의 무사들이 중원으로 나가 싸운다는 것도 알았다.

주련과 자화는 그녀들의 주인인 소운과 떨어지기 싫었다. 한번 중원으로 나가면 언제 돌아올지 모른다는 말을 듣고, 기다리기보다는 어떻게 해서든 따라 나가기로 결심했다.

그때 천마혈영대의 대주가 주련과 자화의 재질을 알아보고 직접 무공을 가르치기 시작했다.

그 결과 소운이 준 무기와 무공들을 거의 완벽하게 익힐 수 있었다. 실전 경험이 부족할 뿐, 웬만한 무사들도 그녀들을 감당하기 어렵게 되었다.

이렇게 된 배경에는 크게 두 가지가 작용했다. 사월마객은 소운을 장래의 교주로 인정하고 두 하녀에게 진심으로 정성을 들였다.

거기에 두 하녀는 소운을 따라 무림으로 나가고 싶은 마음에 정말 죽어라고 수련을 했다.

소운의 생각과 달리 사월마객의 종용에 의해서 혹독한 수련을 한 것이 아니라 이 둘의 자발적인 행동이었다. 원래 자질이 좋은 그녀들의 노력은 사월마객의 마음을 크게 움직여 결국 정식 제자로 인정받기에 이른 것이다.

잠시 침묵하던 소운의 입이 열렸다.

"너희들은 오늘부터 하녀의 신분이 아니다. 자유의 몸으로 뜻을 펼쳐라."

"공자님."

주련과 자화는 급히 고개를 들며 외쳤다. 그리고는 다시 절을 하며 애원했다.

"저희들을 내치지 말아주세요. 저희들은 죽을 때까지 공자님을 모시겠다고 맹세를 했습니다."

"저희들의 모든 것은 이미 공자님께 바쳤습니다. 제발 저희들에게 평생 공자님의 시중을 들 수 있게 허락해 주세요."

평소에는 거의 말이 없는 자화까지 애원을 한다. 그녀들의 목소리에서 진심이 느껴졌다.

소운은 고개를 살짝 저으며 말했다.

"너희들은 이제 하녀가 아니다. 정식으로 내 부하가 되어라. 사월마객은 공과 사가 분명한 사람. 너희들의 자질이 충분치 않았다면 절대 제자로 들이지 않았을 것이다."

"……."

"그동안 청운전병대의 오 조는 너희들에게 실수를 안 했겠지?"

"예, 조장인 추일 아저씨를 비롯해 열 분이 모두 잘해주셨어요."

"아저씨라 칭하지 마라. 그들은 너희들의 지휘를 받게 될 것이다."

"예?"

둘은 눈이 휘둥그레져서 반문했다. 그리고는 곧 주인한테 반문을 한다는 것은 하녀로서 큰 실례라는 것을 깨닫고는 얼른 고개를 숙였다.

소운은 전혀 신경 쓰지 않고 말을 이었다.

"너희들은 사월마객의 제자이니 하녀의 신분이 될 수 없다. 그러니 이제부터 내 호위무사가 되어라. 너희들에게는 미리 말했지만, 청운전병대의 오 조는 내 직속 호위무사로 키울 계획이었으니 너희들이 그들을 지휘해라."

"아, 그게……."

"내 호법이 되기 싫으냐?"

"아닙니다. 단지 어찌 저희 같은 비천한……."

"너희들은 비천하지 않다. 능력이 있으니 충분히 호위무사의 수장을 할 수 있다."

"흐흐흑. 공자님의 은혜는 평생 잊지 않겠습니다."

주련과 자화는 동시에 울음을 터뜨렸다.

사실 그녀들처럼 하녀의 신분으로 태어난 자들은 평생 벗을 수 없는 자신들의 운명에 대해 한을 지니고 있다. 그녀들은 소운의 하녀로서 평생을 살 생각이었고, 감히 그 이상을 생각해 본 적도 없었다.

그래서 처음 소운이 하녀의 신분을 벗어나게 해준다고 했을 때에 오히려 놀라고 두려워했던 것이다.

그런데 소운은 당연하다는 듯이 주련과 자화에게 '비천하지 않다.'고 말해 주었다. 그리고 능력이 있다고 인정해 주었다.

소운은 다시 말했다.

"이번에 일이 계획대로 되면 난 중원으로 나가게 될 것이다. 그때 너희들과 같이 나가겠다. 하지만 중원은 위험하다. 그것을 언제나 잊지 말아라."

"명심하겠습니다."

"좋아, 그럼 식사를 하자."

먹음직스러운 요리의 향이 계속해서 소운의 코끝을 자극하고 있었다.

소운은 할 말은 다 했다는 듯 젓가락을 들고 천충고 하나를 들어 입에 넣었다. 꿀에 절인 경단은 아주 달아서 한 입만 먹어도 기분이 좋아지는 것 같았다.

주련과 자화는 얼른 소운의 양쪽에 서서 시중을 들었다. 하녀의 신분을 벗어났다고 해도 그녀들은 그냥 이대로 소운의 시중을 들고 싶었다.

소운은 속으로 쓴웃음을 지으며 생각했다.

'그래, 이 정도 능력이라면 중원에서 임무를 맡기는 것이 낫지. 그 편이 오히려 안전하고, 또 공을 세워 나중에 대접받을 수 있을 테니까.'

원래대로라면 중원으로 나가는 일은 언제 목숨을 버려도 이상하지 않을 정도로 위험한 일이라 할 수 있다. 하지만 소운은 이미 머릿속으로 모든 준비를 끝마쳤다.

출관을 하면서 그동안 쌓여 있던 보고서를 읽어보니, 양씨 상회가 양주의 밀염상을 장악했다는 사실을 알 수 있었다.

재미있는 것은 천마신교가 양씨 상회를 잠정적인 중원 총단, 혹은 제일 재정 확보처로 지정했다는 것이다. 그들로서는 당연히 양씨를 회유할 수 있으리라 여기는 모양이었다.

하기야 양홍이 잠적할 때 서신으로 세 번의 부탁을 들어주기로 약속한 이상 양홍은 이미 천마신교의 사람이라고 봐도 무관하다. 상식적으로는 말이다.

그래서 소운은 주련과 자화에게 양씨세가를 상대하게 하기로 했다.

양씨세가는 천마신교에 가담하는 것이 아니다. 단지 과거의 의리를 위해 빚을 갚는다.

그게 그거라고 생각하겠지만, 실은 엄연히 다르다. 그들은 무림맹과도 거래를 한다.

양씨세가는 말하자면 중립을 취한다.

그게 말이 될까?

된다. 소운은 그걸 확신했다. 왜냐하면 양씨세가가 접촉하는 무림맹의 세력과 천마신교의 세력이 모두 소운과 끈이 닿아 있기 때문이다.

'이거야 말로 짜고 치는 마작과 같지. 이 아이들은 충분한 공을 세울 수 있을 거야. 암.'

소운은 속으로 괜찮은 계획이라고 자화자찬을 하면서 자화가 만든 음식들을 즐겼다.

*　　　*　　　*

회의가 벌어졌다. 장로들은 물론이고 평소에는 거의 모습을 드러내지 않던 원로원주도 참석을 했다. 그 외에도 주요 실무자들 수십여 명이 모두 참석한 회의였다.

회의의 주제는 바로 중원정벌. 천마신교의 모든 교도들이 끓는 피를 주체하지 못하고 명령만을 기다리고 있는 이때, 드디어 기다리고 있던 때가 온 것이다.

가장 먼저 대장로인 백면살마 전홍이 나와 카랑카랑한 목소리로 선언했다.

"회의를 시작하겠소. 먼저 이공자께서 나와 천마의 칙령을 발표할 것이오."

소운은 당당한 걸음걸이로 단 위에 올라갔다. 그리고 두루마리를 펼쳐 들었다.

두루마리의 겉에는 수라를 밟고 제석천을 죽이는 마신의 형상이 그려져 있었다. 바로 천마만이 사용할 수 있는 천마령의 문양이다. 이 안에 적힌 글은 모든 법에 우선한다.

소운은 내공을 끌어올려 외쳤다. 회의장에 있는 모든 사람들에게 자신의 내공을 자랑이라도 하듯 거의 전력을 동원했다.

"천마의 명을 전한다."

대전을 쩌렁쩌렁 울리는 목소리. 그 안에 담긴 힘에 장로급을 제외한 다른 자들은 상당한 충격을 받았다. 개중 내공이 약한 자는 가슴속에서 피가 넘어와 입술 사이로 흘러내리기도 했다.

하지만 그들은 개의치 않았다. 오히려 그들 역시 내공을 끌어올려 소운의 기세에 답했다.

“천마천세, 천천세!”

소운은 잠시 뜸을 들였다가 두루마리의 내용을 읽어 내려갔다.

뜻하지 않은 일로 대업의 이행이 늦어졌다. 하지만 전화위복으로 적지 않은 것을 얻었다. 이것이야말로 성화의 뜻이라고 여겨진다.

교도들에게 전한다!

본좌는 삼 개월 후에 출관한다. 그리고 출관하는 날 본좌를 따르는 모든 무인들과 함께 중원으로 들어간다.

하지만 본좌는 중원에서 돌아올 마음이 없다.

이것은 맹세이다.

이번에 중원으로 나아가 모든 것을 얻으면 중원 한가운데에 새로운 신교의 총단을 세울 것이다.

그리고 영원히 중원을 본좌의 집으로 삼을 것이다!

그러므로 나를 따라 중원으로 들어갈 자들도 하나의 맹세를 해야 한다.

그것은 바로 본좌가 죽기 전에는 신강으로 돌아올 수 없다는 것이다.

중원, 그 오만한 이름을 가진 대지가 이제부터 우리의 소유가 된다!

와아아아아!

환호성이 대전을 부술 듯이 뒤흔들었다.

과연 천마가 십 년을 넘게 참은 이유가 있었다.

천마는 죽음의 맹세를 했다. 단기간이 아니라 영원히 중원을 얻기 위해 평생을 바치겠다고 맹세했다.

이를 위해 이토록 신중하게 준비를 했던 것이다!

"나 또한 목숨을 걸고 맹세를 하겠소! 중원은 이제부터 새로운 신교의 터전이오!"

평소에 거의 말이 없는 팔장로 천흉문사 황보인이 자리에서 벌떡 일어나 외쳤다.

그러자 벙어리인 삼장로 무언교수 갈웅이 그의 애병인 묵철도를 꺼내 손가락으로 튕겨 호응했다.

따따따당!

맹세의 신호이다. 그 뒤로 모든 자들이 일어나 주먹으로 가슴을 탕탕 치며 맹세를 했다.

소운은 잠시 그들의 흥분이 가라앉기를 기다렸다. 그리고는 다시 세 장의 첩지를 꺼내 읽었다.

"십장로인 진곡이 배반을 했다. 이에 본좌는 진곡을 파문하고 교주로서 제일척살령을 내린다. 또한 공석이 된 십장로의 직위를 제자인 서정에게 맡긴다. 서정은 다른 장로들과 상의하여 천마신교가 지난 세월 동안 준비한 모든 것들을 중원으로 옮기는 일을 수행하라."

서정은 그 서신을 읽고 허리에서 검을 뽑았다. 그리고 천천히 기를 끌어올려 검에 모았다.

우우우웅.

"앗, 저것은!"

검으로부터 화기가 일어났다. 그런데 불꽃의 색이 파랬다. 뜨겁다기보다는 오히려 차가워 보이는 기운. 하지만 사람들은 그 불꽃으로부터 노화순청이라는 말을 떠올렸다.

곧 불꽃은 하나의 형상을 만들며 소운의 몸 주변을 감쌌다. 그것은 마치 푸른색의 불새가 소운을 수호하는 모양이었다.

"저럴 수가!"

모든 사람들이 경악의 탄성을 내질렀다. 특히 다른 장로들이나 원로원의 고수들은 더욱 믿기 어려운 표정이었다.

검강은 아니다. 그들은 소운이 지닌 검이 화조무령검이라는 사실을 알고 있었다. 소운의 검기가 화조무령검을 자극하여 화기를 내뿜게 하는 것이다.

하지만 그것이 저토록 선명한 형상을 띠었다는 것은 바로 소운의 경지가 그들에 비해 결코 뒤떨어지지 않는다는 뜻이 된다.

단순히 내공의 문제가 아니라, 소운의 경지가 그렇게 되었다는 소리다.

삼십도 되지 않은 젊은 무사의 성취가 강호에서도 손가락을 뽑는 자신들과 동격이라니?

'지난 일 년 동안 천마께서는 이공자에게 어떤 수련을 시킨 거지?'

그들은 생각했다. 그 수련법을 알 수만 있다면 자신의 팔이나 다리를 하나 희생시켜도 좋다고. 그들은 꿈에도 소운이 진짜 능력을 숨기고 있다고 생각할 수 없었다.

소운은 당당하게 외쳤다.

"천마께서는 본인이 만인 앞에서 능력을 증명해 보여야 한다고 말씀하셨소. 이에 본인은 천마의 제자가 아닌 무사로서 십장로로 인정받고 중원정벌에 선봉을 서겠소. 인정하지 못하는 자는 앞으로 나오시오!"

있을 리 없다. 설령 마음속으로 불만이 있더라도 이런 상황에서 나서는 자는 그야말로 돌 맞아 죽어도 싼 배신자다.

모든 사람들은 그렇게 생각했다.

분위기 상 그게 당연했다.

그런데 그때 누군가가 일어나 외쳤다.

"나다, 씨발 놈아!"

"오장로!"

다른 장로들이 크게 놀라 즉시 혈해광투의 앞을 막아섰다. 원로원의 고수들은 노골적으로 미간을 찌푸리며 혈해광투의 예의 없음을 탓했다.

'네놈이 감히 이런 경사에 초를 칠 셈이냐?'

입을 열지는 않았지만 전해지는 의미는 분명했다. 그런 그들의 태도에는 명백히 협박의 기운이 전해지고 있었다.

'물러서지 않으면 죽는다!'

이미 대장로 전홍을 비롯하여 몇몇 장로는 그의 앞을 막아선 상태였다. 혈해광투가 물러서지 않는다면 소운이 나서기 전 이들의 공격을 받아야 할 것은 자명했다.

그러나 혈해광투는 기죽지 않고 외쳤다.

"내가 승복하지 못하겠다. 네놈이 나와 같은 지위가 된다는 건 인정할 수 없다. 하고 싶으면 나를 꺾어라! 아니면 나를 죽여라!"

"혈해광투 그대가!"

대장로 전홍은 노해서 크게 소리치며 무기를 뽑아들었다. 그리고는 정말로 살기를 담아 혈해광투를 공격하려 했다.

혈해광투 조산은 그걸 보고도 눈 하나 깜박하지 않았다. 피하려고도 막으려고도 하지 않았다. 그도 지금 자신이 하는 일이 미친 짓이고 천마신교에 대한 반역이나 마찬가지라고 생각하고 있었다.

'그래, 날 죽여라. 저 새끼보단 내가 죽는 게 신교에 도움이 되겠지. 전홍, 너 정도라면 내가 그냥 죽어주겠다.'

혈해광투 조산은 대장로 전홍과는 어느 정도 친분이 있었다. 그는 죽을 결심을 했다.

이 광경을 보고 있는 천마신교의 사람들은 기가 막히면서도 과연 혈해광투답다는 생각을 했다.

세상에서 마교라 불리는 천마신교다. 그중에서 별호에 '광' 자가 들어갔다는 의미는 남다르다. 하지만 아무리 막무가내인 혈해광투라고 해도 이런 짓을 할 것이라고는 생각지 못했다.

사실 혈해광투가 처음 소운과 대립하게 된 것은 이미 진곡의 사람이라는 이유가 컸다.

하지만 이미 진곡은 교의 반역자로 낙인찍힌 후이다. 모든 증거가 명백한 이때에 혈해광투는 다시 소운에게 시비를 걸고 나섰다.

'승부가 문제겠군!'

혈해광투를 아는 사람들은 고개를 저으며 그의 멧돼지 같은 저돌성을 떠올렸다. 일단 돌격을 시작한 이상 무언가와 부딪혀 피를 봐야 끝날 것이다.

그때 소운이 외쳤다.

"대장로님, 잠깐만!"

도가 멎었다. 조산의 목 바로 앞이었다. 전홍은 불안한 얼굴로 소운을 보았다. 설마 하는 눈빛이었다.

'그래, 네놈이 있었지. 암, 그 심정 이해하지.'

소운은 천천히 고개를 끄덕이며 말했다.

"오장로. 아니, 혈해광투! 그대의 비무를 받아들이겠소. 아울러 이전 비무에서 본인이 정당치 못한 방법을 사용했음을 시인하겠소."

“흥, 그건 정당한 비무였다.”

“아무튼 좋소. 본인은 결코 한 입으로 두 말하지 않겠소. 오늘 밤 자정, 운화봉에서 봅시다.”

운화봉은 천산의 봉우리 중 하나로 당연히 천마신교의 총 단 외부에 있는 장소다.

소운이 이곳을 비무장소로 정한 데에는 두 사람이 천마신 교 내에서의 신분이나 이해관계를 떠나 무인으로서 비무를 하겠다는 뜻이 담겨 있다.

지금 천마신교 내에서 비무를 하게 되면 혈해광투는 결코 마음 놓고 싸울 수 없다. 다른 장로들이 어떤 식으로 나올지 는 아무도 모른다.

아무도 없는 곳에서 단 둘이서 죽기 살기로 싸워야 비로소 공정하다고 할 만하다.

“이공자, 그대는…….”

대장로 전홍은 고개를 저으며 한숨을 내쉬었다.

그가 생각하기에 아무래도 둘이 싸우면 소운이 지기가 쉬 웠다. 무공수위야 비슷해졌는지 몰라도 실전과 살인의 경험 이 다른 것이다.

그리고 만약 소운이 혈해광투를 이겼다고 해도 문제가 된 다. 혈해광투는 의외로 휘하 전투집단인 자성기마대의 신뢰 를 얻고 있는데, 소운이 그를 죽이면 자성기마대는 어쩌면 영 원히 소운에게 마음을 허락하지 않을지도 모른다.

그렇다고 혈해광투를 상대로 죽이지 않고 이긴다는 것은 불가능하다. 적어도 전홍의 판단은 그랬다.

하지만 소운은 상관없다는 듯 혈해광투를 보며 다시 말했다.

"먼저 가 있으시오. 본인은 회의가 끝나는 대로 가겠소."

회의가 끝나면 혈해광투에게 무슨 일이 벌어질지 아무도 모른다. 어쨌든 소운과 무사히 싸울 수 없게 될 가능성이 많다. 그래서 소운은 혈해광투를 먼저 보내려는 것이다.

"크크크, 좋다. 네놈이 그래도 제법 사나이답다는 것은 인정하지."

혈해광투 조산은 그렇게 대답하고는 그대로 몸을 돌려 회의장을 나섰다.

그가 나가자 소운은 좌중을 향해 손을 한번 저어 진정시켰다. 그리고는 아무 일도 없었던 것처럼 마지막 남은 천마령을 꺼내 펼쳤다. 일단 천마령이 펼쳐 지자 모든 사람들이 입을 다물었다.

"여기 나아갈 자와 머무를 자를 임명한다. 마음 같아서는 모두 같이 가고 싶지만, 이곳을 지킬 자도 필요하다. 단, 대장로와 사장로, 그리고 십장로가 상의하여 일부 변경하는 것은 허용한다."

그 뒤로는 명단이 발표되었다. 일차 명단이기는 해도 천마가 직접 작성한 것이니만큼 특별한 일이 없는 이상 거의 확정

된 거나 마찬가지였다.

소운은 마지막으로 천마령을 전홍에게 넘겼다. 전홍은 그 것을 받아 확인하고는 소운이 읽은 것과 내용이 다르지 않다는 것을 모든 사람에게 선언했다.

그렇게 회의는 끝났다. 약간의 불미스러운 일이 있기는 해도 일단 그들이 가장 원하는 것은 얻을 수 있었다.

중원정벌! 사람들의 눈은 하나같이 흥분으로 빛났다. 그들은 즉시 맡은 바 준비를 하기 시작했다.

*   *   *

휘이이잉.

운화봉 정상에서는 매서운 바람이 불어 쌓인 눈을 하늘로 되돌리려 하고 있었다.

하지만 그것을 막기라도 하듯 두 사람이 굳건하게 땅을 밟고 섰다.

약속한 시간, 지정된 장소. 소운과 혈해광투는 만났다.

혈해광투 조산은 먼저 떠났기에 미리 도착해서 소운을 기다리고 있었다.

차갑고 매서운 바람이 그의 가슴속의 광기의 불길을 더욱 거세게 지피는 것일까? 조산의 두 눈은 충혈되어 있었다. 또한 심한 갈증을 느끼는 듯 독한 산양젖주를 단숨에 벌컥벌컥들이켰다.

소운이 도착하자 조산은 들고 있던 술병을 나무쪽으로 던져 부수며 말했다.

"왔군."

"그렇소."

소운은 담담하게 대답했다.

"크크크, 네놈이 정말로 혼자 올 줄이야. 따로 수하를 보내거나 같이 올 줄 알았건만……."

"그 정도 멍청이는 아니오. 혈해광투, 이제 본인은 그대보다 약하지 않소. 통쾌하게 한번 겨뤄봅시다."

"좋다. 검을 뽑아라!"

소운은 검법을 익혔다.

반면 혈해광투는 적수공권으로 상대를 때려죽이는 것이 특기이다. 무기는 하수들을 상대로 대량살육을 할 때 쓰는 도구일 뿐이다.

혈해광투는 두 손을 하늘 위로 치켜들며 내공을 끌어 모았다. 소운이 검을 뽑는 순간 공격을 시작해서 어느 한쪽이 죽을 때까지 멈추지 않을 생각이었다.

그런데 소운은 검을 뽑지 않았다. 그는 잠시 혈해광투를 바라보다가 손을 뒤쪽으로 슬쩍 휘저었다.

파파파팍.

소운의 뒤쪽에 땅이 파이며 선이 그려졌다.

"그것은!"

생각만 해도 미칠 것 같은 과거의 기억이 다시 떠올랐다. 혈해광투의 눈썹이 역팔자로 휘며 정말로 두 눈에서 파란 흉광이 일었다.

그때 소운이 자신만만한 표정으로 말했다.

"비무의 조건을 바꿀 수는 없지. 해가 뜰 때까지 본인이 이 금 뒤로 물러서면 지는 것으로 합시다."

그러면서 소운은 두 손을 앞으로 내밀었다. 벽뢰장법의 기수식, 검법이 아닌 장으로 승부를 보겠다는 의지의 표현이었다.

"크흐흐흐흐, 네놈이 끝까지 날 우롱하다니. 좋다. 내 네놈을 산산이 부숴 버리고 말겠다."

"마음대로. 오시오!"

소운은 고수가 하수를 대하듯 손가락을 까닥거렸다. 선수를 양보할 테니 마음껏 공격해 봐라. 소운의 눈이 그렇게 혈해광투를 조롱하고 있었다.

"크아아아!"

혈해광투는 괴성을 지르며 앞으로 달려 나갔다. 그리고는 위로부터 아래로 도끼로 나무를 패듯 쌍장을 내려쳤다.

콰콰콰쾅!

핏빛 장영이 혈해광투의 손을 감쌌다. 그는 처음부터 전신 내력을 동원했다. 차후를 생각하지 않았기에 가능한 일이다.

“흥, 미친 소와 같군!”

“그래, 이 새끼야. 나 미쳤다!”

퍼퍼퍼펑!

폭포와 같이 쏟아지는 장! 그러나 소운은 쌍장으로 하나의 벽을 만들어 그 모든 것을 막았다. 그야말로 벽뢰장이 극성에 달했을 때 펼칠 수 있는 장막의 경지다.

혈해광투는 경악했다. 소운의 장법이 자신보다 약한 것 같지 않았다.

이놈이 정말 검법을 수련한 놈일까? 혹시 검은 장신구고 원래부터 장법만 줄기차게 수련한 게 아닐까?

어느 순간 혈해광투는 공격을 멈추었다.

“이, 이놈! 정말로 무공이 무서울 정도로 상승했구나!”

“강해지지 못하면 죽는다고 생각했소. 잔꾀로 이기는 건 한계가 있고, 이겨도 뒤끝이 좋지 못하니까. 그대와의 싸움처럼 말이오.”

“흥, 그래서 정녕 장법으로 날 꺾어보겠다고?”

“왜, 못할 것 같소?”

소운은 차갑게 냉소를 날렸다.

혈해광투는 두 눈을 부릅뜨고 소운을 노려보았다. 이를 너무 강하게 다물어서 잇몸에서 피가 흐를 정도였다. 하지만 한편으로는 마음 한 구석이 덜컥 내려앉는 듯했다.

‘이놈은 정말 천마지재다. 인간이 상상할 수 없을 정도의

속도로 강해진다. 지금 이놈을 죽이지 않으면 나중에는 내가
어떻게 해도 이길 수 없을 것이다.'

휘이이이잉.

과열된 공기를 식히려는 듯 매서운 바람이 두 사람 사이를
훑고 지나갔다.

혈해광투와 소운은 일 장도 떨어져 있지 않았다. 고수들 사
이에 일 장 이내라면 그야말로 생사투의 거리다.

눈도 깜박일 수 없는 긴장의 순간! 혈해광투는 갑자기 손가
락으로 소운을 가리키며 말했다.

"좋다. 네놈이 그렇게 자신이 있다면 단번에 승부를 내
자."

"흠? 단번에 승부를 내자고? 어떻게 말이오?"

소운은 왜 공격은 안 하고 잔말이 많은가 하는 눈으로 혈해
광투에게 되물었다.

"내가 앞으로 네놈에게 전력으로 삼 장을 쓰겠다. 네놈이
그걸 피하지 않고 막아낼 수 있다면, 내가 진 것으로 하겠다."

"오호, 그게 정말이오?"

혈해광투의 입에서 진다는 말이 나오는 건 정말 기적 같은
일이다. 그런데 혈해광투는 삼장지약을 걸었다.

소운은 순간적으로 갈등했다. 지금 그는 실력을 숨기고 있
는 상태.

하지만 혈해광투를 승복시키기 위해서라면 잠시 진정한

힘을 발휘하는 것도 나쁘지 않을까 하고 생각했다.

그러나 곧 그게 아니라고 판단했다.

'이자의 성격으로 볼 때, 내가 실력을 드러내면 승복하기는커녕 오히려 끝까지 대들 것이다. 상대가 강하다고 해서 패배를 인정할 정도면 혈해광투라 할 수 없지.'

그런 광기를 인정받아 자성기마대를 총괄하는 것이 아닌가? 이놈의 극악한 집단은 미친 자가 우대를 받는다.

'어, 그러고 보니 이자가 왜 갑자기 삼장지약을 하지?

갑자기 의문이 들었다. 그리고 곧 소운의 머릿속에 하나의 생각이 떠올랐다.

'혹시?

설마 하는 생각에 혈해광투의 눈을 보았다. 그러자 신기하게도 설마가 확신으로 바뀌었다.

'그래, 네놈은 그런 놈이었지.'

소운은 씨익 하고 웃었다. 그리고는 천천히 고개를 끄덕이며 답했다.

"좋소. 그대가 정정당당하게 승부를 내고 싶다면 그렇게 합시다. 삼 장으로 모든 것을 결판 짓는 것이오!"

화악.

말과 함께 기세가 같이 흘렀다. 소운의 전신에서 불같이 뜨거운 기운이 뿜어져 나와 혈해광투의 전신을 조이기 시작했다.

"크하하하, 오만한 놈. 받아라. 제일장 뇌력만천이다!"

소운은 분명히 보았다. 말보다 장이 먼저 나왔다. 혈해광투는 장을 치고 나서 웃음을 터뜨린 것이다.

하지만 장은 결코 빠르지 않았다. 느리고, 무거웠다.

우르르릉.

벽력과도 같은 기운이 소운의 가슴을 노리고 다가왔다.

"설산붕멸!"

소운은 크게 외치며 쌍장을 뻗었다. 서로 방어와 변화는 일절 생각지 않고 그저 파괴력만을 극대화 한 패도장법을 펼친 것이다.

콰콰콰쾅!

"크흑!"

혈해광투가 뒤로 주르륵 밀렸다. 소운 역시 비슷하게 밀렸다.

거의 같은 힘이 부딪쳐 동수를 이루었다.

혈해광투는 자존심이 크게 상한 얼굴로 다시 몸을 앞으로 날렸다.

"이놈! 이건 어떠냐? 음살마화!"

이번 것은 조금 복잡했다. 우장으로 양강패도장을 펼치고, 그 아래에서 좌장으로 음살장을 펼쳤다. 거기에 궁신탄영의 비법으로 몸을 앞으로 날려 전신의 힘을 모두 실었다.

강맹함에 숨은 날카로운 기운이 매섭다. 소운이 만약 강맹한 수법으로만 받아친다면 즉시 단전에 음살지력이 침투하여 죽을 것이다.

그러나 소운 역시 혈해광투와 거의 동시에 몸을 앞으로 날렸다.

"대극감리!"

퍼퍼퍽!

장이 부딪치며 파공성이 세 번 났다. 소운이 펼친 극유의 장법은 혈해광투의 쌍장을 모두 감쌌다. 그런데 그사이에 어디선가 세 번째 장력이 튀어나와 소운의 어깨를 때렸다.

"크으으, 혈해광투!"

반 초를 손해 본 셈이다. 소운은 얼굴을 굳히며 신음성을 냈다.

"크하하하. 어떠냐?"

혈해광투는 크게 웃었다. 그런데 그사이 소운은 다시 평상시의 표정으로 되돌아와 냉정하게 말했다.

"이제 일 초 남았소."

"흥, 사실 네놈을 죽이는데는 일 초면 충분하다!"

"과연 그럴까?"

소운은 고개를 살짝 저으며 재빠르게 뒤로 세 걸음 물러나며 품속에서 한 알의 단약을 꺼내 삼켰다.

그걸 본 혈해광투의 눈에 다시 거센 광기의 기운이 서렸다.

'흥, 네놈이 그럴 줄 알았다.'

혈해광투는 즉시 소매 안쪽에 달아 놓았던 단약을 입에 털어 넣었다. 단약은 침에 닿는 즉시 녹아 달콤한 맛과 함께 목구멍 속으로 흘러들어 갔다.

소혼칠웅단! 이걸 삼킨 이상 이미 돌이킬 수 없다.

소운은 혈해광투가 정말로 단약을 먹는 모습을 보고 기가 막혔다.

'미친놈, 정말 목숨을 걸었군!'

혈해광투가 돌연 삼장지약을 내걸었을 때 소운은 이걸 이미 예측하고 있었다.

하지만, 혈해광투는 소운이 아니다. 그에게 있어 소혼칠웅단은 곧바로 죽음을 의미하는 것이다.

그를 도발하기 위해 단약을 먹는 시늉을 했지만 정말 저렇게 냉큼 따라할 거라곤 생각하지 못했다.

'아무래도 아예 처음부터 작정하고 온 것 같군!'

소운은 그 무모함에 기가 막히면서도 한편으로 감탄하는 마음까지 생길 지경이었다. 혈해광투는 소운의 표정이 살짝 변한 것을 보고 속으로 외쳤다.

'나도 먹었다! 이젠 절대 네놈에게 지지 않는다!'

어차피 혈해광투는 삼 장을 치기 전에 이걸 삼킬 생각이었다. 이 장에서 우세를 점해 자신의 장법이 소운보다 우세함을 보인 이상 이제는 여한이 없다.

"크으으으!"

순식간에 약효가 전신으로 퍼지며 단전에서 타는 듯한 아픔이 느껴졌다.

동시에 폭발할 것 같은 기운이 치고 올라왔다.

인간의 한계를 벗어난 내공이다. 잠재력을 모두 끌어올린 선천지기의 힘.

혈해광투는 그 기운을 모두 우장에 모았다.

이번에 펼칠 초식은 그가 평생을 자랑해 온 발산붕천!

이 절대극강의 초식으로 단숨에 눈앞의 찢어죽일 놈을 가루로 만들리라!

그럼으로써 과거 소운의 발산붕천에 패해 쓰러졌다는 악몽을 잊고 마음 편하게 죽을 수 있다.

"이노오오옴!"

혈해광투는 넘치는 투지를 주체하지 못하고 크게 외쳤다. 그리고는 발산붕천을 펼치려 했다.

그런데 그때, 소운은 혈해광투의 발초보다 한 호흡 빠르게 뒤로 물러서며 외쳤다. 공격의 여지를 두지 않는 귀신같은 퇴보였다.

"잠깐. 생각해 보니 우리가 싸워 누가 이겨도 좋지 않소. 패자야 어떻든 간에 승자도 얻는 것 없이 큰 손해를 볼 것이오."

"뭐, 뭐라고?"

혈해광투는 기가 막힌 표정으로 소운을 보았다.

소운은 한 번 뛰어 뒤로 삼 장을 물러났다. 딱 발산붕천이

미치지 못하는 거리였다.

혈해광투는 앞으로 뛰었다. 이 일 장은 꼭 쳐내야 한다는 생각만이 그의 머릿속을 지배하고 있었다.

그러나 소운은 다시 뒤로 한 번 뛰어 거리를 벌리며 계속 말했다.

"그대는 신교의 큰 전력 중 한 명이고, 장로인데 본인이 사사로이 생사를 결하면 이겨도 장로의 자격이 없다고 할 수 있지 않겠소?"

"이 새끼야. 거기 서!"

욕이 저절로 튀어나왔다. 눈에 선 핏줄이 터져 피눈물이 흘렀다.

소운은 냉정하게 다시 뒤로 한 번 뛰었다. 신형이 바람같이 움직여 땅에 잠시도 머물지 않았다.

"어차피 이겨도 져도 장로가 될 수 없다면, 이번에는 본인이 그대의 체면을 봐서 물러나겠소."

"웃기지 마! 거기 안 서!"

"그대가 이긴 것으로 합시다. 하하하하."

"야! 이 개새끼야아아아!"

혈해광투가 뭐라고 욕을 하든 비명을 지르든 소운은 할 말을 다했다. 그는 아예 몸을 돌려 뛰기 시작했다.

혈해광투는 필사적으로 소운을 쫓았다. 그는 소혼칠웅단을 복용해서 전신의 내력이 급증한 상태. 당연히 경공도 평소보다 빨랐다.

그리고 전혀 지치지 않았기에 계속해서 전력으로 달릴 수 있었다.

그런데도 소운을 잡을 수 없었다.

혈해광투는 상상조차 못하고 있지만, 소운은 이미 천하를 굽어보는 경지가 아닌가?

소운은 일부러 혈해광투가 겨우 따라올 정도로만 달렸다.

눈에 보이는 이상 절대 포기를 하지 않으리란 것은 확실하다.

얼마나 달렸을까?

이미 산봉우리를 세 개는 넘은 듯하다.

'이제 슬슬 시간이 되었는데…….'

소운은 걸음을 약간 늦추었다.

"이노오오오옴!"

'아직 약발이 남아 있나? 아니면 근성인가?

뒤로 혈해광투가 점점 따라잡아 오는 것이 눈에 보이듯 훤히 느껴졌다. 소운은 그가 조금씩 접근해 올 수 있도록 속도를 유지했다.

"카학, 카학, 이 노오오옴!"

혈해광투의 거친 숨결이 바로 등 뒤까지 다가왔다. 그는 두 손을 들어 격공장으로 소운의 등을 치려고 했다.

그때 소운은 귀신같이 제자리에 딱 멈춰 섰다.

그리고 몸을 돌려 띄우며 우아한 선풍원앙각으로 혈해광투의 코를 찼다.

펑!

"커헉!"

혈해광투는 피하지 못했다.

그의 거친 숨소리 사이에 존재하는 허점은 소운에겐 너무나도 찌르기 쉬울 정도로 길었다.

그리고 코에서 피를 뿜으며 뒤로 날아간 혈해광투는 다시 일어서지 못했다. 그는 바닥에 쓰러지자마자 몸부림을 치며 비명을 지르기 시작했다.

"끄, 끄으으윽!"

아직은 참을 만한지 이를 악물고 터져 나오는 비명소리를 죽이려는 노력이 가상했다.

"근성이었군."

소운은 오로지 정신력만으로 약효를 반 각이나 더 유지시킨 혈해광투에게 내심 감탄했다.

그는 천천히 걸음을 옮겨 혈해광투가 쓰러진 곳으로 다가갔다. 그리고는 격공지로 혈해광투의 혈을 때렸다. 움직임을 제어하는 마혈이다.

혈해광투의 몸부림이 멎었다. 전신이 굳어 손가락 하나를 움직이는 데에도 천근만근 힘이 들었다.

그러나 입에서는 여전히 비명소리가 흘러나왔다. 간간히

소운에 대한 욕설도 섞어 나왔다.

소운은 혈해광투의 머리 앞에 쭈그리고 앉아 말했다. 그의 손에는 한 알의 단약이 들려 있었다.

"이건 수십 종류의 영약을 섞어 만든 소혼칠웅단의 해독약이오. 본인은 전에 오장로와 비무한 뒤, 이걸 먹고 살 수 있었소."

소운은 그렇게 말하며 단약을 혈해광투의 입에 넣었다. 그리고는 입을 열지 못하게 손으로 막고 고개를 뒤로 젖혔다.

끄르륵 하는 소리와 함께 해약이 혈해광투의 목구멍을 타고 넘어갔다.

소운은 되었다는 듯 고개를 끄덕이며 자리에서 일어났다. 그러다가 생각이 났다는 듯이 다시 말했다.

"문제는 이 해약이 몸은 구하되 고통을 막아주지는 못한다는 것이오. 오히려 독성을 제거하는 동안 독이 반발하여 몇 배나 심한 고통을 주게 되오. 보통 사람은 견디지 못하고 반대로 빨리 확실하게 죽게 되는데, 독하게 버티면 버틸수록 고통이 심해진다오."

소운은 그 고통이 다시 생각나는 듯 고개를 절레절레 저으며 한숨을 쉬었다.

"원래 본인은 오장로의 기대에 보답하기 위해 같이 약을 먹으려 했으나, 마지막 순간에 그때의 고통이 생각나 버리는 바람에 차마 삼킬 수 없었소."

혈해광투는 기가 막혔다. 목숨을 걸고 그를 따라 단약을 먹었는데, 정작 먹은 것이 아니라니!

"이이……. 크으윽!"

억울한 표정으로 입을 연 혈해광투는 무어라 하기도 전에 고통으로 비명을 질러야 했다. 그런 그의 모습을 보며 소운은 사뭇 진지한 표정으로 덧붙였다.

"만약 오장로가 다음번에 다시 소혼칠웅단을 삼키고 싸울 수 있다면 그때는 피하지 않으리다. 내 약속하겠소."

"끄으으으, 네, 네 노…… 끄아아악!"

본격적으로 해독이 시작된 모양이다. 이제 혈해광투는 참을 여력이 없는지 대놓고 비명을 질렀다. 마혈로 인해 몸이 굳지 않았다면 스스로 목숨을 끊었을 것이다.

"그럼 행운을 빌겠소. 본인은 오장로가 꼭 죽지 않고 살기를 원하오."

소운은 그 말을 끝내자 혈해광투의 몸을 들어 근처에 있는 동굴에 던져 넣었다. 그리고는 바위로 입구를 막았다. 이것으로 산짐승의 먹이가 되지는 않을 것이다.

"끝났군."

소운은 산을 내려오기 시작했다. 혈해광투가 죽을지 살지는 모르지만 그 결과를 지켜볼 생각은 없었다.

'그나저나 원래 저 해약은 소혼칠웅단의 약효가 떨어지기 전에 먹어야 그나마 고통이 덜한데, 발작이 시작된 후에 먹었

'으니…….'

산을 내려오면서 문득 떠오른 생각에 소운은 아차 하는 심정이 되었다.

발작을 하기 전에 먹으면 짧으면 하루, 늦게 먹어도 삼 일이면 해독이 된다. 하지만 일단 발작을 시작한 후에 먹으면 며칠이나 고통을 겪을지는 알 수 없다.

어쩌면 해독이 안 되고 죽을 때까지 저렇게 고통에 시달릴지도 모른다.

'그거야 다 저자의 타고난 재수겠지. 암.'

그러면서도 왠지 혈해광투가 죽을 것이라는 생각은 들지 않았다. 아마 살아나도 당분간은 폐인처럼 지낼 것이다. 그사이 나는 중원으로 떠날 테니까.

소운은 그렇게 생각하며 혈해광투를 잠시 머릿속에서 지웠다.

혈해광투는 꼬박 보름간 죽음의 고통을 맛보았다. 그 뒤 그는 겨우 천마신교로 돌아와 약왕당에 입원했다.

정말로 거의 죽은 사람의 몰골이었지만 혈해광투가 살아서 돌아온 것은 신교 내에 순식간에 소문이 났다.

사실 둘의 결투 후 소운만이 돌아갔을 때 혈해광투의 안위를 묻는 사람은 아무도 없었다. 모두가 당연하게 혈해광투가 죽었으리라 생각했던 것이다.

십장로가 혈해광투를 죽이지도 않고 제압했다.

이 사실이 의미하는 바는 특히 남달랐다.

혈해광투를 알고 있는 사람이라면 그가 지는 것을 얼마나 싫어하는지 더욱 잘 알고 있다. 분명 최소 동귀어진의 수를 썼을 터인데 십장로는 이렇다 할 외상도 없이 돌아오지 않았던가?

그는 분명 천마지재다!

그때 이미 소운은 정식으로 제십장로가 되어 외총단주의 직위와 마인전사대의 지휘권을 얻은 상태였다.

결투에서 혼자 돌아왔으니 실력으로 자신의 말을 증명한 셈이라 할 수 있다. 이는 당연한 결과였다.

혈해광투에게 했던 소운의 말을 아는 사람은 아무도 없었다. 기실 혈해광투에게 그대의 체면을 봐서 물러나겠다 운운한 것은 모두 새빨간 거짓이라 할 수 있었다.

돌아온 혈해광투는 이 일에 대해 입도 벙긋하지 않았다. 사실 소운이 장로의 직위에 앉았다는 것에 더 이상 불만은 없었다.

그는 이제 소운을 인정했다. 그가 보름 간 겪은 고통은 인간이 버틸 수 있는 성질의 것이 아니다. 그런데 소운은 견뎌냈다. 그것만으로도 인정할 수 있었다.

소운이 자신과 같은 절대독종이라고!

하지만 그렇다고 해서 원한이 사라진 것은 아니다.

혈해광투는 약왕당에서 가장 쓰다는 약들을 사발로 들이키며 생각했다.

'언젠가는 죽인다. 네놈이 얼마나 강해지든 상관하지 않겠다. 무슨 수를 써서든 죽인다. 누가 진정한 독종인지 보여주마!'

천하제일은 둘이 될 수 없다. 혈해광투는 소운과 제일독종의 명예를 놓고 결판을 내기로 맹세했다.

第九章

중원출정(中元出征)

천마가 간다! 내가 간다!

說南斗延壽保爾時老君告天師曰
天八會之真文三洞三清之上
乃棄道元始天尊昔經歷于億萬劫天地始修

太上說南斗延壽保爾

安真經太上說南斗
此經乃九天八
熙衰而人倫五運運變萬彙

중원출정(中元出征)

천마가 간다! 내가 간다! 마교의 모든 것을 싸들고 간다

소운은 공식적으로 볼 때 중원에 대해 잘 모른다고 되어 있다. 신강 땅에서 한 번도 벗어난 적이 없는 것이다.

천마신교 내에서 이게 사실과 다르다는 것을 아는 사람은 세 명의 장로 정도뿐이다.

그런 소운이 중원정벌을 사실상 총괄하게 되었다. 외총단 주로서 본 단의 고수들이 효과적으로 중원을 점거할 수 있게 길 안내를 하고 전체적인 작전을 짜야 하는 것이다.

소운은 일단 육장로인 고목신군 제건과 만났다.

그는 현재 소운과 가장 가까운 사람 중 하나이고 원래 중원의 고수였다.

"의견을 말씀해 주십시오. 육장로님이시라면 어떤 식으로 중원을 점령하시겠습니까?"

"나에게 계획을 세우라는 건가?"

"그렇게 생각하셔도 좋습니다. 아무래도 지금 천마신교에서 중원에 대해 가장 잘 아는 사람이 육장로님이시니, 다른 사람들도 별말 없을 겁니다."

"알겠네. 하지만 미리 말해두겠는데, 내가 선봉일세."

제건이 원하는 것은 바로 선봉이었다. 과거 진곡이 그를 끌어들일 때 약조했던 것도 그것이었고, 소운도 전에 제건에게 암묵적으로 승낙을 했던 적이 있다.

그런데 막상 제건이 그걸 말하자 소운은 바로 대답하지 않고 잠시 제건을 보았다. 그리고는 조용히 물었다.

"왜 선봉을 자처하시는 겁니까?"

"왜라니?"

"처음부터 이상했습니다. 육장로님이 진곡에게 협력한 이유가 중원정벌의 선봉자리 때문이라는 것은 이해하기 어려운 일입니다."

"흥, 나는 나를 공적으로 몬 중원의 무림인들에게 복수를 하고 싶네. 그들이 피눈물을 흘리며 후회하도록 말일세."

제건은 눈에서 독기를 흘리며 말했다. 그리고는 다시 덧붙였다.

"내가 맡고 있는 독혈마혼대는 대부분 독으로 인해 인성이 마비된 자들이지. 그야말로 최고의 살육부대니 위대한 천마신교의 선봉으로서 결코 모자람이 없네. 앞을 가로막는 모든 것을 파괴하여 적들의 피로 강을 이룰 것이네!"

말을 하면서 점점 감정이 격앙되는지 목소리가 커졌다. 그야말로 소운에게 같이 흥분하도록 유혹하는 듯했다.

그러나 소운은 말려들지 않았다. 그는 동의할 수 없다는 듯 고개를 살짝 저어보이며 담담하게 말했다.

"죄송하지만 저는 그렇게 생각지 않습니다. 육장로님께서는 이미 중원무림에 대한 복수심을 마음속에서 벗은 것처럼 보이는군요."

"그게 무슨 소린가!"

제건은 버럭 화를 내며 언성을 높였다. 하지만 소운은 그런 그의 반응에 속지 않았다. 그는 오히려 제건의 눈빛에서 잠시 움찔하는 기색을 읽어낼 수 있었다.

소운은 잠시 틈을 둔 후 온화한 표정으로 말을 이었다.

"처음부터 그게 이상했습니다. 육장로님의 눈을 보면 일견 차가워 보이나 사실은 매우 다정해 보입니다. 복수에 불타는 광기어린 빛은 조금도 느껴지지 않더군요."

'그런 눈빛은 혈해광투에게서 넘치고 흐르도록 보았지. 아주 잘 느껴지더군.'

소운은 속으로 그렇게 중얼거리며 제건의 눈을 뚫어지게 바라보았다.

제건은 잠시 입을 다물고 소운과 눈싸움을 했지만 곧 한숨을 내쉬며 말했다.

"그렇다고 해두게. 하지만 그게 무슨 상관인가? 나는 선봉을 원하네."

이유는 필요 없다. 내가 원하는 걸 들어줄 거냐 말거냐? 제건의 눈은 그렇게 주장하고 있었다. 이것이 바로 배 째라 신공이다.

소운은 고목신군의 고집스런 말에 천천히 고개를 끄덕였다.

"선봉을 맡으십시오. 그리고 계획도 세워주십시오. 하지만 먼저 말씀드리고 싶은 것이 있습니다."

"뭔가?"

"우리가 중원에 들어갈 때 가장 중요한 것은 가능한 한 중원에서 사람을 적게 죽이는 것입니다. 피로 바다를 이루는 것은 신교에 있어 결코 좋은 일이 못 됩니다. 그렇지 않습니까?"

"……!"

제건의 눈이 놀람으로 가득 찼다. 소운이 지금 한 말은 바로 제건이 선봉을 자처하는 이유 중 절반에 해당하는 것이다.

그 역시 천마신교가 중원을 정벌함에 있어 피를 많이 흘리면 두고두고 좋지 않다고 생각하고 있었다.

문제는 대부분의 신교인들이 그런 걸 생각하지 못한다는

점이다. 그들은 오로지 가로막는 모든 것을 피로 씻으며 나아가는 게 가장 신교답다고 굳게 믿고 있었다.

소운은 제건이 놀라는 것을 보고는 씨익 하고 웃으며 말했다.

"역시 육장로께서는 아직 중원에 대한 정을 끊지 못하고 계시는군요."

"십장로!"

"육장로께서 진곡과 손을 잡으실 때의 상황을 알아봤습니다. 독혈마혼대의 대주가 아직 정해지지 않았더군요. 그런데 육장로께서 진곡과 손을 잡고 선봉을 약속받음으로써 진곡이 육장로님을 적극적으로 밀기 시작했지요. 독혈마혼대의 대주로 말입니다."

소운은 그렇지 않냐는 듯 턱을 살짝 들어보였다. 제건은 부인하지 못했다.

"제가 추측하기에 육장로께서는 인성이 마비된 독혈마혼대가 무분별하게 중원에서 살육극을 벌이는 것을 막고 싶으셨던 게 아닌가 싶습니다."

"……."

"그렇다고 신교에 대한 배신행위를 하는 것은 아니라고 봅니다. 말하자면 육장로께서는 중원과 신강 양쪽에 정과 의리를 느끼고 계신 셈이지요."

"후우, 십장로는 정말 사람을 놀라게 하는군. 그렇다고 치세. 이제 내가 어떻게 했으면 좋겠나?"

속마음을 꿰뚫린 제건은 결국 한숨을 쉬며 항복 선언을 했다. 어차피 그는 소운에게 충성을 맹세한 몸. 소운이 자신에게 나쁜 뜻으로, 다시 말해서 트집을 잡으려고 말을 한 게 아니라는 것쯤은 알 수 있었다.

소운은 미소를 지으며 대답했다.

"말씀드리지 않았습니까? 저는 피를 적게 흘리고 중원을 접수하기를 원합니다. 그리고 그를 위한 계획을 세울 적임자는 바로 육장로님 말고는 없다고 생각했습니다."

"그런가?"

"그러니 제 눈치 보지 말고, 마음껏 그런 계획을 세워주십시오. 그러면 그 계획을 가지고 제가 사장로님과 담판을 짓겠습니다."

사장로인 경천마뇌 제갈은은 천마신교의 군사라 할 수 있다. 그런 만큼 일단 소운이 계획을 세우면 다시 경천마뇌와 조율을 해야 한다.

경천마뇌가 인정을 하기 전에는 어떤 계획도 실행시킬 수 없다.

솔직히 소운은 아직 젊고, 경험도 없지 않은가? 대규모 전투에 대한 작전을 그에게 일임할 수는 없다.

소운이 표면적으로나마 그런 권리를 얻은 것은 십장로 진곡의 배반 때문이고, 천마의 제자에게 공을 세우게 하려는,

말하자면 요식행위에 불과하다.

하지만 소운은 제건에게 계획을 세우게 하고 그걸 정말로 사장로와 담판을 지어 실행하겠다고 말하고 있었다.

"그러기 위해서는 육장로님과 제 사이에 어떤 속마음의 숨김이 있어서는 곤란합니다."

"으음, 과연 그렇군."

제건은 납득했다는 듯 손으로 턱을 쓰다듬으며 중얼거렸다. 그러면서 속으로 다행이라고 생각했다.

소운처럼 속마음을 알아보고 그것을 알아서 이용해 주는 사람은 많지 않다.

부하의 능력과 적성을 정확하게 평가하여 적재적소에 배치하는 것이 좋은 주군이라고 할 때, 이처럼 심리상태와 속사정까지 알아서 헤아려 주는 자는 인군이라고 할 만하다. 이런 자를 주군으로 섬기면 몸과 마음이 편하다.

"알겠네. 마침 내가 평소 생각해 둔 것이 몇 가지 있으니 그걸 토대로 계획을 짜보도록 하겠네."

"부탁드리겠습니다. 그리고 한 가지."

"뭔가?"

"진곡과 결탁한 자들의 정체는 아직 모릅니다만, 초절정 고수의 존재로 볼 때 결코 만만한 놈들은 아닐 겁니다. 그들을 상대할 무력을 따로 준비해야 할 겁니다."

"염려 말게. 신교의 힘은 결코 약하지 않네. 뒤를 얻어맞을 정도로 허술한 것은 더욱 아니네."

"그렇게 알고 있겠습니다."

소운은 모든 것을 맡기겠다는 듯 그동안 외총단에서 작성한 중원에 대한 모든 정보가 담긴 서류를 탁자 위에 놓았다. 그리고는 정중하게 인사를 한 번 하고는 방을 나섰다.

처음 서문량과 계획을 세울 때, 서문량은 천마신교의 중원 침공작전도 모두 만들어 소운에게 건넸다. 하지만 그때 서문량은 고개를 살짝 저으며 덧붙였다.

"사형이 준 책자에는 마교의 모든 것이 적혀 있습니다. 하지만 그건 어디까지나 수치상의 기록일 뿐, 천마신교의 교도들이 가지는 상식이나 개인적인 사정 등은 대부분 고려되지 않았습니다. 이걸 전제로 볼 때, 저는 제 상식으로 작전을 세웠지만 그게 과연 좋은 작전인지는 장담할 수 없습니다. 그러니 사형께서는 고목신군과 경천마뇌 등 마교의 인물들과 함께 작전에 대해 상의하십시오. 먼저 그들에게 작전을 세우게 하고, 그걸 연구하여 이 작전을 보강하는 겁니다. 그럼으로써 이 계획은 죽은 것에서 산 것으로 바뀌게 됩니다. 중요한 것은 사형의 임기응변인데, 그 점은 제가 믿고 있겠습니다."

'믿어라, 사제.'

소운은 천천히 걸음을 옮기며 만 리나 떨어져 있을 서문량의 얼굴을 머릿속에 떠올렸다.

*　　　*　　　*

다음으로 소운이 간 곳은 바로 그의 직속부대인 청운전병대의 훈련장이었다.

소운이 지난 일 년 간 천마의 명에 의해 폐관에 든 사이 청운전병대는 육장로인 고목신군 제건이 대리로 맡아 관리했다.

청운전병대는 소운이 미리 의도한 대로 반년 만에 기존 인원 오십 명에서 새로 팔십 명을 받아들여 모두 백삼십 명이 된 상태였다.

그리고 그들은 첫 반년 동안 수라삼재검진을 익히고, 그 이후에 다시 소운이 약속했던 다른 네 권의 고급 무공 중 하나인 철병파혼보(鐵兵破魂步)를 익혔다.

오늘 그들은 일 년 만에 출관한 대주에게 열병식을 거행한다. 그리고 소운이 반년 전에 약속했지만 사정상 미루어졌던 영단 수여식도 같이 이루어지게 되어 있었다.

소운이 훈련장 안으로 들어서니 백삼십 명의 대원들은 이미 정렬하여 있다가 일제히 외쳤다.

"대주의 대성과 장로취임을 축하드립니다!"

'녀석들, 아부 좀 하려고 노력하는군.'

소운은 속으로 웃으면서 당당하게 단 위로 올라갔다. 그리고는 화조무령검을 검집 째로 들어 올려 허공을 갈랐다.

씨이이이이.

청염의 기운이 구름처럼 일어나고 뽑지 않은 검의 검기가 하늘을 찢을 듯이 솟아올랐다.

"아아!"

청운전병대는 소운이 보인 무위에 뭐라고 말을 할 수 없는 감동을 받았다. 그들은 지난 일 년 동안 영단과 무공을 받고 크게 성장했다.

그런데 지금 소운을 보니 그 역시 일 년 전과는 몰라보게 강해진 것 같았다.

소운은 내공을 실은 목소리로 말했다.

"시작하라."

그 말만 하고 소운은 자리에 앉았다. 분위기는 이미 잡은 셈이니 이제는 앉아서 구경만 하면 된다.

그러자 옆에서 부대주 무결이 말을 이었다.

"개진! 일 조 출두!"

와아아아!

다른 자들은 뒤로 물러나고 일 조의 삼십 명 십분대가 앞으로 나왔다.

그들은 저마다 정해진 장소로 가서 지난 일 년 간 수련한 각자의 무공을 수라삼재검진에 맞추어 펼쳤다.

세 개의 꽃잎이 달린 꽃이 열 개나 피어 훈련장을 수놓는
듯했다.

무공시연이 어느 정도 무르익자 무결이 다시 외쳤다.

"청운일보!"

쿵!

구호에 따라 동시에 발을 구른다. 그들이 공동으로 익힌 무
공인 철병파혼보를 호흡을 맞추어 시전한 것이다.

"전병이보!"

쿵, 쿵!

"무적삼보!"

쿵, 쿵, 쿵!

땅을 울리는 진동과 파공음은 조금도 흐트러짐이 없이 거
의 동시에 이루어졌다.

이것으로 제일 조는 난전 중에서도 지휘관의 호령을 듣고
행할 수 있음을 보였다. 그리고 언제 어느 상황에서도 힘을
모아 철병파혼보를 펼칠 수 있다는 것도 증명했다.

"이 조 출진!"

무결이 다시 외치자 일 조는 시연을 멈추고 뒤로 물러났다.
그리고 그와 교대하여 이 조가 앞으로 나왔다. 이 조 역시 무
공시연을 펼치면서 무결의 호령에 따라 철병파혼보를 펼쳐
보였다.

소운은 만족한 표정으로 천천히 고개를 끄덕였다.

"수고하셨소, 부대주."

"별말씀을 다하십니다. 하지만 지금 보니 확실히 철병파혼보를 익힌 것이 여러모로 도움이 되는군요."

철병파혼보는 보법 중에서는 드문 종류인 내가진각중보법이다.

그것은 발로 땅을 굴러 무공초식의 파괴력을 증강시킴과 동시에 땅을 울려 상대의 중심을 흐트러뜨리기까지 한다.

그리고 가장 중요한 힘은 철병파혼보를 집단으로 펼칠 경우 나타난다. 음공과 진각공이 서로 상승 효과를 발휘하여 그 사이에 있는 자들은 내가고수의 격공장에 당한 것처럼 내장이 울리고 심폐가 정지하게 된다.

단지 난전 중에 그것을 동시에 펼치는 것이 어렵다. 그런데 소운은 그것을 훈련하게 했고, 청운전병대의 대원들은 반년 만에 그것을 이루어냈다.

박자가 틀린 놈들에게는 영단이 주어지지 않는다! 그것이 바로 소운이 내건 벌칙이었다.

그들은 정말 목숨을 걸고 연습했다.

이제 청운전병대가 철병파혼보를 익히고, 그들이 난전 중에 이것을 펼치게 되면 큰 효력을 발휘할 수 있을 것이다.

또한 난전 중에도 지휘관의 지시에 귀를 기울이고 즉각 반응할 수 있다는 것은 최고의 정예가 되기 위한 필수 덕목이다.

청운전병대는 불과 일 년 사이에 정예로 성장한 것이다.

‘좋군. 이제 이놈들의 무공이 강해지면 강해질수록 집단전
에서는 더욱 큰 힘을 발휘할 수 있겠지.’

소운은 이들을 키운 보람을 느꼈다. 그리고는 슬쩍 눈을 돌
려 한쪽에서 부러운 눈으로 그들을 보고 있는 오 조의 열 명
을 보았다.

그들은 아직까지 자신들의 무공이 부족해서 사 조로 승격
되지 못하는 줄 착각하고 있다.

뭐, 반쯤은 사실이기는 하다. 하지만 그것은 그들이 고급의
실전무공을 아직 제대로 수련하지 못해서 그렇다.

소운이 그들에게 수련시킨 것은 실전용이라기보다는 기초
훈련에 가깝다.

영단의 힘으로 얻은 내공을 확실하게 자신의 것으로 만들
기 위해서는 엄격한 기초훈련만이 답이다. 아마 내공만으로
따지면 오 조의 조원들도 일 조에 비해 결코 떨어지지 않을
것이다.

‘앞으로는 더욱 강해질 것이고 말이야. 후후후.’

소운은 손을 들어 무결에게 신호를 보냈다. 무결은 즉시 소
리를 질렀다.

“폐진! 정렬!”

하앗!

쿵쿵쿵!

전 대원이 일제히 소리를 지르며 발을 굴렀다. 그리고는 순

식간에 원래의 대형으로 돌아와 나열했다.

"제대로 훈련시켰군."

"집단전이라면 가진 바 무공에 비해 훨씬 큰 위력을 보일 겁니다."

"그게 좋겠지. 저놈들은 아예 집단전 전문으로 키울 거니까."

'그래야 원래 있던 곳으로 돌아갈 수가 없지. 암.'

눈앞에 서 있는 자들은 진심으로 소운에게 충성을 맹세한 자들이 아니다.

그들의 진짜 주인은 따로 있다. 그런 만큼 소운은 이들이 청운전병대에 소속되어 있을 때에만 최고의 힘을 발휘할 수 있도록 키우기로 했다. 나중에 흩어지면 이곳에 있을 때에 비해 절반의 힘도 쓰지 못할 것이다.

무결도 그런 소운의 뜻을 어느 정도 짐작하고 있기에 허리를 굽히며 대답했다.

"대주의 뜻에 맞는 전투부대가 될 것입니다."

"음."

소운은 고개를 끄덕이며 자리에서 일어났다. 그리고는 대원들에게 말했다.

"수고했다. 본 대주는 그대들의 성취에 만족한다. 또한 그렇게 되기까지 행했던 모든 노력에 경의를 표한다."

"……."

"이제 그대들의 노력에 대한 대가 중 일부를 주겠다. 전 대원들은 앞으로 또 하나의 절정무공을 익힐 수 있다. 또한 약왕전에서 심혈을 기울여 제작한 수옥밀염단을 한 알씩 복용하게 된다."

"와아아아아!"

대원들은 함성을 질렀다. 절정무공에 영단이란다. 미리 예고된 것이지만 정식으로 허가가 떨어지니 가슴속의 두근거림이 벅찬 기쁨으로 바뀌었다.

소운은 잠시 그들의 모습을 바라보다가 미리 가져온 상자의 뚜껑을 열었다. 그 안에는 금분이 뿌려진 단약이 수북이 쌓여 있었다.

"일 년 전과 마찬가지로 모두에게 한 알씩 나누어주겠다. 받는 즉시 복용하고 운기하여 약성을 녹여라."

"넷!"

영단은 주는 즉시 먹어야 한다. 그렇지 않으면 숨겨놨다가 다른 사람을 줄 수도 있기 때문이다.

곧 모든 대원들은 훈련장에서 내공운기를 시작했다. 그러자 약성이 전신을 돌며 그들의 몸에서 불순물을 태워 땀으로 배출시켰다. 훈련장 안이 악취로 진동했다.

오 조의 조원들 역시 소운에게서 단약을 받아 복용했다. 이번에는 그들도 어느 정도 내공이 쌓여 있기에 따로 조치를 취하지 않아도 스스로 단약의 기운을 녹이고 있었다.

소운은 그들을 보며 씁쓸한 웃음을 지었다.

'휴우, 저놈들에게 너무 크게 투자하는 거 아냐?'

사실 소운이 다른 조원들에게 먹인 것은 예정했던 대로 반쪽짜리 수옥밀염단이다. 백이십 명에게 절반씩 먹임으로써 육십 개의 수옥밀염단을 따로 챙긴 셈이다.

하지만 이걸 오 조에게 전부 몰아주는 것은 조금 힘들다. 전에는 추궁과혈을 핑계로 의식을 혼미하게 했기에 그게 가능했다.

하지만 이제는 그게 안 된다. 그렇다고 해서 몰아주기를 들킬 수는 없다.

고민 끝에 소운은 아예 단약을 바꿨다. 오 조가 먹은 것은 소운이 활선문에서 따로 챙겨온 '비천신단' 이다. 약효가 수옥밀염단의 십 배에 달한다.

먹는 즉시 내공의 증가가 이루어질 뿐만 아니라, 그 뒤에도 게으름 피우지 않고 운기를 계속하면 삼 단계에 걸쳐 몸 전체가 강화되는 효능이 있다.

그야말로 영단 중에서도 영단. 절정영단이라 할 수 있다.

소운은 속이 쓰렸다. 아깝다는 생각이 드는 것은 어쩔 수 없었다. 하지만 이 정도 투자는 할 만하다고 판단했다.

대신 칠십 알의 수옥밀염단이 그대로 굳었다. 소운은 그걸 중원으로 가지고 가 천외신무회의 신진고수들을 키울 때 쓸 생각이었다.

‘돌려먹기라는 거지. 후후후.’

활선문의 단약으로 마교의 수하를 키우고, 마교의 단약으로 천외신무회를 키우는 것이다. 소운은 스스로를 참으로 융통성 있는 인물이라고 평가하며 웃었다.

“크으으으!”

“몸이 덥다!”

“이렇게 단약의 기운을 녹이기 어렵다니!”

오 조의 조원들은 자신들이 먹은 단약을 수옥밀염단이라고 믿고 있다. 그런데 그 기운이 너무 강해서 순순히 녹아나지를 않는다. 그들은 그걸 자신들의 능력 부족이라고 생각했다. 다른 자들은 너무나도 여유롭게 내공운기를 하고 있는 것이다.

“당황하지 말고, 마음을 가라앉혀라. 시간이 걸려도 좋다.”

소운은 차갑게 말했다. 그의 말에 머리를 식힌 오 조의 조원들은 다시 집중하여 내력을 운기하기 시작했다. 그러자 그들은 곧 안정되어갔다. 내공심법 자체의 오묘함이 그들의 내공운기를 도왔다.

사실 오 조가 운기하는 내공심법은 다른 자들의 것과는 다른 것이다. 어젯밤 소운은 이들에게 하나의 내공심법을 따로 전했다. 그러면서 이들에게 말했다.

“이건 원래 청운전병대에 허락되지 않은 무공이다. 하지만 너희들은 원래 기초가 약하기 때문에 그만큼 뛰어난 내공심

법이 있어야 남들을 따라잡을 수 있다. 이제 기초가 되었으니
이걸 익혀라.”

그야말로 특별취급이다. 오 조는 감격하여 눈물을 흘리며
비급을 받았다.

물론 이 내공심법에 대한 비밀엄수는 물론이고, 제자를 두
어도 전수하지 못하게 맹세를 시켰다.

오 조의 대원들은 자신들이 먹은 단약이 다른 것이라고는
꿈에도 생각지 못할 것이다.

내공이 기하급수적으로 증가하게 되면 모두 소운이 따로
내린 내공심법 덕분이라고 여길 것이다.

장로급 이상만 익힐 수 있는 진짜 최고의 내공심법이라고
말을 해주었으니 당연히 그렇게 생각할 수밖에 없다.

아무리 내공심법이 뛰어나도 이렇게까지 빠르게 강해질
수는 없지만 고급무공에 환상을 품은 일반무사 출신들은 오
히려 당연하게 여길 것이다.

‘효능을 몸으로 느끼면 느낄수록 이놈들은 죽어라고 수련
을 하겠지. 최고급 심법을 수련하고, 비천신단까지 복용했으
니 네놈들은 정말 복 받은 거다.’

이제 중원으로 데리고 가서 화끈하게 부려먹으면 된다. 오
조는 소운의 계획이 마지막 단계에 도달할 때까지 충실한 손
과 발이 되어주어야 한다.

소운은 그렇게 믿었다.

그날 청운전병대는 또 다시 영단을 먹고 한층 전력이 강화
되었다. 뿐만 아니라 그들에게 허락된 다섯 권의 절정비급 중
세 번째 비급을 익히기 시작했다.

암흑투골정.

손가락만한 쇠못을 던지는 암기술이다.

하지만 다른 암기술처럼 한번에 여러 개를 던진다거나 허
공에서 회전을 한다거나 하는 묘용은 없다. 그렇다고 소리가
없다던가 해서 밤에 암살용으로 사용할 수 있는 것도 아니다.

오히려 투골정이 전사의 힘을 얻어 공기를 갈기갈기 찢는
요란한 소리를 낸다.

그야말로 일체의 변화를 배제하고 순간적으로 단 하나의
투골정을 전력으로 발출하는 수법이다. 단지 그 힘이 놀라워
절정무공에 속할 뿐이다.

무공이 강하고 중병기를 쓰는 자라도 이 암흑투골정을 쳐
내 튕기기는 힘들다. 대부분 피할 수밖에 없는데, 이 때문에
급한 순간에 상대에게 발출하고 그 틈에 도망을 가는데 주로
사용한다.

말하자면 위급 시의 구명절초 퇴각용 암기술의 성격이 강
하다.

하지만 소운은 이걸 단체로 사용했을 때의 위력을 상상했
다. 삼십 명의 조원이 동시에 투골정을 발출한다면? 일백이

십 명의 대원들이 자신들의 전신내력이 깃든 투골정을 한 사람에게 사용한다면?

그 위력은 당씨세가 최고의 비법인 만천화우와 비슷할 것이다.

"이걸 어떤 상황에서도 동시에 발출할 수만 있으면 너희들은 절정고수들을 전혀 두려워하지 않아도 된다. 청운전병대는 절정고수의 천적이라 불릴 것이다!"

와아아아!

소운의 장담에 대원들은 크게 호기가 일어 함성을 질렀다. 뭉치기만 하면 어떤 적이라도 물리칠 수 있다는 자신감이 그들의 가슴속에 싹트고 있었다.

한편 열외로 암기술을 전수받지 못한 오 조의 대원들은 묵묵히 자룡원으로 돌아갔다.

그리고 그날 밤 자정, 그들은 주련과 자화로부터 자룡원의 호위무사가 익혀야 할 기본삼무공에 대한 구결을 듣고 정식으로 수련을 시작했다.

모두 소운이 따로 챙겨 놓은 절정무공들이다.

또한 이미 상당한 고수가 된 주련과 자화가 그들의 무공교두가 되었다. 오 조의 조원들은 이 어린 두 소녀를 아가씨라 부르며 따랐다.

소운이 그렇게 대외적으로 혹은 내면적으로 모든 준비를

착착 진행시킴에 따라 천마신교 전체가 일사분란하게 움직였다.

삼 개월. 한 지방의 절대자이자 신으로 군림하는 무림방파가 이제 천하를 얻으러 떠난다.

그걸 위해 천마신교가 그동안 전쟁을 위해 비축한 모든 전력과 물자가 움직이기 시작했다.

소운은 그 모든 것을 움직이는 핵심에 존재했다.

그는 눈 한 번 깜박이지 않고 보고, 확인하면서 다짐하고 또 다짐했다.

'재물을 창고에서 꺼내는데 성공했다. 이제 저걸 모두 가로채는 일만 남았다. 그리고…… 천마와 내가 합법적으로 죽기만 하면 완벽하게 대금청부가 끝난다.'

천마신교의 손아귀를 빠져나가는 방법은 바로 죽는 것이다. 이 모든 계획의 끝에는 소운의 죽음이 준비되어 있다.

뒤끝 없이, 깔끔하게 모든 것을 털어먹고 빠져나가겠다!

소운을 강제로 납치한 천마신교는 순식간에 쪽박을 차고, 소운은 평화로워진 중원에서 새로운 신분으로 일생을 안빈낙도하며 살게 될 것이다.

그렇게 천마신교가 움직이기 시작하자 천하가 온통 뒤흔들렸다.

*　　　　*　　　　*

둥둥둥둥!

서장의 건조한 모랫바람이 북소리에 맞추어 요란하게 휘몰아쳤다.

핏빛 가사를 걸친 백 명의 라마승이 몸을 밀어내려는 바람에도 아랑곳하지 않고 버티고 서 있었다. 그리고 그들의 한가운데에는 거대한 가마가 있었다.

황금으로 치장된 가마, 백 명의 무림고수가 들게 되어 있는 백인거!

그것은 서장에서 오직 한 사람만이 탈 수 있는 최고의 영예의 상징이다.

영예의 주인인 혈불은 대웅전에 앉아 명상에 잠겨 있었다. 팔이 여덟 개 달린 부처는 황금이 씌워져 있었는데, 주변으로 수백 개에 달하는 초가 켜져 그 빛을 더했다.

하지만 신기하게도 촛불의 색이 모두 빨개서 팔수마불상 역시 핏빛으로 물들었다.

둥둥둥, 둥!

북소리가 정확히 백팔 번을 울렸을 때, 혈불은 눈을 떴다. 고요한 눈동자, 그것은 득도한 고승의 것이나 다름없었다.

"때가 되었군."

혈불은 천천히 몸을 일으켰다.

보고에 의하면 신강의 천마신교가 움직이기 시작했다고

한다.

때에 맞추어 혈불이 직접 중원에 들어가야 한다. 그리고 비무를 통해 정파의 모든 고수를 굴복시키고, 다시 천마를 무력으로 쳐 죽인다.

"태어날 때부터 무공을 수련해서 일백오십 년이 지났군. 오십 이후에는 나보다 강한 자를 만나보지 못했다."

허무한 목소리. 백 년간이나 제일의 강자로 지내온 자의 목소리였다.

"하지만 중원 무림은 아직도 나를 알지 못한다. 오만한 자들은 우물 안 개구리가 되어 이곳 서장을 여덟 방향의 변방 중 하나인 서장이라고 부른다. 우스운 말이다."

뒤에 시립해 있던 여덟 명의 고승 중 한 명이 대답했다.

"진실로 우스운 말입니다. 저 멀리 있는 천축과 그 위에 펼쳐져 있는 색목국의 대지를 따지면 그들의 땅은 중원이라 부를 수 없습니다. 동역이라 불려야 합니다. 그리고 이곳이 바로 중원이라 불려야 마땅합니다. 지리적으로나 무공의 수준으로나 모두 그것이 옳습니다."

"그렇다. 그리고 이제 그것을 증명하러 간다."

여덟 명의 고승들은 일제히 허리를 굽히며 합장했다.

"혈불의 뜻에 온 서장이 따를 것입니다."

"좋아, 가자."

여전히 투명할 정도로 맑은 목소리였다. 하지만 혈불의 눈은 더 이상 맑지 못했다. 백오십 살이 되어도 버릴 수 없는 명예에 대한 욕망의 불꽃이 활활 타올랐다.

그가 생각하기에 서장은 천하의 중심이고, 자신은 그 서장의 중심이었다.

혈불은 대웅전을 나섰다. 그러자 혈뇌음사의 모든 승려들이 일제히 합장을 하며 외쳤다.

미륵혈불, 불신재림!

그들에게 있어서 혈불은 이미 백 년 전부터 신앙의 대상이자 미륵불의 화신이었다. 포달랍궁도 대뇌음사도 이미 혈뇌음사의 마불에 굴복하고 서장의 주인이 혈불이라고 인정했다.

혈불은 한 손을 머리 위로 치켜들었다. 그리고 당당하게 만인 앞에서 선언했다.

"천하일존! 내 그것을 이루리라."

아미타불! 연화가 피를 머금고 피어나니 안에서 피의 부처가 태어났다. 피의 비와 강 속에서 생과 사의 진리를 깨달으니 인간 중생의 모든 것이 그 안에 담겨 있다.

수천에 달하는 라마승이 일제히 범창을 시작했다.

혈불은 천천히 가마 위에 올랐다. 차양이 내려지고 백 명의 혈뇌음사 고수들이 그것을 들었다.

혈불의 가마를 드는 것은 최고의 정예만이 누릴 수 있는 특권이자 지고의 영예. 그들의 눈에는 모두 핏빛의 광채가 넘칠 듯 흐르고 있었다.

"출정!"

둥둥둥!

다시 북이 울렸다. 백인거가 앞으로 나아가기 시작하자, 그 뒤로 다시 천여 명에 달하는 혈뇌음사의 고수들이 따랐다. 중원까지의 행군은 그렇게 시작됐다.

『칠대천마』4권에 계속.

外傳
천마신교에 대해서

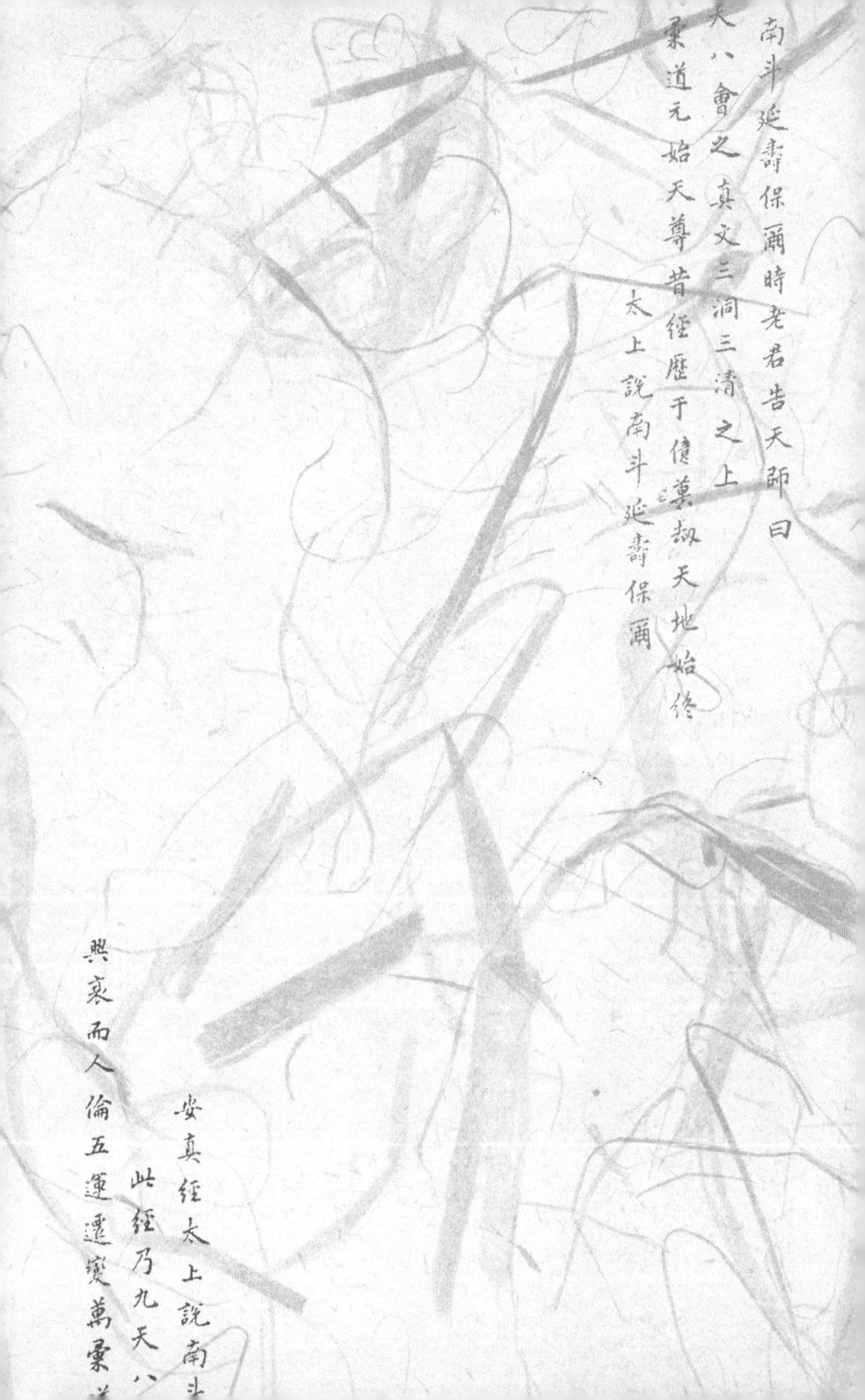

南斗延壽保爾時老君告天師曰

大八會之真文三洞三清之上

稟道元始天尊昔經歷于億萬劫天地始終

太上說南斗延壽保爾

興衰而人倫五運遷變萬彙

安真經太上說南斗

此經乃九天八

外傳

천마신교에 대해서

-정식명칭-

원래는 일월신교였으나 초대천마 이후 천마신교로 바뀐다.

-소재지-

중원의 북서쪽에 위치한 신강. 그 일대가 모두 신교의 세력

권이고 지역마다 분타가 있다. 총단은 천산에 위치한다.

-조직 체계-

교주직속 : 천마혈영대, 천목밀혼단.

십대장로 관할 : 일 단, 오 당, 삼 전, 사대 전투조직.

그 외 : 일 각, 원로원과 은마별부, 천마보고, 다수의 별동 조직(청운전병대 등).

-교주직속 조직-

一. 천마혈영대
교주호위대. 십팔 명의 특급살수로 구성되어 있다. 대주 일 명, 부대주 일 명, 조장 네 명, 조원 열두 명.
교주의 주변에는 항상 대주와 부대주가 조장 중 한 명을 데리고 교대로 비밀호위를 하고 있다. 나머지는 주로 수련을 하고 교주의 명에 따라 살수행을 나서기도 한다.
대주 : 사월마객 태사문. 부대주 : 은형마둔 황보전.

二. 천목밀혼단
비밀감찰단. 교내외의 정보를 교주에게 직접 전한다. 조직 체계나 구성원의 숫자는 때에 따라 변한다.
그 존재 자체가 비밀에 가려져 있기에 십대장로들도 이들의 존재를 확신하지 못한다. 그저 교주에게 직속 수하가 있다고만 알 뿐이다.
대내감찰단주 : 마왕부 철횡. 대외감찰단주 : 환영루주 천설화.

-십대장로 관할 조직기관-

一. 이단

　＊ 대내총단 - 천산에 위치한 천마신교의 본단 자체를 뜻
한다. 대내총단주인 수석장로는 실무보다는 전체의 조율과
천마의 대리인적인 일을 행한다. 유사시 교주의 대리인으로
서 결정권을 가지는, 말하자면 부교주의 지위라 할 수 있다.
　단, 수석장로는 기본적으로 교주의 자리를 노리지 못한다
는 불문율이 있다. 현 교주가 사망하고 다음대로 넘어갈 경우
수석장로는 은퇴하여 원로원으로 들어간다.
　현 대내총단주 : 백면살마 전홍.
　＊ 대외총단 - 중원의 조직들을 모두 관리한다. 평소에는
미약하거나 없는 경우도 있으나 천마가 탄생하여 중원을 바
라보게 되면 급격히 확장된다.
　당연히 비밀조직이고 중원의 오대상단 중 하나인 천오상
회가 바로 대외총단이었으나 소운에 의해 무너져 현재는 거
점이 없는 상태이다.
　하부조직 역시 모두 비밀 점조직이나 신강에 가까워지면
천마신교의 하부조직임을 겉으로 당당하게 드러내는 문파가
제법 있다.
　단주는 십장로가 역임한다.
　현 대외총단주 : 마검패룡 진곡. → 청염마조 서정(소운).

二. 오 당 : 천마신교의 실질적인 업무는 이들이 수행한다.

  * 진이당 - 재정을 담당하고 교내의 행정을 총괄한다. 당주는 천마보고의 열쇠를 가지고 있다. 단, 교주의 허락없이 천마보고를 함부로 열면 문책을 당할 수 있다.

  * 집법당 - 내부교인들의 죄를 판결하고 벌을 가한다.

  * 천밀당 - 정보의 수집과 처리를 담당한다.

  * 교마당 - 젊은 교도들의 무공교육을 담당한다.

  * 약왕당 - 교인들의 병과 부상을 치료한다. 약왕당주는 신약전을 관리한다.

三. 삼 전 : 천마신교의 여러 가지 중요한 물자를 생산하는 곳이다.

  * 신약전 - 신교가 입수한 각종 영약들을 보관하고 단약과 독약을 제조한다.

  * 마병전 - 신강의 이름난 대장장이들이 모여 신교에서 쓰는 각종 기구와 병장기들을 만든다.

  * 환희전 - 환락에 대한 모든 것을 담당한다. 대내총단의 규율은 은근히 엄해서 술을 만들 수 있는 권리는 환희전에만 있다. 또한 교내 고위 인사들의 하인과 하녀들을 육성하기도 한다.

四. 사대 전투조직

* 수라혈살대 - 신교 공인 최강의 전투조직. 일백 명의 절정고수들로 이루어져 있다. 수석장로가 관리하나 전원이 출동할 때에는 교주의 사전 허가가 있어야 한다.

* 자성기마대 - 고원지대이며 사막과 초원이 대부분을 이루고 있는 신강에서 가장 무서운 위력을 발휘하는 것은 바로 기마대. 일천 명의 기마병과 이 천의 보급대로 이루어져 있는 군사조직이다.

구성원들 모두가 상당한 무공을 익히고 있어 몽골이나 흉노의 최정예 기마병들에 비견해도 전혀 뒤떨어지지 않는다. 오장로인 혈해광투 조산이 대주로 있다.

* 독혈마혼대 - 독과 암기에 능하며 조직적인 협공에 주력하여 절정고수를 상대로 뛰어난 살상력을 발휘한다.

단, 절정고수들의 손에 죽을 가능성도 높기에 주로 소모품들을 마약으로 길들여 반강제적으로 가입시킨다.

전체 인원은 삼백. 명을 받으면 어떤 더러운 짓이라도 하는 극악의 살인부대이다.

육장로인 고목신군 제건이 관리한다.

* 마인전사대 - 중원에 잠입한 대외총단의 주요무력이다. 총 인원은 일 천. 평소에는 백여 명으로 구성된 실전대대로 나뉘어 각지에 흩어져 있다.

대주는 대외총단주인 십장로가 맡게 된다. 현재는 진곡에서 소운에게 넘어온 셈이다.

-그 외의 조직-

* 일 각 : 성화각 - 천마신교의 각종 무공비급을 비롯한 서적들이 보관된 곳.

내부는 모두 사층으로 되어 있는데, 일 층은 이급무사 이상, 이 층은 일급무사, 삼 층은 절정고수, 사 층은 교주의 허락을 받은 자만이 들어갈 수 있다. 각주는 무공에 관계없이 교내에서 학식이 높은 사람이 맡게 되어 있다.

현 각주는 천흉문사 황보인.

* 원로원 - 은거한 노마들이 지내는 곳. 마교 내에서도 금분세수와 비슷한 제도가 있어 일정 이상 수준의 마두들은 교주가 허락하면 모든 은원을 끊고 원로원으로 들어갈 수 있다.

일단 들어가면 교내의 일에 직접적인 관여를 못하게 되지만 대신 교주의 권위를 걸고 그들의 안전을 책임진다. 물론 교내에서의 은거일 뿐이고 대외적인 일들은 여전히 할 수 있다.

수많은 절정고수들이 득실거리는 잠재력 측정불가의 조직. 이들이 가진 책임은 단 하나, 본단이 외적의 침입을 받았을 때 나서서 힘을 보태는 것뿐이다.

원로원주는 비마비불 전결. 수석장로인 전흥의 친부이다.

* 은마별부 - 원로원의 노마들이 편안하게 생활할 수 있도록 편의를 봐주는 전담조직.

　교내의 비중은 별것 아닌 듯하지만 이곳에서는 젊은 사람들이 인맥을 쌓고 노마들의 직속제자로 들어갈 가능성이 아주 높다. 그렇기 때문에 교내의 인재들 중 상당수가 이곳을 거친다.

　부주는 소면마심 서인.

　* 청운전병대 - 소운이 조직한 직속의 전투부대. 처음 인원은 오십 명, 반년 뒤에 백삼십 명으로 확장됐다. 그 뒤로도 틈틈이 인원을 증강시킨다.

　조직 체계는 가장 뛰어난 자들이 모인 일 조부터 아래로 내려가 오 조가 가장 약하다.

　하지만 알고 보면 오 조야 말로 청운전병대의 비밀전력으로, 소운이 가장 믿고 있는 심복이다.

-천마신교의 중요인물들-

〈십대장로〉

＊ 수석장로 백면살마(白面殺魔) 전홍

대내총단 단주이자 진이당 당주. 내단의 행정과 외부인사들의 접객까지 교의 살림을 대부분 맡고 있다. 또한 마교 최대의 전투조직인 수라혈살대를 맡고 있어 명실공히 마교의 이인자라 할 수 있다.

젊었을 때에는 성격이 급했지만 나이 사십을 넘어서부터는 진중하게 바뀌었다.

하지만 여전히 화가 났을 때에는 물불을 가리지 않는다. 아버지는 원로원 원주인 전결. 말하자면 천마신교에서도 충신이자 명문의 혈통을 타고 태어난 셈이다.

교에 대한 충성심이 강하여 가장 믿을 수 있다.

독문무공은 뇌력마도.

＊ 이장로 독심약왕(毒心藥王) 무준

약왕당 당주이고 신약전을 관리한다.

천하제이의원이라는 칭호를 평생 달고 살아서 활선문에 남다른 경쟁심과 질투심을 가지고 있다. 반면에 의술에 대해서는 엄격한 성격이라 활선문주의 실력을 인정하고 그것을 뛰어넘기 위해 피나는 노력을 한다.

무공 또한 마교의 장로로 부끄럽지 않을 정도로 강하고, 특
히 먹은 영약이 많아 내공이 높다.
독문무공은 약왕쌍척.

* 삼장로 무언교수(無言巧手) 갈웅
집법당 당주.
'침묵이 금이다.' 라는 교훈을 평생 지켜온 사람이라기보
다는 정말 벙어리이다.
교에 대해 죄를 지은 자를 상대할 때에는 인정사정이 없고,
각종 고문에 능통한 전문가이다. 하지만 성격은 착실하고 섬
세하다.
독문무공은 마마전궁도법. 애병으로 마교 제일중병으로
알려진 묵철도를 지니고 있다.

* 사장로 경천마뇌(驚天魔腦) 제갈은
천밀당 당주.
마교의 두뇌. 대내외의 수많은 정책과 전략 전술이 대부분
그의 머리에서 나온다. 스스로 머리가 좋은 것을 알기에 다른
사람을 깔보고 시험하는 구석이 있다. 하지만 일단 인정한 상
대에 대해서는 확실하게 대우를 한다.
독문무공은 비은수.

* 오장로 혈해광투(血海狂鬪) 조산

마병전 전주이자 자성기마대의 대주.

원래 마병전의 장인 출신이고 수많은 병기를 자유자재로 다룰 수 있는 재주꾼이기도 하다. 하지만 장기로 삼는 것은 장법으로, 맨손으로 사람을 때려죽이는 것을 즐긴다. 앞뒤 가리지 않기로 유명한 천마신교의 돌격대장.

독문무공은 투마귀혈장.

* 육장로 고목신군(枯木神君) 제건

독혈마혼대를 육성하고 관리한다.

원래 중원사파의 인물로 먹는 것에 인생의 의의를 둔 미식가이다. 하지만 전대 고목신군에게 당해서 미각을 잃고 미쳤다. 그 후 중원에서 공적이 되어 쫓기다 천마신교에 투신했다. 미각을 되찾아 준 소운에게 충성을 맹세한다.

독문무공은 고목신공.

* 칠장로 은발월희(銀髮月姬) 진홍홍

환희전주.

소녀와 같은 백치미와 구미호와 같은 영악함을 동시에 지닌 희대의 미인. 나이로는 이미 할머니라 할 수 있지만 이십대의 미모를 그대로 간직하고 있다.

대대로 자신만의 세력권을 구축해 온 환희전의 전주답게

교내에 상당한 영향력을 행사한다.

독문무공은 백치설녀공과 사미인보.

＊ 팔장로 천흉문사(千兇文士) 황보인

성화각 각주.

젊었을 때에는 미남이었고 그걸 믿고 공부를 등한시 했으
나, 여인에게 속아 거의 폐인이 된 후 스스로 얼굴에 백 번의
칼질을 했다고 한다. 그 후 십 년에 걸쳐 무공과 학문을 동시
에 이루어 천마신교의 기린아로 불렸다. 책 읽는 것을 좋아하
여 장로가 된 이후에도 다른 일은 거의 맡지 않고 오직 성화
각만 관리한다.

독문무공은 두 자루의 철필로 펼치는 신필마화점.

＊ 구장로 은엽어림(隱葉於林) 무궁

교마당 당주.

카랑카랑한 목소리와 꼬장꼬장한 성격의 주인으로 천마신
교에 처음 몸을 담은 무인들은 대부분 그가 관리하는 교마당
에서 교육을 받는다.

개인적으로도 사람 가르치는 것을 좋아하여 직계제자가
무려 백삼십 명이나 된다. 신교에서는 그들을 소은엽대라고
칭하고 비공식적인 전투부대로 인정하고 있다.

독문무공은 은으로 만든 나뭇잎을 암기로 쓰는 진은림살.

＊ 십장로 마검패룡(魔劒覇龍) 진곡

혈장천마의 대제자. 대외총단주, 만마귀혼대를 맡고 있다.

사실은 혈장천마의 사생아이다. 혈장천마는 그것을 알고도 숨긴 채 그를 제자로 받아들인다. 그리고는 철저하게 무공을 가르쳐 자신의 뒤를 잇게 하려고 계획했었다.

그러나 진곡은 그 사실을 모르고 오히려 오해를 하여 혈장천마에게 원한을 품는다.

결국 진곡은 천마를 제거할 생각을 가지게 되고 변황의 최고수인 혈뇌음사의 혈불과 비밀리에 결탁을 하게 된다.

그 뒤 소운에게 당하여 마교의 배반자로 낙인찍힌 채 혈불의 중원침공의 길잡이가 된다.

독문무공은 묵혈신마공과 심극검. 독혈마검.

마검패룡 진곡이 배반자로 낙인찍힌 후, 새로운 십장로로는 청염마조 서정, 즉 소운이 맡게 된다.

-혈장천마의 세 제자-

대제자 마검패룡 진곡.

이제자 청염마조 서정.

삼제자 빙옥마봉 공손설.

-역대의 천마들-

* 초대 무혼천마

시조천마라 불리며 천마신교에서 최초로 천하제일고수가 된 자이다.

사파와는 다른 특유의 무사혼을 정립하여 천마신교가 신강에서 가장 강대한 세력이 될 수 있는 기틀을 마련했다.

역대의 천마들 중 가장 강하다고 평가되어 고금제일천마라고도 불린다.

또한 그가 남긴 무공비급은 후대의 교주들에게 전해져 대대로 천마탄생의 기반이 되었다.

무공 : 묵혈신마공, 경천뇌혼장, 마마귀령보 등 다수.

* 이대 검극천마

마도사상 최고의 검사로 검으로 그와 나란히 설 수 있는 자는 아직까지 나타나지 않았다.

항상 정정당당하고 웅장하고 기상이 높은 검법을 사용하여 수많은 정파인들에게 자격지심을 가지게 한 자. 마군자검이란 별호도 있다.

그러나 알고 보면 그의 검법인 심극검은 경지에 이르기 전까지 가장 많은 피를 빨아먹어야만 하는 살인검이다.

무공 : 심극검, 쇄혼심결.

＊ 삼대 유혼천마

전무후무한 여성 교주이자 고금을 통틀어 여중제일고수로 인정받고 있다.

자상한 외모와 상냥한 말투로 보통 사람은 무림인이라고 눈치조차 채지 못할 정도로 정숙한 행동 가짐을 보인다. 하지만 그런 외모를 보고 얕보았다가 독문무기인 무음할공대(無音割空帶)에 의해 몸에 구멍이 뚫린 사람이 수도 없이 많았다고 한다.

무음할공대는 천잠사에 금강석의 가루를 뿌려 만든 천인데 진기를 주입하여 포창처럼 사용한다. 평상시에는 길게 말아서 허리띠처럼 매고 다닌다.

무공 : 마류옥녀공, 사미인보, 할공멸영대법(割空滅影帶法).

＊ 사대 십보천마

수법이 너무나도 신비로워 독문무기가 무엇인지조차 알려지지 않은 신비의 고수이다. 단지 그는 평생 그 어떤 적과 싸울 때에도 십 보를 움직이기 전에 상대를 제압했다고 한다.

역대의 교주에게만 알려진 그의 비밀 무기는 바로 물이다. 공기 중의 수분을 모아 격공장과 함께 쏘아 보낸다. 수분의 바늘은 가장 날카로운 무기와도 같고 때로는 폭발력도 얻을 수 있기 때문에 막을 수 없는 암기가 된다.

무공 : 비영수침장(秘影水針掌)으로 초대 천마의 묵혈신마

공을 기초로 강호의 삼류장법 중 하나였던 쇄옥권을 발전시
켜 창안한 무공. 단 익힐 때 위험도가 너무 높아 십보천마 이
후 그 누구도 익히지 못했다.

　＊ 오대 만병천마
　세상에 존재하는 모든 무기를 다 다룰 수 있고, 본인 스스
로도 위대한 장인으로 수많은 병기를 만들어 마교를 더 한층
강하게 만든 자이다.
　마교의 삼대 법보인 천마적(天魔笛), 멸화검(滅火劍), 진혼
경(鎭魂經) 중 마도제일보검인 멸화검을 만들었다.
　무공 : 제화소금공, 만병귀종심결.

　＊ 육대 혈장천마
　내공제일 일장무적. 패도의 극을 걸어 장법 하나로 정파의
쌍성과 남도왕을 차례차례 꺾고 나이 오십에 천하제일로 인
정받았다.
　다른 천마들처럼 오성이 뛰어나 새로운 경지를 깨닫고 신
천지를 열지는 못했지만, 어렸을 때부터 둔하다고 평해지는
것을 두려워하지 않고 묵묵히 내공수련에 전념하여 마침내
초절정의 영역에 들어설 수 있었다.
　동배인 마교의 장로들과 비교해도 몇 배나 많은 내공 앞에
서는 초식이란 무의미하게 생각되어 질 정도다.

그 뒤 초대 천마가 남긴 내공심법인 묵혈신마공을 접하게 되자 내공이 다시 크게 발전하여 마교에서 대대로 연구해 오던 최강의 장법 혈천마라장을 완성시킨다.

내공의 소모가 극심하여 잘못 사용하면 사용자를 해칠 수 있는 혈천마라장은 그만큼 위력도 강하여 혈장천마를 위한 무공이라고 할 수 있다.

무공 : 묵혈신마공, 혈천마라장.

초등학생이 반드시 읽어야 할 좋은 책 49권

각 학년별로 초등학생이 반드시 읽어야할 좋은 책을 선정하여 통합논술의 기본이 되는 '올바른 독서법'을 일깨워 줍니다.

교과서와 함께하는
초등학교 통합논술

초등1학년 | 값 12,000원 / 초등2학년 | 값 9,500원 / 초등3학년 | 값 11,000원 / 초등4학년 | 값 9,500원 / 초등5학년 | 값 9,500원 / 초등6학년 | 값 11,000원

♣ 혼자 할 수 있어요.

엄마가 책 읽는 방법을 가르쳐 주어도 좋아요.
독서지도하는 선생님이 가르쳐 주어도 좋답니다.
"초등 교과서와 함께하는 **통합논술 시리즈**"는
아이 스스로 독서할 수 있도록 꾸며진 책이에요.
엄마와 선생님은 요령만 가르쳐 주시면 된답니다.

♣ 교과서의 중요한 내용이 총정리되어 있어요.

각 학년별로 중요한 교과 내용이 함께 수록되어 있어요.
초등학생은 교과서 내용을 충실하게 공부해야합니다.
아울러 그와 병행한 독서가 대단히 중요하지요.
"초등 교과서와 함께하는 **통합논술 시리즈**"는
두가지 방법 모두 알려준답니다.

♣ 이 책은 훌륭하신 선생님들이 함께 쓰신 책이랍니다.

동화작가 선생님들이 쓰셨어요. 소설가 선생님도 쓰셨답니다.
국어 논술독서지도 선생님들도 함께 쓰셨지요.
"초등 교과서와 함께하는 **통합논술 시리즈**"는
엄마의 마음으로 모든 선생님들이 함께 꾸민 책이랍니다.

입소문을 통해 아는 분은 다 알고 계십니다!
올 한해 공인중개사 최고의 화제작!

1~2권 합본 | 이용훈 지음
3~4권 합본 | 이용훈 지음
5~6권 합본 | 이용훈 지음
용어해설 | 이용훈 지음

수험생 기본 필독서
만화 공인중개사

제목 : 만화공인중개사 쓰신 분에게 감사드립니다.

학원을 두 달 다녔어요. 근데 과연 그 숫자 외우기 그런 게 몇 문제나 나올까 생각을 했어요.
아니라는 생각이 드네요. 학원강의를 뒤로하고 서점을 갔어요. 내 머리에 가장 이해될 수 있는
책이 없나 하구요. 거기서 만화를 발견했어요. 무조건 세 번 봤어요. 3개월 걸렸어요. 문제집을 보라고
했는데 그건 시행을 못했어요. 근데 합격을 했네요.
어떻게 감사의 말을 해야 될지……
도서관에서 만화책 들고 다니니까 사람들이 비웃더라구요. 만화책으로 공인중개사를 공부한다고
미친 사람처럼 보더라구요. 근데 그거 다 감수하고 했던 내가 자랑스럽습니다.
어떻게 감사의 말을 해야 할지… 정말 감사합니다.
부디 행복하세요. 제 나이 41살에 좋은 스승을 만난 것 같습니다.
엎드려 감사드립니다.

－본사 홈페이지에 독자분이 올린 메일 中에서 발췌－